文春文庫

孟夏の太陽

宮城谷昌光

JN030655

文藝春秋

目次

孟夏《もうか》の太陽　七
月下の彦士《げんし》　八七
老桃残記《ろうとうざんき》　一六九
隼《はやぶさ》の城　二五一
あとがき　三三四
解説　平尾隆弘　三三八

孟夏の太陽

孟夏《もうか》の太陽

一

まるで大樹から天光が発せられているようにみえた。

雪をつけた大樹のむこうから、日が昇ったのであった。

ひとりの背の高い青年がその樹を仰ぎみている。

大樹の翳《かげ》は、雪の上をながく伸びて、青年を覆い、青年の立っているところから、数十歩はなれたところで薄らいで、雪の色に変わった。

日が昇る直前の雪の美しさはどうであろう。一面に淡い紅が空中から降ってくるようで、日の出とともに、大樹の翳が淡紅の色を破って走った。つぎの瞬間、雪は太陽の赤を映したようでありながら、白さを急速に増していった。

青年は吐息をした。息は銀色にかがやいた。

風はない。おだやかな元旦である。

青年の名は、

「盾《とん》」

という。十九歳である。

かれにとって、その大樹は、父そのものである。仰げばますます高く、毅《き》然《ぜん》と天を突いて、しかし孤独であった。

――わたしは、父を超《こ》えられるか。

と、みずからに問えば、盾には自信がない。大樹が父であるのなら、自分の身長がその樹以上にならなければ、父を超えたことにならない。とても無理であった。

盾はふりかえって樹の翳をみつめた。父の翳でもあった。盾はおもむろに歩きはじめた。足が雪中に没して、雪が臑《すね》にあたった。一歩、一歩が重かった。やがて樹の先端の淡い翳が、盾の頭の濃い翳とかさなり、つぎに盾の軀《からだ》の翳が樹の翳より遠くに伸びた。

――なんだ、こんなことであったのか。

盾は跳びあがりたくなった。樹の翳は、もはや自分の翳となった。なお、いまみえる翳は、さきほどまでみえていた樹の翳より長い。

八年間、盾は複雑なおもいで、その樹を仰ぎつづけてきた。樹に近づけば近づくほど、樹は高くなった。が、遠ざかることによって、その樹を超えたと感じたのは、このときがはじめてであった。

盾のいる聚落は、いわゆる狐氏《こし》の邑《くに》である。邑といっても、高い壁でかこまれているわけではなく、深い濠《ほり》がめぐらされているわけでもない。すなわち狐氏の族は、呂梁《りょりょう》山脈（山西省）の東麓で、めだたぬように営為をつづけている。

ところが盾は、狐氏の族人ではない。また父も母も狐氏の人ではない。それでいて、盾が母とともに狐氏の邑で生活しているというこみいった事情を、遺漏《いろう》なく話すと、こうなる。

盾が生まれるまえの年は周《しゅう》の恵《けい》王の二十二年（紀元前六五五年）にあたる。その年ひとりの貴人が、八十人ほどの従者とともに、狐氏の邑にやってきた。その貴人とは、

「重耳《ちょうじ》」

である。重耳は晋《しん》の国の公子であり、内乱の飛火に追われて、狐氏の邑へ逃避してきたというわけであった。重耳の年齢は、そのとき四十二である。重耳が身の安

全をはかるためには、狐氏の邑にくる理由があった。重耳の母は狐氏の出であり、さらに妻も狐氏の血を引いていた。重耳が亡命するにあたって、当然、かの女たちも行動をともにすべきであったが、いずれもすでに死去していた。ただし、重耳の妻の父は健在であった。

「狐偃《こえん》」

といい、かれは重耳を案内して故地を踏んだ。

狐氏のおもだった族人たちは、狐偃からいきさつを聞き、たちまち重耳に同情した。いや、詳細を聞くまえに、すでに狐偃の顔をみたときから、かれらは狐偃のあとにつづく集団をいぶかりもせず、歓迎していたのである。

狐偃は話ずきであるから、重耳が亡命せざるをえなくなった顚末《てんまつ》を、微に入り細に入り語りはじめると、狐氏の族人のなかには小さな嘆声や笑声をあげる者さえいて、熱心に聞きいったが、その実情は、いかなる声も立てようのないほど陰惨な後継争いであり、重耳はその猖狂《しょうきょう》をきらって、亡命してきたというわけであった。

話を聞きおわった狐氏の族人たちは、

「こうなったら、何人たりとも、われらの地へ入れるものではない」

と、狐偃に確約した。が、これはかなりきわどい決定である。というのは、狐氏は重耳を迎え入れたことによって、これまで晋とうまくいっていた関係を捨てたことになり、晋という大国と敵対関係にはいったことになる。晋が本腰を入れて、狐氏の討伐をはじめれば、狐氏はこの世から早晩抹殺されてしまうであろう。

「それでもよいか」

と、狐偃は念を押した。

「よい」

衆口がおなじことばを吐いた。

「もっとも、――」

と、族長は笑い、わが狐氏がこの世から消滅することはあっても、地上から消え失せることはない、と、おもしろい言い方をした。なぜなら、もともと狐氏は狩猟の民族であり、いまは山をなかば降りて、平地近くで、中原《ちゅうげん》の民の暮らしぶりにならって生活しているが、かりに晋の兵に敗れたとしても、もとどおりに山に隠れて棲《す》めばよいだけのことで、晋の兵の放つ矢は、とても山岳の高みまでとどくまい、ということであった。

「そうまで、いっていただけると、心強い」

狐偃ばかりか重耳までが狐氏の族長に深々と首を垂れた。

狐氏は晋の公子の人柄に好感をいだき、このときから四年後に、晋が重耳を殺す目的で討伐軍を動かしたとき、すばやくそれを察し、狐氏の族人を巧妙に南下させ、狐氏とおなじ白狄《はくてき》の民族の各部族を翕合《きゅうごう》して、晋軍を黄河の東岸で撃破してしまった。狐氏は約信に一度もそむくことなく、重耳を守り通したということである。

それはさておき、狐氏の邑に着いたばかりの狐偃は、さっそく各戸に挨拶にいったが、この男のぬけめのなさは、このとき主君の重耳の身のまわりの世話をする娘を、物色したことであった。が、かえってきて憮然《ぶぜん》とした。

「千羊《せんよう》の皮ばかりで、一狐《いっこ》の腋《えき》はおらんわい」

狐偃はわざとつぶやきの声を大きくした。むろん族長にきこえるようにいったのである。腋とは、狐のわきのしたの毛のことで、千の羊の皮をあつめても、その毛の価値におよばないほど、貴重なものである。つまり狐偃は、主君が気に入りそうな美女がこの邑にはいないと、不満を口にしたのである。

族長は眉をひそめて、長老のほうに顔をむけ、目でたずねたが、すぐに諒解《りょうかい》して、狐偃を呼んで、

「あなたの婿どのに、馳走しよう」

と、いった。ついでながら、知恵をお借りしたい、ともいった。

族長のいう計画とは、こうである。

前年に、呂梁山脈の西麓に住む赤狄《せきてき》の一部族である隗氏《かいし》によって、狐氏は猟場を荒らされた。いつか報復をしなければならないが、隗氏の本拠を攻めるには、山から雪の消え去ったいまがよく、山の獲物のほかに、隗氏の族長の娘をさらってこようというものであった。

「おい、おい、狐氏にない絶品が、どうして隗氏にあるのだ」

狐偃は族長の手荒な話におどろきつつも、身を乗りだした。

「隗氏の首長の娘の美しさについては、風に馮《の》って、ここまでうわさがとどいています。たぶんお気に召すでしょう。それでだめなら、中原まででかけられて、捜してこられるのですな」

族長は目でかすかに笑ったあと、隗氏を攻伐する謀慮を述べ、狐偃の助言を求めた。狐偃はますます身をかたむけ、

「よし。わしもゆこう。娘の容貌をたしかめる必要がある」

と、いって、腕をさすった。

山はみどりが盛りで、緑陰の路を、狐氏の兵はひそやかにすすみ、わずかな戦闘を経《へ》て、隗氏の本拠に迫ることに成功した。

不意を衝《つ》かれた隗氏の族長は、迎撃をあきらめた。かといって、全面降伏をするつもりはなく、防禦《ぼうぎょ》の構えだけはとりつつ、

「なにが望みか」

と、配下をつかって、狐氏の族長に問うた。

「去年、そちらがわれらの猟場でとった禽獣《きんじゅう》すべてと、そこもとの娘をもらいたい。さすれば、ここで血は一滴も流れずにすむ」

それが答えであった。隗氏の族長は考え込んだ。白狄と赤狄とは、それぞれに旧怨をもち、二族のあいだにある険悪さは、一朝一夕に氷解するはずがないが、自分の娘が狐氏の族長の妻となれば、いちおう姻戚関係が生ずるので、しばらくはせめぎあいの心配がなくなる。が、それは隗氏の民をたばねる者としての考えであり、娘の父としては、あんな野卑な狐氏に、これまでいつくしんできた娘をやれるか、と、腹が煮えるおもいもある。

けっきょく隗氏の族長は、狐氏の族長のもとへ、ふたたび人を送って、確約をとることにした。

「娘はやる。が、賤妾《せんしょう》のごとき扱いであったら、わしは娘を取り返すほかに、そちらの首まで、もらいうけるからな」

「むげには扱わぬ。山岳の霊に誓ってもよい」

狐氏の族長は、鳥や獣のほかに隗氏の族長の娘をうけとると、兵を引かせた。

「やや、娘は二人ではないか」

狐偃は馬上で手を拍《う》った。

「わが狐氏でも、いまの晋君へ、二人の娘を差し出しましたからな」

中国における貴族の婚儀とは、単数の男にたいして複数の女を必要とする。男は両手に花ということになるが、人には好みがあり、花ならなんでもよいというわけではないのだから、室《いえ》と室との結びつきを考えると、多数の女を送り出しておくことが安全策であるといえた。当然のことながら、女のほうの好みは無視されている。

隗氏が二女を差し出してきたことについて、狐氏の族長は、あたりまえだという顔つきをした。ちなみに晋室へ嫁入りした狐氏の娘のうち、姉は重耳を生み、妹は夷吾《いご》を生んだ。夷吾はこのとき、まだ亡命はせず、屈《くつ》という食邑《しょくゆう》にいて、父の晋君と反目していた。

狐偃は馬上の娘たちに近づき、しげしげとながめたあと、族長と馬をならべて、

「山を越えてきたうわさとは、正直なものよ」

と、娘たちの美貌を褒《ほ》めた。

「けがらわしい巷語《こうご》とちがって、木霊《こだま》を風が運んできたものですからな」
石径にさしかかって、かえって族長の馬は速くなり、やがて緑雲のなかに駆けのぼった。

狐氏の邑につれてこられた二人の娘は、姉が叔隗《しゅくかい》、妹は季隗《きかい》とよばれることになるが、中国における長幼の呼称のしかたから考えれば、姉は隗氏の族長の三女で、妹は末娘ということになる。

ところで、隗氏というのは、周のまえの王朝である商《しょう》（殷《いん》）の時代からいた懐姓《かい》の族のことであろう。古往今来《こおうこんらい》の豪族である。隗氏が狐氏をさげすんでいるのも、むべなるかな、といったところである。

馬から降ろされた姉妹は、聚落までのわずかな距離を、馬車に乗せられて運ばれた。車上には花が敷きつめられている。狐偃のやさしさであった。姉妹はその芳《かぐわ》しさに染まりながら、不安な表情のまま、抱き合っていた。が、姉のほうは、不安とともに異状を感じていた。それはそうであろう。狐氏が馬車をもっているとは、聞いたことがない。車をよくみれば、これは遊楽や狩猟につかう車ではないようで、革《かわ》の張られた兵車（戦車）にちがいなかった。

──わたしたちは、本当に、狐氏の首長の妻となるのだろうか。

そんな疑問が姉の胸に生まれた。が、それを口にすれば、妹は泣きだすであろう。姉はみずからをはげますように、目に微笑を浮かべて、妹の暗い目をのぞきこんだ。

「わしに妾を、──」

重耳は目を瞠《みは》った。さらに、その妾とは隗氏の二女であることを聞いて、おどろきの声をあげ、姉妹ともに美貌であることを知って、おどろきの声を呑みこんだ。

「ここでの滞在は長期になるかもしれません。ご不自由であろうとおもい、隗氏から頂戴してきたのです。隗氏はこころよく差し出してくれましたから、ご懸念なく」

狐偃はすました顔でいった。

──こころよくは、あるまい。

重耳は笑いを嚙み殺して、狐偃をみつつ、

「舅《しゅうと》どのこそ、ご不自由であろう。一女は舅どののもとに、留め置かれたがよい。それにわしは、あの娘を妾にするつもりはなく、妻にするつもりですが、これは舅どのに承知していただかねばならぬ」

と、いって、容《かたち》を改めた。

「ほう。妻に……。いや、承知、承知。わが娘については、お気がねは無用」

狐偃の軽諾《けいだく》にはわけがある。重耳はいずれ晋に帰って君主となる。それまでの妻であるから、重耳がどうおもっても、隗氏の娘は妾なのである。

「では、姉のほうを、おひきとりください」

重耳は季隗を妻とすることにきめた。季隗はこのとき十五歳である。

「ああ、妹のほうが、気に入られましたか。よろしゅうございました。しかしながら、姉のほうでも、わたしにとっては、孫というより、曾孫《ひまご》のようなものでしてな。それで、まあ、……おわかりでしょう」

狐偃としては、重耳が軽い気持ちで、娘を侍《はべ》らせてくれたら、おなじ軽さで姉をひきとったであろうが、重耳が妻にするといったかぎり、臣下の狐偃としてはかの女を侍女にするわけにはいかず、かといって、夫婦の重い交わりは、この歳になると鬱陶《うっとう》しかった。

「衰えましたか」

重耳はくだけた口調でいった。狐偃は静かに笑った。

狐偃が辞退したため、姉の身は宙に浮いたかたちとなった。多数の臣下は妻や子と離れて、異境で淋しく暮らしはじめたばかりである。

重耳だけがあたらしく二女を妻とすれば、かれの身辺は花が咲いたようになり、かれひとりが浮靡《ふび》を楽しんでいるようにみられれば、臣下の目に羨望《せんぼう》と疑謗《ぎぼう》の色があらわれ、やがて離心する者があらわれるであろう。重耳は決死のおもいで自分に従ってくれた臣下八十名の命運を担《にな》っているつもりである。かれらを失えば、また自分の命運も潰《つい》えることは、充分にわかっていた。

重耳くらい身分が高くなると、妻を二人もとうが五人もとうが、そのことによって臣下が違和を感じることはあるまい、というのが狐偃の考え方であったが、重耳は慎重であった。姉の叔隗をたれに与えるかについては、よくよく考えねばならない。

——なまじの者に与えると、いさかいのもとになる。

熟考のすえに重耳の頭に浮かんだのは、臣下のなかで、もっとも静かな男といってよい、

「趙衰《ちょうし》」

であった。趙衰は趙家の末子として生まれ、兄の趙夙《ちょうしゅく》は耿《こう》という邑《まち》を食邑とする小領主であり、当然、晋君側であるので、表面上この兄弟は敵味方にわかれたことになる。考えようによっては、公室における後継争いというのはつねにあるものだ

という認識が臣下にあり、多数の子をふりわけて、君主の座の継承権のある公子に仕えさせておくというのが、この時代の常識であったろう。

また、兄弟の表面上の敵対といったのは、中国における家族のきずなは、君臣をむすぶ糸より強いものであり、現に、耿から晋に関する情報はひそかに趙衰のもとに送られてきている。ほかの家臣も似たような情報源をもっていて、それらの情報が蒐《あつ》められて、重耳のもとにとどくとすれば、重耳は狐氏の邑にいながら、晋の国情を手にとるように知りえたのである。

さて、兄の趙夙が武の人であるとすれば、弟の趙衰は文の人である。

趙衰は読書を好み、晋から脱出するとき、とても書物を持ち出せなかったので、兄にたのんで書物を送ってもらい、詩文を暗記するには、狐氏の邑の静寧《せいねい》はふさわしいのか、終日倦《う》みもせずに書物にむかい、たまにあたりを散歩しつつ、詩を口ずさむというような人であった。重耳より年長であり、重耳はかれに詩書の講義をうけた。

――趙衰がよい。

趙衰は万事控え目であるから、たれからも憎まれていない。それがよい、と重耳はおもった。また趙衰には、およそ女とは縁のないふんいきがあり、妻帯すればそれがかえって人からおもしろがられることになり、かれはいまより好感をもたれることになるであろう。重耳はそう推断して、趙衰を呼び、

「叔隗を妻にしてやってくれまいか」

と、頭をさげた。むろん重耳には趙衰が謝絶することくらいわかっており、趙衰の娶嫁《しゅか》は、ひっきょう自分のためであり、また、

「あの娘を幸福にできるものは、汝《なんじ》のほかにいないと、わしはみた」

と、重耳は言を強く重《かさ》ねた。

重耳が隗氏の二女をみたとき、いずれも美貌ではあるが、美しさの質がちがうことに気づいた。妹には、愛くるしさがあり、どこまでも素直で、たとえばまっすぐな根にまっすぐな幹をもつ木のようであるが、姉には、自我の強さがあり、なめらかな木肌をもつものの、根の屈折をおもわせるうるささがある。そのうるささとは、思考のひだの多さでもあるのだが、ここでの生活を煩瑣《はんさ》なものにしたくない重耳としては、迷わず妹のほうをとったというわけであり、女性の心情の複雑さをやさしくさばいていけるのは、趙衰のもつ繊細さがなくてはなるまい、と分析したわけでもある。

「わたくしが、晋の公子さまの、妻となるのですか」

季隗はうれしげに困惑をみせた。この姉妹には狐氏をきらう感情が根深くあり、ここで戦利品のごとく無情に扱われるのは、死ぬほどいやだとおもっていただけに、妹の目に明るさがよみがえったのも、むりからぬことであった。

——しかし、わたしは……。

叔隗の目に力がなくなった。趙衰というあまり目立たぬ家臣のもとへやられることが、なさけなかった。晋の公子なら、二人を妻にしてもよいではないか。そうなれば、姉妹そろってこれからも暮らしていける。

が、妹が重耳の妻となり、自分が趙衰の妻となれば、自分は妹より数段低いところに降りることになり、これから妹に頭があがらなくなることが、自尊心の強い叔隗にとって不快であった。

——山の霊に憎まれるようなことを、わたしはやったおぼえがないのに……。

叔隗はうつむいたまま、族長の家を出て、趙衰の家へいった。目をあげると、いっしょに出た季隗の姿は消えていた。すでに重耳の家にはいったのだった。

——妹はもうわたしのことを忘れている。

またうつむくと、目に涙がたまった。趙衰の家の戸口に茲《むしろ》が敷かれていて、茲の上に芳草の葉がおかれていた。

叔隗が草の葉を踏んだとき、涙が落ちた。

「わが家の姓は、嬴《えい》で、遠祖は商王朝のために尽力した飛廉《ひれん》です。飛廉の末子の季《き》勝《しょう》が、わが家の始祖です」

いきなり趙衰がそんな話をはじめたので、家のなかにはいったばかりの叔隗は呆然とし、つぎにあわててすわった。足もとには床《ゆか》はなく、土の上に席に似たものがおかれ、どうやらそれが寝台であるらしく、かの女がすわったのは獣の皮の上であった。この室内の特徴をひとくちでいえば、書物が異常に多いということである。趙衰はかの女の挙止に目をとめることなく、飛廉の話をはじめた。端座した叔隗は、まるで師の講義を聞く弟子のようであった。叔隗の目から涙が消えた。

商王朝に関する伝承は、隗氏にもある。叔隗は飛廉の名を知っていた。

「立派な方でした」

と、叔隗は飛廉を褒めた。

「あ、ご存じでしたか」

虚空に浮いていた趙衰のまなざしが、はじめて叔隗の素皎《そきょう》の貌《かお》に降りた。叔隗は豊かな黒髪をもち、黒目勝ちで、ふたつの瞳は黒曜石のようにきらめいている。突

然、趙衰の胸のなかに、

　玼《し》たり玼《し》たり　（色あざやかに）
　その翟《てき》なり　（雉《きじ》の衣をまとい）
　鬒髪《しんぱつ》雲の如《ごと》し　（黒髪は雲のようだ）

という詩が浮かんできた。が、かれはあわててそれを打ち消し、

「わが家は、飛廉の飛をとって、飛氏としてもよかったのですが、周王朝をはばかって、おなじ飛ぶという意味の、趙としたのです」

と、いった。

「周王朝の方々は、よほど飛ぶものがおきらいなのですね。わたしどもを狄《てき》（翟）と呼んでいるとか。狄とは、やはり飛ぶということなのでしょう」

「よくご存じですね」

趙衰は叔隗の頭の良さを察した。趙衰という男はみかけほど口が重くない。かれは三日三晩、自家の歴史を叔隗に語ってきかせた。四日目には、趙衰の家のまえを通る人は、声を忍んで笑った。

――趙衰は嫁をもらったのではなく、弟子をもらったのだ。

かれらはそうささやきあった。趙衰の声は家の外に漏れてくる。家のなかをのぞいてきた者は、新婦の異常さをも口にした。叔隗はきちんとすわって、飽きもせず、趙衰の話を聞いているというのである。

「変わった夫婦よ」

狐偃は趙衰の家内の風変わりを重耳の耳に入れた。重耳のかたわらには季隗がいる。かの女の居ずまいには、すでに重耳に肉体の親しさをもっているという、やわらかさがあった。重耳は季隗にほほえみかけながら、

「それは、よかった」

と、いった。季隗の眉がさがり、綺麗な笑いが満面にひろがった。

「なにがよいものですか」

と、いいかけた狐偃は、急にばかばかしくなり、口をとざした。夫婦のことは、他人があれこれいっても、はじまらないのである。

この夜、趙衰は叔隗を抱いた。

叔隗はどちらかといえば大柄であろう。すらりとした肢幹は、夏の夜にふさわしいすずやかさをもち、趙衰の熱い軀体《くたい》にここちよい涼味をあたえた。

月日が経つにつれて、叔隗は自分の肌膚《きふ》に変化がおきたことを知って、おどろいた。いままでの肌の白さは、沈んでゆくような白さであったが、ちかごろの白さには、肌が艶《えん》と張って、木々の緑を映しそうな強さがあった。

叔隗にはもっとおどろいたことがある。

――わたしの夫とは、並の男ではない。

と、実感したことであった。肌を接した女でなければわかりえない男の評価のしかたであった。趙衰という男には広莫《こうばく》というようなものがある。趙衰に接していると、自分がどこまでもひらけてゆくようであった。趙衰の愛撫はあいかわらず濃厚ではないが、あるとき叔隗は急に肉体がめざめたような、恢詭《かいき》な喜びを感じた。自分の心を覆っていたなにか堅硬《けんこう》なものが、趙衰によってとりのぞかれて、裸になった心の深い部分にまで男がはいってくるという感じであった。その間、自分は乱れに乱れていたのであろう、と、あとでおもうと、叔隗は羞恥で真っ赤になるが、しかしそれ以上に、澄空《ちょうくう》にむかって叫んでみたいほどの喜びをおぼえる。もしも狐氏の侵攻がなかったら、おそらく自分は、赤狄の一部族の首長の妻として、平凡な一生を終えることになろう。かの女の心は、どこかでそれを望み、どこかでそれをきらっていた。

――わたしの夫は、中国で最高の人ではないのか。

とさえ、叔隗はおもう。むろん趙衰が重耳や天王（周王）に比肩する席にすわれるはずはないが、そうした血胤《けついん》の尊卑をのぞいて、人格だけを考えれば、叔隗には自分の夫にまさる人はいないようにおもわれた。叔隗の表情に晴れやかな自尊がもどってきた。

つぎの年、叔隗は男子を生んだ。それが盾である。

盾が十歳のとき、重耳は狐氏の邑を去った。当然、父の趙衰も重耳に従った。

重耳が狐氏の邑を去らねばならない理由は、二つあった。

一つは、暗殺団に重耳の命が狙われたことである。その暗殺団を遣外《けんがい》したのは、なんと重耳の弟の夷吾であった。夷吾は重耳とおなじように他国へ亡命していたが、父の晋君（献《けん》公）の病歿後に、晋へ帰り、君主の座についた。そのうち、兄の重耳がじゃまになり、暗殺の密命をくだしたのであった。夷吾の母は狐氏の娘であるのだから、夷吾も狐氏とゆかりがあり、むろん狐氏の邑のなかに知人もいたであろうから、暗殺団をみちびき入れたのは、狐氏の族人にちがいないと重耳が判断したため、狐氏の邑は重耳にとって安住の地ではなくなったのである。

もう一つの理由は、斉《せい》の名宰相である管仲《かんちゅう》が死んだといううわさを聞いたことである。事実、管仲は周の襄《じょう》王の七年（紀元前六四五年）に死去した。このころ中原の諸国に威信を布《し》いていたのは、斉の小白《しょうはく》（桓《かん》公）という君主であり、周王を中心に各国の運営がなされるという時代は終わっていた。これを日本におきかえると、周王は天皇であり、斉の小白が幕府をひらいたとおもえばよい。が、斉の栄耀《えいよう》も、管仲がいてこそ、という認識が各国の君臣にはあり、その管仲がいなくなれば、斉の政治にさしさわりがでてこよう、と予想するのが自然であった。重耳には自分の器才にひそかなうぬぼれがあり、斉へゆけば、斉君・小白は自分を管仲のいた席にすえてくれるであろうとおもった。

それゆえの旅立ちであった。

もちろんその旅は、女や子どもをともなってゆけるほど、気楽な旅ではない。実際、狐氏の邑を出発した主従は、予想をはるかにうわまわる惨絶《さんぜつ》な旅程を踏むことになるのである。それはさておき、隗氏の姉妹も、盾も、また季隗が生んだ二人の子の伯儵《はくちゅう》と叔劉《しゅくりゅう》も、狐氏の邑に残された。

出発前に重耳は、かならず迎えにくる、と季隗に約束した。が、趙衰は叔隗になにも約束をしなかった。趙衰の将来は重耳しだいであり、重耳が流浪のうちに死ねば、趙衰もおそらくその地で果てるであろう。

――これが、生涯での別れになるかもしれない。

なにもいわなくても、趙衰と叔隗にはそうした哀痛がかよいあい、さいごに趙衰は、

「盾を、たのむ」

とだけいって、立ち去った。趙衰の影は、多数の人影にまぎれ、やがて雪路の上から消えた。

盾はそのときの父のうしろ姿を忘れることができない。しかし盾がいちばん強く父を感じるのは、家の近くにある大樹である。その樹にもたれて、父はよく詩をつぶやき、あるいは思索にふけっていた。盾はまぶしげな目つきで、そんな父をみていた。父の姿が樹下から消えても、盾の目には父がみえた。

盾にとって趙衰は父でもあり、学問の師でもあった。父が去ってから、母の叔隗が師となった。怜質《れいしつ》といえる叔隗の頭脳は、趙衰の知識をすいとれるだけすいとったということである。家のなかにうず高く積まれた書物が、この母子にとって、趙衰をしのぶよすがとなった。

「砥尚《ししょう》しなさい」

叔隗が盾にいうことは、それであった。砥とは、なめらかな石のことであり、それで刃物をとぐように自分をみがき、尚とは、神に願うことであるが、自分を高めなさい、ということでもある。

もしかすると盾は、山林の士で、一生を終えるかもしれないのである。それでもかれは、

——砥尚して、なにになるのか。

とは、一度も考えたことはない。かれは学問がきらいではなく、読む書物がなくなると、季隗の家へゆき、借りて読んだ。

季隗は丰《ほう》として美しい婦人であるが、盾には自分の母のほうがはるかに美しくみえた。たしかに叔隗は清婉《せいえん》といってよい美しさをみせるときがある。

盾が十九歳になったということは、叔隗は三十のなかばをすぎたということである。

元旦の光をたっぷり浴びた盾は、朝食後、

「母上、今年は吉《よ》いことがありますよ」

と、いった。

「あら、なぜですか」

「例年より、日が美しくみえましたから」

そういいながら、盾は本当にそんな気がしてきた。このとき、叔隗は目を伏せた。趙衰の面影が胸をよぎっていった。が、そのせつなさを盾にけどられないように、叔隗はかすかにほほえんだ。

重耳はあいかわらず各国を経巡《へめぐ》っているようであるが、どこかで斃《たお》れたといううわさはなく、趙衰に関する凶《わる》い報せもはいってきていない。趙衰から、盾をたのむ、といわれたことは、どういうことなのか、叔隗にはわかっているつもりであった。再会したときに、盾をみた趙衰の目に、失望の色があらわれることは、たまらないことであった。再会といったが、趙衰がそれについてなにも言い置いていかなかっただけに、かえって夫に会えるにちがいないと、叔隗は強く信ずるようになった。

二

盾《とん》の予感はあたった。

盾がみた元旦の太陽を、晋《しん》の隣国である秦《しん》でみていた重耳《ちょうじ》は、一か月後に秦の兵とともに晋にはいり、二月十七日に、正式に晋の君主となった。

この第一報が狐偃《こえん》のもとから狐氏の族長にもたらされ、狐氏の邑《くに》がひとしきり喜びで沸いたあと、重耳の使者がやってきた。

——季隗《きかい》と子どもとを、引き取りたい。

と、いうのである。重耳が季隗に残したことばは、空約束《から》ではなかったのである。が、狐氏の族長は難色をしめした。むろん季隗をおもってのことである。

重耳はすでに六十一歳であり、亡命先で娶《めと》った婦人は多く、子も多い。また、重耳が君主になれたのは、秦君・任好《じんこう》の助力が大きいわけであるから、任好の娘が重耳の正夫人となることは、わかりきっており、いまさら季隗が晋へいっても、つらいおもいをするばかりではないか、ということである。

が、季隗は重耳に会いたい一心で、泣いてかぶりを振り、晋へゆくと言い張った。族長はそんな季隗をもてあまし、

「それでは、子を置いてゆきなされ。悪いことはいわぬ。それがあなたの幸せになり、子らの幸せになる」

と、いった。君主の子の後継争いのすさまじさは、重耳がこの年になって、ようやく君主になれたことでもわかる。季隗が重耳の子を晋へつれてゆかなければ、この先、かの女は陰晦《いんかい》な争いにまきこまれることはない。族長は季隗にそういいきかせた。

季隗の泣き腫《は》れた目は、ようやくうなずきをみせた。けっきょく季隗の二人の子は、族長の子として育てられることになり、季隗は単身、晋へ旅立っていった。

盾は叔母を見送りながら、

――われらは、父に捨てられた。

と、おもった。ふつう貴人のほうが情が薄く、重耳が晋の君主となればなおさら、季隗について忘却したふりをするにちがいないと、狐氏の族人たちはひそかにおもっていた。盾もそうおもい、しかしながら、父の趙衰《ちょうし》はさほど身分が高くないのだから、自分たちを呼び寄せるに不都合はあるまい、と考えていた。ところが、現実は、予想とさかさまであった。

盾ははじめて父を疑った。というより、憎んだ。母を嘆《なげ》きの淵《ふち》に投げ捨てた男が、どうして父なものか、とさえおもった。それでも盾は父の使者を心待ちにしていた。が、狐氏の邑をおとずれる晋人《しんひと》はいない。

うわさだけは聞こえる。どうやら趙衰は、晋君・重耳にとって、なくてはならぬ輔相《ほしょう》であるらしい。

――父は、晋の大臣となったのだ。

盾は嚇《かっ》とした。やるせない怒りが、盾を家の外へ走らせ、林の間で父をののしらせ、崖の下で獣《けもの》のごとく吼《ほ》えさせた。かれの叫哭《きょうこく》を、木霊が山の頂《いただき》まで運んだ。

母の嘆き、といったが、叔隗《しゅくかい》は心の動揺をまったく盾にみせなかった。あいかわらず風姿に静粛をただよわせて、きびしい目を盾にむけている。だが、盾の目には母の嘆きが色濃くみえた。

——砥尚《ししょう》しても、なんにもならなかったではありませんか。

盾はそう母に問いかけたくなった。

凶《わる》いうわさが盾の耳を刺した。趙衰は重耳の娘を娶ったというものである。このうわさは狐氏の邑にすぐにひろまり、族人たちの妻は、叔隗をいたましげにみた。宮廷で咲いた花を室内に飾った男は、わざわざ野辺の花を摘みにもどってくることはあるまい。

もはや盾は家の近くの大樹をみようとしなくなった。

大樹の葉を、秋の風が鳴らすころ、晋から九人もの臣がやってきた。一人は重耳の使者であり、また一人は趙衰の使者であり、あとはかれらの随従者であった。

重耳の使者は、叔隗をまえにして、

「趙卿《けい》の御夫人として、晋へお越しねがいたく、君命により、お迎えに参じました。ご子息も、同道くださるように、とのことでございます」

と、鄭重にいった。

この瞬間、盾のひたいから気鬱《きうつ》の翳《かげ》が飛び去ったようであった。

叔隗は盾のように単純に喜べない。晋へゆくことに、いちおう承引《しょういん》をしめしたものの、道すがら考えることは多かった。

第一、君主である重耳の妻の季隗を迎えにきた人数より、臣下である趙衰の妻である自分を迎えにきた人数のほうが多いことが、解《げ》せない。また、重耳の使者までが、なぜ、くる必要があったのか。さらに、使者はまるで自分を趙衰の正夫人であるかのようないいかたをしたが、どう考えても、君主の娘をさしおいて自分が正夫人になれるはずがない。それらのことを叔隗が口にすると、趙衰の使者は、

「委細は、晋にお着きになってから、――」

と、いうだけであった。

晋の首都の絳《こう》へ着いた叔隗は盾とともに、宮廷へ上がり、重耳に謁見《えっけん》した。重耳は宮門まで出迎え、叔隗の手をとらんばかりの親しみをみせて、内廷にみちびき、

「わしが、こうして、ここにおられるのも、姉君の伴偶《はんぐう》のおかげよ」

と、趙衰を褒め、それにしても、よくおいでくだされた、となつかしがった。重

耳の配慮であろう、まもなく季隗があらわれた。季隗は叔隗をみて、歓声を発した。重耳には九人の妃がいて、季隗は上から三番目という席にすわっている。季隗の出自を考えると、それは旧恩を忘れぬ重耳の手厚さであろう。叔隗は妹のこともふくめて、あらためて重耳に深謝の意を表した。重耳は、

「おう、おう」

と、いい、さぞかしつらい歳月でありましたでしょう、と目をうるませた。その目をみた叔隗は、おもわず落涙した。季隗はもらい泣きをはじめた。盾だけが無感動な目で、この感泣をながめていた。

だが、盾の目に感動の灯がともったのは、父の趙衰の屋敷にはいったときであった。じつに美しい侍女が、叔隗と盾の母子を迎えてくれた。盾は自分にそそがれたその女性のまなざしのあたたかさが、心に染《し》みた。容貌の点でも、

——母は、この人には負ける。

というのが、盾の素直な感想であった。盾がその女性を侍女だと勘ちがいをしたのもむりはなかった。かの女は盾とさほど歳がちがわぬほど若く、容止は謙譲にみちていたが、じつはかの女こそ、趙家へ嫁入りしてきた重耳の娘であった。

父との対面のすんだ盾は、ひとりで室外に出たあと、家人からそのことをきかさ

れて、おどろいた。

父との対面は、盾にとって無感動の延長上にあった。かれの心のなかに、いったん育った茨棘《しきよく》の尖端は、父から手をにぎられたくらいでは、ほろりととれるというわけにはいかなかった。父の手は、あの大樹の感触よりましだ、とおもっただけであった。

——母とわたしを捨てようとした人だ。

盾は眼底にある冷たさで、父をみつづけた。父を非情の人にさせかかったのは、おそらく新婦の存在だが、ふしぎなことに、盾はその女性にたいしてまったく憎悪の念をもたなかった。むしろ好感さえいだいた。盾にとって義母となるその女性は、君姫《くんき》とよばれるが、盾は家人をつかまえ、君姫にお目にかかって、お礼を申し上げたい、とせがんだ。

「ご後室へは、ご案内いたしかねますが……」

と、いった家人は、しかし気をきかせて、君姫に盾の意を伝えた。君姫は喜び、盾のいる房《へや》まできて、盾の挨拶をうけた。

——弱冠ながら、この容姿のみごとさよ。

容とは、人がすわったかたちをいう。君姫は盾が気に入った。君姫には盾から寄せてくる感情の種類がわかる。そこには、とげはなく、肉親の情に近いやわらかさがある。

——おもった通りの母子であった。

君姫には叔隗と盾について、かなりの知識がある。人を使ってしらべさせたのである。それから趙衰に狐氏の邑にいる二人を招くように勧めた。趙衰は内心おどろくとともに迷惑におもった。君主の娘を妻にしたばかりで、昔の妻を呼び寄せれば、君主へあてこすったようなものであり、せっかくの信頼をそこなってしまう。

が、君姫は執拗《しつよう》であった。

「君寵を得ているからといって、旧事をお忘れになるようでは、人の上に立つことはできませんわ」

君姫がそういっても、趙衰が動かないとみると、父の重耳に訴え、君命のかたちで、使者を狐氏の邑へ送り出したというわけであった。

——余計なことをしてくれた。

というのが、趙衰の感懐であったろう。趙衰は叔隗の性質を知りぬいている。かの女は自分の娘のような歳の女に、一歩ゆずって、側室に甘んじることができるはずはなく、盾もいっしょであるとなると、君姫に子が生まれた場合（君姫はこのときすでに妊娠していた）、盾は年長でありながら、その子に仕えることになるので、これもうまくいきそうもない。盾には母ゆずりの亢直《こうちょく》がある。趙衰はかつて晋を脱出したときから、重耳のために、わが身のことは捨てていた。無私となって、奉公することだけをこころがけ、生涯をその素志でつらぬくつもりであった。が、家内に風波が立つと、そこに趙家独得の「私」というものが生じ、ひいてはそれが、いままでまっすぐ上にむかっていた忠誠心をゆがませるであろう。なにもそれは臣下としての立場にこだわるわけではなく、自分が存在することが、なるべく多くの人の幸福になればよいと真底から希《ねが》えば、おのずと自分の存在のふさわしいかたちがみえてくるものなのである。

叔隗と盾とは狐氏の邑にいたほうが幸せであり、君姫にとってもそうであり、趙家にとっても、主家にとっても、そうなのである。

しかしながら、叔隗と盾とは、趙家にはいった。

君姫は、正室を叔隗に明け渡して、後室にしりぞいた。

——いつまで、そんな我慢ができるか。

趙衰はその譲歩を君姫のきまぐれとみた。君姫は利発で明朗だが、勝ち気でもある。趙衰にとっての懸念は、そればかりでなく、君姫がみずから後室へうつったことが、上にはどう映っているか。重耳は娘にせがまれて、叔隗を呼び寄せたものの、娘を側室にせよとはいわなかったと、おもっているかもしれない。

——ありのままを、いうほかない。

参内した趙衰は家内の事情を重耳に語《つ》げた。重耳はすべてを呑み込んでいる顔で、

「わしのできぬことを、娘がかわりにやってくれたと喜んでいる。あれは、わしの苦難を知っているゆえに、性根はすわっている。卿の家にわずらいの種を押しつけるわしとおもうか」

と、いいつつ、瞼をしばたたかせた。

重耳のできぬこと、というのは、季隗を正妃にするということである。そのつぐないのつもりもあるのか、叔隗を招いたのは、重耳父娘《おやこ》の共謀のような気がした趙衰であるが、すくなくとも重耳が生きているあいだは、君姫のわがままは表面化しないとわかった。

趙衰はなにごとにも目先のきく男である。が、君姫に関しての見通しは、狂ったといえるであろう。

君姫は三人の子を生みながらも、いずれの子をも、盾を長兄として敬《うやま》うようにきびしくしつけ、趙衰の歿後は、盾を趙家の棟梁として立てて、自分は叔隗をしのぐ

ような驕色《きようしよく》を、ついにみせなかった。のちのちまで盾は、君姫の恩情を忘れず、

——君姫氏なかりせば、すなわち臣は狄人《てきじん》なり。

と、いった。もしも君姫がいなければ、自分はいまごろ狄人でいるであろう、と述懐したのである。

君姫は淑郁《しゆくいく》たる香気を放った女性として、口碑に刻銘された。

話が前後するが、盾が趙家へはいった翌年に、趙衰は原《げん》の領主となった。原は王《おう》畿《き》にある邑《まち》で、もともと王室の所領であったが、晋へ下賜され、重耳はそれを趙衰に与えたのであった。

このこともあって、趙衰の家は兄の趙夙《ちようしゆく》の家をはるかにしのぐ威勢をもつにいたった。つまり趙衰の家が趙一門の本流とみられるようになったのである。

三年後、周の襄《じよう》王の二十年（紀元前六三二年）に、晋は大いに軍旅を催して、南下し、ついに南方の大国である楚《そ》の軍と会戦し、衛《えい》の国の城濮《じようぼく》というところで、大《たい》捷《しよう》をおさめた。

晋の重耳は、斉の小白についで、春秋時代の覇者となったのである。中原諸国の盟誓《めいせい》の主宰権は晋へうつったというわけである。

趙衰はこの戦いのあとに、盾にむかって、

「軍事に詳しくなりすぎるな」

と、おしえた。兵馬のことに精通すると、戦いは、かたちにとらわれるようになる。いや、文事でも、おなじことがいえる。文とは、飾るということである。飾ることにとらわれてはならない。なにかにとらわれることは、心がとどまることになり、そこから生ずるものは害のみである。

「みずからを洞徹《とうてつ》させることだ」

と、いった趙衰は、もっともこのことがわかるには、まだ相当な歳月が要ろう、とつけくわえた。

――洞徹せよ、とは、からっぽになれということか。

二十三歳の盾にあたえられたことばとしては、むずかしすぎたといえるが、盾はこの歳ですでに堂々たる風格をもち、父の目からは、むしろもうすこし軽みをもたせたい、とみられていたことにほかならない。盾の眉間《みけん》にとまどいの色をみた趙衰は、

「舟を想え。舟が軽すぎても重すぎても、人は乗らぬよ」

と、いって、静かに笑った。

それから四年後に晋公・重耳は薨去《こうきょ》した。諡号《しごう》は「文《ぶん》」であり、かれは死後に文公とよばれる。ちなみに諡号は文が最高であるから、晋の累代の君主のなかで重耳が最高であると、評定されたということである。

趙衰は重耳の死におくれること六年で、逝去《せいきょ》した。追尊を成子《せいし》とも成季《せいき》ともいう。

趙盾は三十三歳で、趙一門の総帥《そうすい》となった。

趙盾の名を呼びすてにできるのは、君主と母の叔隗しかいない。かれはふつう、

「趙孟《ちょうもう》」

と、よばれる。孟とは長子であることをあらわす。とくに君姫は趙盾が家にはいったときから、孟どの、といって、あたかも正統なあとつぎであるかのように、かれを立てつづけてくれた。

――夢のような人だ。

趙盾は君姫をみるたびにそうおもう。趙盾が君姫をみる目には、昔ながらの憧憬がある。その夢のような人が、肉体の重さをもって、三人の子を生んだということが、ふしぎでならない。

趙盾にもすでに「朔《さく》」という子がいる。

が、趙盾は家督をついだばかりだというのに、趙家の継嗣《けいし》を考えた。かれは自分の子をその継嗣から除外した。君姫の生んだ子の、「同《どう》」、「括《かつ》」、「嬰斉《えいせい》」のいずれかに、趙家をまかせたいと、ひそかにおもった。そうすることは、世間では報恩とみるであろうが、盾にとっては、君姫への愛の表現になるはずであった。

――が、いつになることか。それまで君姫には生きていてもらいたい。

趙盾のねがいはそれだけであった。かれは父とちがった意味で、欲のない男であった。ちがった意味というのは、趙衰が君主のために自分を捨てることができたのとはちがい、趙盾は家のために自分を捨てることができる男であった。べつの見方をすれば、趙盾の主人は晋君ではなく、君姫であったのかもしれない。

翌年は、趙盾にとって、試練の年となった。

春に晋の郊外で閲兵式がおこなわれ、そのとき趙盾は中軍の佐《さ》に任命された。晋には五軍があったが、このとき上・中・下の三軍に縮小された。三軍のなかで中軍が最上格で、佐は副将といってよいが、参謀長でもある。戦場を駆けた経験のすくない趙盾が作戦の担当では、こころもとない、という声があがってもふしぎではなかったが、父の趙衰がやはりその中軍の佐であったところから、異論はでなかった。

ところがである。

半月も経たないうちに、ふたたび閲兵式がおこなわれ、なんと趙盾は、中軍の将、すなわち元帥に任命されるという不可思議なことがおこった。

このからくりをおこなった男は、陽処父《ようしょほ》といい、もともと趙衰の部下であったが、重耳の子の「驩《かん》」の養育官となり、その驩が重耳の死後に晋の君主となったことから、絶大な権力をもつようになり、軍籍に関しても、大いにくちばしを入れたというわけである。

陽処父は趙盾びいきであったにちがいないが、そうした私情をはなれてみても、さきに中軍の将に任命された賈季《かき》は、父が狐偃であり、偉大な父の遺勲に浴しているだけで、とても国家を経営してゆくだけの大才はない。それにくらべて、趙盾には能がある、と陽処父はいった。

——能を使うは、国の利なり。

ともいった。この強弁に、晋君・驩は押し切られたかたちとなり、正式に趙盾を中軍の将に任命した。中軍の将とは、軍事の最高責任者であると同時に、閣臣としても最高の正卿《せいけい》(首相)になったということである。つまり閲兵式とは、朝廷における大臣の階次の認定式でもあった。

陽処父は、格下げとなった賈季の心に、怨みの種をまいた。この種は賈季の心のなかで、半年後には、巨《おお》きく生長した。

そんなころ、晋君・驪が病歿した。

驪の生母は偪姞《ふくきつ》といって、山東の小国である偪《ふく》の公女であったが、かの女がどこで重耳と結びついたかによって、驪の年齢にだいぶ差がでる。

流浪の重耳が厚遇された国は、東方では、斉《せい》と宋《そう》しかなく、偪姞はその二国のどちらかにいたにちがいなく、もしも斉で重耳の妻となったのであれば、驪の誕生から逝去の年までかぞえてゆくと、最長で二十三である。むろん満年齢ではない。では、宋で偪姞が重耳と遭《あ》ったとすれば、おなじようにかぞえて、驪の歿年は十七である。

また、驪という名だが、この字の意味は、馬がよろこび楽しむということであり、『春秋左氏伝』では、重耳は斉君から馬八十頭を贈られたとあり、また宋君からも馬八十頭を贈られたとある。重耳がどちらの馬をよろこんだのかは、それだけではわからず、驪の命名の由来に、決め手はない。

ただし驪にはすくなくとも二人の子があり、長子を「夷皐《いこう》」といい、末子を「捷《しょう》」というが、捷とは、勝《しょう》であり、戦争に勝った記念にわが子に命名したと考えるのがふつうである。驪が君主として遭遇した大戦は二つあって、一つは「殽《こう》の戦」であり、一つは「彭衙《ほうが》の戦」であるが、いずれの戦いでも秦軍を破り大勝を得ている。それらの年に捷が生まれたとすれば、捷は父の歿年に、五歳か七歳である。子の年齢と父の年齢とをつきあわせてみれば、やはり晋君・驩は斉で生まれ、十六、七歳で即位し、二十二、三歳で死去したと考えるのが無難であろう。

したがって驩の長子の夷皐の年齢は、このとき、最少では六歳ということになり、最多でも十歳は越えてはいまい。

驩が病牀《びょうしょう》にあったとき、みずからの死期をさとったのか、趙盾を招き、枕頭にかしこまっている長男の夷皐のゆくすえを頼み、

「この子に国器の才があると認めていただければ、わしは死しても卿の恩恵に浴すことができる。が、不才であると捨てられれば、わしは卿を怨むことになろう」

と、いった。

趙盾は愴々《そうそう》とした面持ちながら、夷皐の擁立《ようりつ》を確約し、驩を安心させた。その驩が亡くなると、趙盾は閣議において、

「公子雍《よう》を秦からお迎えしたい」

と、発言した。

趙盾は驩に詐妄《さもう》の言をたてまつったわけではない。現今、晋が幼児を君主にいた

だいてよいほど、国々の情勢は甘くない。晋にとっての脅威は、なんといっても南方の楚で、楚はつぎつぎに南方の小国を併呑《へいどん》し、中原へ進出してくる野心はみえすぎるほどである。したがってここは、重耳の子であり驩の弟である公子雍を秦から迎えて、この難局を切りぬけ、しかるのちに、次代の君主として成人した夷皐を立てればよいというのが、趙盾の意中にある図式である。

公子雍の生母は杜祁《とき》といい、杜《と》という国は、西方の岐《き》山の近くにある小国で、秦に比較的近く、重耳が秦にいたとき杜祁に子を生ませたとすれば、この年に公子雍は十六歳になっているはずである。重耳はかれをかわいがっていたが、公室内の事情を考慮して、秦室にあずかってもらい、それ以来公子雍は秦にいる。

閣議決定は趙盾の意向にそってなされるはずであった。すなわち、公子雍の人格といい、生母の杜祁の妃としての位序の高さといい――かの女ははじめ二番目にいたが、みずから季隗につぐ四番目に降りた――、非難すべき点はみあたらないからである。

が、閣臣のなかに、ひとりだけねじれた意態で出席している者がいた。

賈季である。

かれは閣議が結論を得ようとしているときに、おもむろに口をひらき、

「新君には、陳《ちん》から公子楽《がく》をお迎えしたい」

と、いった。この発言が賈季のどういう感情から出ているのか、趙盾にはすぐにわかった。陽処父はいまにも怒鳴り出しそうな表情で、賈季をにらみつけている。公子楽はおなじ重耳の子でありながら、徳望にいたく欠け、晋に居づらくなって、自分から陳の国へ出たのである。公子楽ときくだけで、群臣は一様に顔をしかめる、そういう不器量な男である。生母の位序も最低の九番目である。

そんなことを、すべて承知の上で、賈季は公子楽の名を出したのである。

初老の賈季にとって、趙盾という三十四歳の宰相の青臭さは、片腹痛い。さらに老臣までが趙盾の意向に唯唯諾諾《いいだくだく》としているのは、不愉快きわまる光景であった。

――いい気になるなよ。

公子楽の名を出したのは、いやがらせのほかなにものでもない。

赫咤《かくた》を発せんとした陽処父を軽く手で制した趙盾は、表情ひとつ変えずに、賈季を説伏しようとした。趙盾がなんといおうと、はじめから聞く気のない賈季は、腹のなかでせせら笑い、横をむいていた。

――やむをえない。

趙盾は賈季を無視することにした。したがって、賈季の異見は棚上げされた恰好で、閣議は公子雍の迎立ということで一決した。趙盾の命令をうけた大夫の先蔑《せんべつ》と士会《しかい》とは、秦へむかって出発した。

が、賈季のいやがらせはしつこい。

——棚に上げられたものを、降ろすのは、わしの自由さ。

という気であったろう。かれは配下を陳へむけて出立させた。むろん公子楽を国内に入れるためである。公子楽が公子雍より先に帰国すれば、強引に即位させてしまい、そうなれば宮廷内の様相は急変するはずで、苦境に立った趙盾の狼狽ぶりがみものだと、賈季は底意地の悪い笑いを浮かべた。

賈季の使者が陳へ発っていったと陽処父からきかされた趙盾は、賈季の露骨なあなどりを感じたが、立腹をみせず、

「わたしに考えがありますので、ご懸念にはおよびません」

と、いい、かえって陽処父の怒りをなだめたくらいであった。

賈季からの使いをうけた公子楽は、この奇福に狂喜し、世話になった陳室への挨拶もそこそこに、晋へ急行した。

公子楽は晋の国境を越えた。そんなころ、趙家から兵が出た。

秦は晋の隣国であるが、陳は晋から千里のかなたにある国である。そこからやってきた公子楽は、まだ公子雍が国境を越えていないことを知り、これで後継争いに勝った、とおもったであろう。ところが、公子楽は晋の首都に着けなかった。

「なんだと、公子楽が殺されたと――」

自宅でのんびり構えていた賈季は跳ね起きた。公子楽は郫《ひ》というところで、趙家の兵に殺害されたという。地団太を踏んだ賈季の脳裡に、はじめに浮かんできた顔は、趙盾ではなく陽処父のそれであった。

――陽処父め、趙孟をけしかけたな。

と、直感した。趙盾がそれほど大胆なことを独断でできるはずがないとおもったからである。賈季の一族には、晋国内では剛勇で並ぶ者がないといわれる、狐鞫居《こきくきょ》がいる。賈季はさっそくかれを自宅に招き、

「陽処父が生きていると、われら狐氏は、衰困《すいこん》してゆくばかりだ。陽処父を殺《や》ってくれぬか」

と、頼んだ。

つぎの日に、陽処父は屍体となった。これが九月のことであり、しかし十一月になると、狐鞫居が屍体となった。

——趙孟が……、あの趙孟が、やったのか……。

賈季は愕然とした。趙盾とは、なんという酷烈な男であろう。父の趙衰であれば、なにごとをも円満に納めようとするであろう。が、趙盾は諸事における決断がはやすぎはしまいか。趙盾はまるで、天空をゆく太陽のごとく、ゆく手をさまたげるものを、容赦なく灼《や》き切ってしまう。

狐鞫居が亡くなったいま、賈季は右腕をもぎとられたようであり、趙盾に底知れぬ恐怖をおぼえたこともあって、かれは太陽の炎で翼をこがされそうになった鳥にも似て、晋をあわただしく飛び出した。妻子を置き去りにして狄《てき》の地へ亡命したのだから、かれの惑乱がどの程度のものであったのか、想像するに難《かた》くない。

趙盾の立場からすると、公子楽の殺害は、あきらかに法の行使であった。なぜなら公子楽の招請は賈季の個人的なものであり、閣臣の総意によるものでない以上、それを謀叛とよんでもさしつかえない企てである。また公子楽は国境の関所で待命すべきところを、多数で押し通って入国したのだから、これは不法入国というより、もはや外国の兵による侵攻である。当然、晋としては邀《むか》え撃たねばならない。さらに狐鞫居の場合は、かれは貴族なので、この時代では、法が及ばないから、君主が不在のときは宰相が、国権を代行して、事の善悪を判断して、貴族の彰徳《しょうとく》や処罰をおこなう。そうしたまでのことである。

たしかに公人としての趙盾は、非情にさえみえる処置をおこなったが、私人としての本然《ほんねん》の性は、深愍《しんみん》であったといってよい。人ばかりでなく鳥獣や草木までをも、深く愍《あわれ》む心は、狐氏の邑《くに》の大自然が育ててくれたものであったにちがいない。非情といえば、父の趙衰のほうが、おそらくそうであったろう。が、人はそうみない。

賈季の遁走を知った趙盾が、つぎに出した命令は、多分にかれの愍みの心のあらわれである。かれは臾駢《ゆべん》という臣をよび、

「賈季どののご妻子を、狄の地へ、送りとどけてもらいたい」

と、いった。臾駢は自分の耳を疑った。

じつは臾駢は、さきの閲兵式のときに、賈季に大恥をかかされた。その大恥とはなんであったのか、『春秋左氏伝』では明示されていないので、筆者には知る由もないが、とにかく臾駢は賈季の一族をみな殺しにしなければ気がすまぬ、とさえ考えていた男なのである。

――趙孟は、そのことを知っていながら、わしに命じておるのだ。

臾駢はこのときはじめて趙盾の深情にふれたような気がして、大いに反省し、帰宅してから臣下に、

「人への恵みや怨みは、後嗣《こうし》に及ぼさぬが、忠の道だ。卿は賈季に礼をつくそうとしているのに、わしがそれに乗じて、賈季に私怨を晴らすのは、よくないことだ。とても勇とはいえぬ。卿はわしを使者にすることで、賈季との間をとりもとうとなさったのだ。これは知である。忠、勇、知の三つを捨てては、これから卿に仕えることはできまい」

と、いい、かれは賈季の妻子ばかりか家財をも、ひとつのこらず馬車に載せ、みずから護送を指揮して、国境まで送りとどけた。

けっきょく賈季は晋へもどることはなかった。のちに賈季は狄の宰相といえる酆《ほう》舒《じょ》から、趙衰と趙盾の父子では、どちらがすぐれているか、とたずねられたとき、

趙衰は、冬日《とうじつ》の日なり。趙盾は、夏日《かじつ》の日なり。

と、答えている。趙衰は冬の日の太陽のようであり、趙盾は夏の日の太陽のようであるといったわけだが、さて、賈季の真意はどこにあったのであろう。

賈季の逃亡によって、後継問題は落着をむかえたかのようにみえたが、おもいがけない難題が趙盾を待っていたのである。

三

朝廷でひとりの女が泣いている。

かの女をみた大夫《たいふ》たちは、袂《たもと》をひきあい、耳語しあって、眉をひそめるものの、たれひとりとしてかの女に声をかけようとしない。

宮廷が暮れ色に染まるころ、かの女は宮廷を去り、趙盾《ちょうとん》の屋敷の門をくぐって、庭先で泣いた。

つぎの日も、またつぎの日も、かの女はおなじことをおこなった。かの女こそ、「穆嬴《ぼくえい》」

つまり、秦《しん》の君主であった穆《ぼく》公・任好《じんこう》の娘であり、晋《しん》の先君・驩《かん》（襄公《じょう》）の正妃であり、太子・夷皐《いこう》の生母である。

穆嬴からすると、夷皐の叔父にあたる公子雍《よう》が秦からきて即位すると、わが子が君主となる機会が永遠に去るのではないかとおもわれた。公子雍が死んでから夷皐に位をつがしてくれるという保証はどこにもない。おそらく次代の君主には、公子雍の子がなるにちがいない。そうおもうと、よけいにわが子がいとおしくなり、かの女はなりふりかまわず、宮廷内の群情に訴えようとした。

「先君にどんな罪があったというのでしょう。嗣子《しし》にどんな罪があるというのでしょう。嫡嗣《ちゃくし》を捨てたまま立てず、国外に君主を求めておられる。いったいこの子を、どこに置こうとなされるのでしょう」

穆嬴はそういっては、夷皐を抱いて泣き、泣いてはそういった。趙盾の屋敷の庭では、地面にひたいをつけて、哀訴し、趙盾が先君に奉対《ほうたい》した約束が履行されていないことを、なじった。かの女のふるえる肩に夜露が降りた。

――わが子のために、母とは、こうもできるものか。

趙盾は夜具にくるまってからも、かの女の声が耳底で鳴った。かの女の乱髪が、とじぬ目の底で、愀々《しゅうしゅう》と揺れている。やがて趙盾には、かの女に抱かれて呆然としている夷皐が、幼いころの自分にみえてきた。

――わたしの母も、わたしを抱いて、あのような狂態をみせることになったのかもしれぬ。

自分は君姫《くんき》にひろわれたが、夷皐はたれにもひろわれない。いや、趙盾がひろわぬかぎり、たれも手出しができぬというのが、実状であろう。ひろえば、賈季《かき》のごとく、趙盾と対立しなければならない。

趙盾でさえうかつに手が出せない。なぜなら閣議を主宰した者が、その決定に背《そむ》けば、すべての閣臣を敵にまわすことになり、どんなに趙家の威勢が盛んでも、おそかれはやかれ摩滅させられてしまうであろう。

が、つぎの夕《よる》、幽鬼のごとく庭先にたたずんだ穆嬴をみた趙盾は、

――明朝、廟議《びょうぎ》にかけてみよう。

と、決意した。と同時に、かれは屋敷を出て、晋の元老ともいうべき郤缺《げきけつ》の邸を訪ねた。

郤缺という人物を、ひとくちでいえば、

「篤敬《とっけい》の人」

である。かれの父の郤芮《げきぜい》は、重耳《ちょうじ》（文公《ぶん》）に反抗しつづけた勢力の頭目であったので、父の死後、郤缺は野に匿《かく》れた。ある日、晋の重臣であり重耳の侍講もつとめる胥臣《しょしん》が、郤缺の田の近くを通りかかり、雑草を取っている郤缺をながめた。ちょうど畦道《あぜみち》を郤缺の妻が食事を運んできた。妻が食事を運んできた様子といい、郤缺が妻を待っている態度といい、まるでたがいに賓客に対するようであった。

――ただ者ではないな。

一目で見抜いた胥臣は、近づいて、農夫の顔をみると、郤缺であった。ただ者で

ないといえば、胥臣もそうである。かれはその場から郤缺をともなって晋都へゆき、参内して郤缺を推挙し、難色をしめした重耳を説得して、ついに大夫にさせてしまった。

郤缺は武にもすぐれ、重耳の死後、驪のために、狄《てき》との合戦において烈々たる武功をたてた。その合戦における殊勲はたしかに郤缺のものであったが、驪の怜悧《れいり》さは、そのとき、郤缺をかつて推挙した胥臣を、激賞したことにある。むろん郤缺にも賞はあり、父の旧邑が与えられた。が、ついに帥将の職階は与えられなかった。晋室には、かれの父の郤芮の遺毒におびえるところがあったのであろう。

趙盾を迎えた郤缺は、すぐに、

「小君のことですな」

と、いった。小君とは君主の正室をいい、この場合、穆嬴のことである。

「ご推察の通りです。公子雍の到着が遅れておりますので、苦慮しております」

「遅れた、……。ふむ、遅らせたとおっしゃっていただきたかった。一国の正卿のことばとは、たった一語でも、人臣に大きく鳴りひびくのです」

柔和な表情の郤缺だが、そのまろやかな口調に、かれの真髄がみえかくれすることを知って、趙盾は冷や汗をおぼえた。

「たしかに、遅らせたのは、わたしの不徳のせいです。卿にも、他の大臣がたにも、ご迷惑をおかけしていることを、深謝しなければなりません」

趙盾が賈季の詖行《ひこう》を血をみせずに鎮《しず》めたのなら、すでに公子雍は帰国して即位し、穆嬴の訴えもなかったであろう。が、晋の一治一乱をみて、用心深くなった公子雍は、隣国で静観する姿勢をとった。そのため公子雍を迎えにいった先蔑《せんべつ》と士会《しかい》とは、虚しく帰国した。

「小君と太子とを、どう処置いたしたらよいのか、ご教示をたまわりにまいりました」

趙盾は辞を低くしたつもりであった。

「趙孟《ちょうもう》どのよ」

郤缺の表情から柔和さが引きはじめた。

「ここは朝廷ではない。私邸です。もっといえば、あなたの生死は、わたしに握られている。徒手空拳の者が、相手を動かそうとするのであれば、ことばの力しかなく、相手を打つのであれば、ことばに真吾《しんご》を籠《こ》めねばなりません。すなわち、あなたがここにおられることは、わたしの意見をきくためではなく、明日の廟議において、太子・夷皐を国君として立てることに、あらかじめわたしの賛同を求めにいらっしゃったのだ。ちがいますか」

「まさに――」

趙盾は顔を上げられなくなった。

「こうしたとき、もしもご尊父であったら、どうなされるか、お考えになりましたか」

「父であれば、無情にも、小君を放置したままにしておくでしょう」

この答えには、確信がある。

「では、そうなされよ」

趙盾の頭がさらに下がり、沈黙した。郤缺は目もとにおだやかさを残したまま、

「が、あなたは、そうはできない。心やさしい方だが、執政としては、弱い。あなたは外の敵に対しては強いが、内の敵には弱い。為政者としては、一見、そのほうがよさそうですが、じつは逆なのです。いや、為政者にかぎらず、庶人の生き方としても、内に強く、外に弱い方が、生きやすい。人には弱点があり、その弱点をかくせば、他人はもはや介輔《かいほ》の余地をみいだせないので、なにもあなたにいわなくなる」

と、まっすぐにいった。

きびしいことばであるが、趙盾にはなぜか温かく染《し》みた。

郤缺は趙盾が夷皐を擁立した場合の、風当たりの強さにも言及した。夷皐は幼君なので、みずから聴政できるはずはなく、けっきょく政柄《せいへい》を握ることになる趙盾が、権力を拡大するために、議定を枉《ま》げたとみられること、また、秦があえて公子雍を送り込んでくるとすれば、大軍を付属させてくるため、秦との戦争が避けられないこと、さらに、楚《そ》は晋の新君が幼いとわかれば、いっそうせわしく政略の手を中原《ちゅうげん》に伸ばしてくることはあきらかなので、晋から離叛する諸侯がふえて、晋は穿敝《せんぺい》の度がはげしくなること、など、ひとつとして祥《よ》いことはない。

「それでも、あなたは、太子を国君としてお立てになるのか」

郤缺は趙盾の肚《はら》を見すえるようないいかたをした。趙盾は顔を上げた。

「立てたいと存じます」

「やれやれ、徳のない方だ。いや、わたしはそうみないが、人はそうみる。徳とは、目に見えるかたちがなければ、人はそういわぬ」

「わたしの徳など、新君にすべてたてまつればよろしいと考えております」

「あ、――」

と、郤缺は軽くおどろき、つぎにつぶやくように、

「むずかしい、じつに、むずかしい道を選ばれた」

と、いった。

前夜はそういった郤缺であったが、廟議では、夷皐の国嗣《こくし》としての是非を、討論の俎上《そじょう》にのせてくれた。趙盾は心のなかで郤缺に深々と礼をした。

ほとんどの閣臣は、意外な面持ちをかくさなかった。

公子雍を秦まで迎えにいった先蔑は、公子雍と個人的に盟《ちか》いを交わしたこともあって、公子が帰国しやすいように準備をはじめたばかりなので、口吻《こうふん》をとがらせ、この動議そのものの非を鳴らした。先蔑と交誼《こうぎ》のある荀林父《じゅんりんぽ》は、もちろん先蔑に同情する者であったが、慎重なかれは、ここでは言をつつしんで、中立を守った。箕《き》鄭《てい》や先都《せんと》といった重臣は、やはり先蔑とおなじ意見であったが、趙盾が夷皐擁立を明言すると、急に黙った。この静黙を破って、趙盾に同調する意見を吐いたのは、先克《せんこく》であった。

先克の祖父の先軫《せんしん》も、父の先且居《せんしょきょ》も、元帥をつとめたせいか、かれも武の血がまさっており、まえまえから硬派の趙盾に好意をいだき、さきに趙盾を中軍の佐にひそかに推《お》したのも先克なのである。

「かたがた、公子雍を護衛してくる秦軍と戮力《りくりょく》して、太子をお攻めになるのであれば、臣《わたし》はおよばずながら正卿とともに太子を奉戴《ほうたい》して、一戦つかまつる」

先克はそういい切った。この発言は効《き》いた。孤立ぎみであった趙盾を助けることになった。その感謝のあらわれであろう、まもなく趙盾は、賈季が去って空席となっていた中軍の佐の軍任を、先克にさずけることになるのである。

廟議を先克ひとりが押し切ったかたちとなった。夷皐の即位が決定したということである。この報せを秦できいた公子雍は、

――趙孟とは、二枚の舌をもっているのか。

と、激怒し、さっそく秦の要人たちと密議にはいった。

公子雍にとっての不運は、秦君の任好が死んだばかりであり、嗣君《しくん》の罃《おう》が喪に服していることもあって、軍を動かせてもらえなかったということがある。なお公子雍は任好に仕えて、高位を与えられており、公子楽《がく》のように焦燥ぎみにみずからを晋へ速達する必然を感じなかった。その上、公子楽が消されたときけば、

――どうせ、わたししか、君主になれる者はいない。

と、安心したこともある。それらが公子雍の帰国を遅らせた原因と理由であるが、かれの遅留《ちりゅう》が、晋の国情を急変させた。夷皐が即位してしまったのである。

ただし公子雍にとっての救いは、先蔑との連絡がとぎれていないことで、先蔑からは、たとえ戦争になっても晋の中軍をのぞく二軍は、公子雍の味方であり、かならず勝てるので、早々に兵馬とともにお越しあれ、といってきている。秦の新君となった罃も、できるかぎりの兵をおつけしましょう、といってくれた。勇躍した公子雍が秦軍とともに秦都を出発したのは、三月上旬である。その速報が先蔑にとどいた。

――これで趙孟は終焉《おわり》だ。

と、先蔑はほくそえんだ。どう考えてもそうであろう。べつにかれの観測が甘いわけではない。秦軍を邀撃《ようげき》する晋の三軍のうち、上軍の将は箕鄭であり、その佐は荀林父となろう。下軍はといえば、将は先蔑自身であり、その佐は先都となる。箕鄭や先都は先克を毛ぎらいしており、荀林父は先蔑の友人であるので、秦軍との戦闘のさなかに、上下の軍の戈先《ほこさき》を転じて、趙盾と先克とが率いる中軍を挟撃《きょうげき》し、潰《つぶ》すことはたやすい。

――戈《か》を倒《さかしま》に、後《あと》に攻めて以《もっ》て北《に》ぐ、というやつだ。

上機嫌の先蔑は、微服にきがえて、与力となってくれそうな卿や大夫の邸《いえ》の門を、砊々《こつこつ》とたたいた。

　秦軍は三月下旬に黄河を渡った。

　晋の首都である絳《こう》へは、黄河の支流沿いに北上すれば、もっとも早く到着できる。秦軍はその最短の道を、なんの懸念もたずに、ひたすら進んだ。

　趙盾は秦軍が黄河の対岸にあらわれたとき、郤缺の食邑である芮《ぜい》からの急報でそれと知り、三軍をもって、秦軍の侵攻を防ごうとした。ただし、

「箕鄭どのは、首都の留守《りゅうしゅ》を――」

と、いって、上軍の将を戦場からはぶいた。これで上軍の兵力は半減した。

　――趙孟め、なにか勘づいたのか。

　先蔑は横目で中軍をにらんだが、気をとりなおし、南へ兵馬をすすめた。

　南下する途中で、先克は趙盾に、

「先蔑の軍が、どうも怪しい。わが軍の後方に置くのは、考えものではありませんか」

と、警告した。秦軍と正面を切って戦闘にはいったときに、うしろから先蔑の軍に襲われたら、中軍はひとたまりもない。

「前方におられたら、困る理由があるのです」

趙盾は先克の耳に口を近づけ、なにごとかをささやいた。先克はおどろきをあらわすように瞠目《どうもく》した。そのあと、一笑し、

「山岳の霊に、わたしの生死も、おあずけしましょう」

と、いった。

趙盾は迂路《うろ》をとり、山間に兵馬をいれた。山行に馴れている趙盾は、自軍の進行を加速させ、他の軍をひきはなした。趙盾ははじめから上下の二軍をあてにしていない。それどころか、かれらはいつ自軍に牙爪《がそう》をむけてくるかわからない危険な存在である。趙盾は中軍だけで秦軍を撃破することを考え、副将の先克に秘計をうちあけた。

先克は候人を発し、秦軍の位置を、的確に知ろうとした。秦軍の進行はおどろくほど速い。先克の顔色が変わった。

「ここから、山谷をゆき、敵の脇腹を衝《つ》くとしても、まにあいますか」

「夜も時のうちです」

中軍は夜間も移動し、ひたひたと秦軍に迫った。決戦前夜に、趙盾は、

——人に先だちて、人の心を奪うことあるは、軍の善謀なり。

と、いい、秦兵の度胆を抜くことになる奇襲を言明し、兵士たちに武器をみがか

せ、馬にまぐさを与え、兵士たちに腹いっぱい食べさせてから、夜中に秦軍のいる令狐《れいこ》をめざして出発した。

趙盾は兵略家ではない。どちらかといえば、いくさは下手《へた》なほうであろう。その点、軍事に詳しくなりすぎるな、という父のことばを、忠実に守ってきたといえなくない。百戦して九十九敗しても、最後の一戦で勝てば、やはり勝ちなのである。その一勝とは、兵によってというより、人格とか仁徳とかいう、量では商度《しょうたく》できないものによって、得るはずであり、したがって趙盾はここで敗《やぶ》れても、死ぬつもりはなかった。郤缺に、徳のない方だ、とはっきりいわれたが、徳とはこれから積んでゆくものであり、生まれたときから徳のある人間など、一人もいないと、かれは割り切っている。

秦軍がみえた。すでに夜明けである。晋の中軍の隠密行動が気づかれなかった証拠に、秦軍には奇襲にたいする備えはない。

「山岳の霊は、われわれを祝福してくださったようですな」

先克は黎明のひややかな空気を胸いっぱいに吸ってから、

「かかれ」

という号令とともに、熱い息を吐きだした。

晋軍の旗は赤であり、武具も冑《かぶと》をのぞけば赤い。対蹠的に、秦軍は黒が基本の色である。その黒々とした軍営にむかって、旭日の光で矛先《ほこさき》を煌《かがや》かせ、晋軍は火焰のごとく襲いかかった。

四月二日のことである。

先蔑は趙盾の意図を見抜けなかった。そのため秦軍には先蔑からの報せはとどいておらず、当然、防備は薄く、ねぼけまなこの秦兵が、ときならぬ喧鬨《けんこう》におどろき、炊事の手をやすめてふりかえれば、たれもがまるで天から降ってきた火の雨に打たれたような表情をした。

秦軍は大潰走となった。それをみた趙盾は太鼓を打つ手をやすめず、苛烈なまでに追撃した。令狐の南の刳首《こしゅ》というところまで達して、車上の趙盾はようやく御者《ぎょしゃ》の背をたたき、鞭《むち》をおろさせた。晋軍の快勝であった。

一日遅れて刳首にやってきた先蔑をみた趙盾は、

「たがいに、手筈《てはず》が狂ったようです」

と、いった。この一言で、先蔑は蒼白となり、自軍にもどることなく、退却する秦軍を追って、秦へ亡命してしまった。ちなみに、このとき士会も秦へ亡命するが、まだ帥将ではなく、いわば佐官にすぎない士会が、じつは晋国はじまって以来の兵術の天才といってよく、のちに秦の客将となって、さんざん趙盾を悩ませたので、趙盾は郤缺の助言にしたがい、謀慮をもって士会を招き、晋において復職させてしまった。

それはさておき、趙盾にとって、令狐の戦いにおいて勝利を得たことは大きく、武名を揚《あ》げると同時に、政敵をも駆逐《くちく》し、新君を尊奉して、新制の践履《せんり》をたやすくした。

趙盾の脳裡には、周王朝がひらかれたばかりのとき、幼い王のために身命をささげて摂政《せっせい》をおこなった周公旦《たん》の像があったであろう。夷皐が成人となるまで、晋のもつ覇権を他国へゆずれないと思いつめ、事実、かれが高冠をぬいで引退するまで、晋君が中華の盟主でありつづけたことは、趙盾の事績として称揚されてよい。

が、趙盾にとっての悲劇は、身命を賭《と》して即位させた夷皐が、愚者であることであった。

まったく夷皐は愚者というほかない君主であろう。

幼年期を脱した夷皐がやることといえば、高台にのぼり、眼下を往来する人々に、小石をはじき飛ばし、人々が逃げまどうのをみて、大喜びするということであり、あるいは、そんな幼蒙な顔に急に老人のような皺《しわ》をつくり、

「宮殿が暗い」

と、いい、租税を厖《あつ》くするように趙盾に命じ、ふえた収入で宮殿を飾りたてた。

夷皐は情緒が不安定であり、喜怒哀楽が烈しく、なおかつ残忍な性格であり、たとえば、食膳にのぼった熊の掌《てのひら》がよく煮えていなかったという理由で、その料理人を殺し、屍体をモッコに詰めて、侍女たちにかつがせ、廷内から運び出させて、屍体を隠匿《いんとく》しようとした。

ところがモッコから手が出ているのを、趙盾と士会とがみとがめ、事情を知って、二人とも嘆息し、愁眉を寄せた。

「わたしがお諫《いさ》めしてみる」

と、趙盾がいうと、士会は、

「正卿がお諫めして、お聴き入れにならぬときは、もはやたれもお諫めできなくなります。まず、わたしがやってみましょう」

と、いった。その場から士会は宮門にむかった。夷皐はめざとく士会をみつけると、いやな顔をして、横をむいた。士会が宇下《うか》までできて、ようやく士会のほうに顔

をむけ、

「あやまちはわかっている。以後、改める」

と、いった。が、それは口先だけのことであり、悖徳《はいとく》のことがあると、士会にかわって趙盾が諫めた。そのときだけ夷皐は順良をみせるが、腹のなかではまっ赤な舌を出しているのであろう、やがて、その舌がぶきみな色に変わってきた。

——あのうるさい口を、永遠に閉じさせてやろう。

つまり趙盾の暗殺を考えはじめたのである。

夷皐は直属の臣である鉏麑《しょげい》に、わしをないがしろにしている趙盾を誅《ころ》してこい、と命じた。

鉏麑は晨明《しんめい》の涼気に身ぶるいして、趙盾の屋敷に忍び込み、寝所をうかがった。寝室の門は開け放たれている。空をみれば、まだ星の光は衰えていないのである。

——不用心な男だな。

と、鉏麑はにんまりした。これだけ門戸にしまりがないと、趙盾という男は、さぞかしだらしなくねむっていることであろう、と、気が楽になった鉏麑が宇下から室内をのぞくと、趙盾がすわっていた。いや、すわったままうたた寝をしていた。目を凝《こ》らした鉏麑は、つぎの瞬間、ああ、と嘆声を発したくなった。

なんと、趙盾はすでに朝廷へ出かけるための盛装にきがえをすませており、登朝にはまだ刻《とき》が早いので、しばらくうとうとしているということであった。

鉏麑はさっと宇下から身を退いた。天を仰いで、叫びたくなった。

――なにもみえぬ夜陰のなかであれば、殺せたのに。

という悔やみを通りこした、なにか大きな苦悩がかれを襲った。趙盾を誅せ、という晋君の声が頭のなかで鳴りひびいている。

――恭敬《きょうけい》を忘れない人とは、民の主《あるじ》というべきである。その民の主を暗殺することは、不忠というべきである。が、君命を棄てるのは、不信というべきである。

鉏麑はそう考えた。趙盾を殺せば、国に忠ならず、殺さなければ、君に信ならず、という、ぬきさしならない立場に追い込まれた自分を知った鉏麑は、実際、ぴたりと歩を止めた。つぎに絶叫した。その声を聞いて家人がかけつけてみると、ひとりの巨体の男が、槐《えんじゅ》の木に頭を叩きつけて、死んでいた。

「鉏麑め、為損じたな」

と、舌打ちした夷皐が、つぎに考えた暗殺の手段とは、趙盾を酒宴に招き、兵を伏せておき、機をみて斬殺しようというものである。このとき、周の匡王《きょう》の六年（紀元前六〇七年）の九月である。趙盾が四十八歳の秋であり、趙盾の生涯で最大の危難となった。

趙盾は哀しかったであろう。かれは自分の子の朔《さく》よりも、夷皐に愛情をそそいできたつもりである。夷皐が乱行をおこなえば、自分の不徳を責め、ますます身を慎み、いよいよ夷皐を敬った。徳が人に染みぬはずはない、と趙盾は信じた。が、夷皐の人格は荒敗してゆく一方のようであった。

——わたしが至らぬからである。

趙盾はそれしか考えなかった。ほかのことを考えたとき、自分の人格も荒敗すると予感し、恐れた。こんなとき、

「伊尹《いいん》のごとく、なさったらどうですか」

と、趙盾にいったのは、趙穿《ちょうせん》である。

趙穿は趙夙《ちょうしゅく》の孫で、趙盾をまるで実父のように尊敬している。趙穿の目からは、夷皐は凶悪なだけで、とても君主として仰ぐ気になれないだけに、その凶悪さをひたすら耐え忍んでいる趙盾を、みていられない。

趙穿のいった伊尹とは、古代王朝の商の宰相《しょう》の名で、伊尹はときの王の太甲《たいこう》が暴《ぼう》戻《れい》であるというので、かれを開祖の湯《とう》王の廟兆《びょうちょう》に幽閉し、改悟《かいご》を待ったと伝えられる。つまり趙穿の示唆《しさ》とは、夷皐を晋室の太廟《たいびょう》のある曲沃《きょくよく》の地へ流し、大臣だけの

寡頭《かとう》政治ができないものか、ということである。

「伊尹は湯王でさえ師として仰いだ聖人である。だから、できた。わたしが同じことをすれば、文公や襄公に、あの世でも赦されることはあるまい」

そういった趙盾は、夷皐に招かれている酒宴へ出かけていった。

趙盾の命があぶないと、最初に気づいたのは、いつも車上で護衛にあたっている提弥明《ていびめい》という臣である。趙盾の臣下では最強の男である。

かれは脱兎《だっと》のごとく、堂上にかけのぼり、

「臣下が国君の宴に侍《はべ》って、三杯以上もいただくのは、礼にあらず」

と、大声でいい、趙盾を堂下まで抱えおろした。目を瞋《いか》らせて立ちあがった夷皐は、それ、あやつを嚙み殺せ、と犬を縦《はな》った。巨大な犬である。犬はすさまじい吼怒《こうど》とともに牙爪を立てて、趙盾主従に襲いかかった。宙をはしった犬は、しかし墜落し、その衝撃音が地をひびかせた。

無造作にふりかえった提弥明が、すばやくふるった拳の一撃で、犬の顔がつぶれ、犬は即死したのだから、提弥明の腕力は人間ばなれがしている。犬の屍骸をみた趙盾は、すこし余裕がでたのであろう、

「人材を用いずに、犬を用いている。いかな猛犬でも、なにができよう」

と、いいつつ、剣を抜いた。

が、今度の敵は、犬ではなく人である。伏兵が立った。

趙盾と提弥明は、前途をふさぐ矛戟《ぼうげき》の林を斬り払い、脱出を試みた。提弥明の戈《か》が一閃するたびに、夷皐配下の甲武者《よろい》は地に淪《しず》んだ。しかしながら、どんなに提弥明が超人的な働きをしても、夷皐が多数の甲武者を配してつくりあげた重厚な牆《かきね》を、破れそうになかった。敵兵の矛《ほこ》が提弥明の肢幹をつらぬき、ついに提弥明は絶命した。凶刃の重囲のなかで、ひとり剣を持って立つ趙盾は、死と直面した。

――ここで死ぬ。

と、おもった瞬間、趙盾の脳裡に、雪をかぶった大樹がみえた。その樹は父の墓標のようであり、自身の墓標のようでもあった。自分の魂はあそこへ帰るのだ、とおもった。

「君命により、卿を、誅戮《ちゆうりく》いたす」

その声の主が、この伏兵の指揮官なのであろう、巨《おお》きな影が趙盾に近づき、その影の上でひとつの円を描いた矛先が、まっすぐ趙盾の頭上に落ちてこようとした。

が、その矛先は急に横に流れて、地に落ち、巨きな影は、趙盾の足もとで岩のごとく不動のものとなった。

「卿よ」

と、呼ばれると同時に、趙盾は自分の軀《からだ》が浮くのを感じ、つぎに奔《はし》らされた。ひとりの甲武者が趙盾を抱えたあと、趙盾とともに活路をひらこうとしていた。

――晋君の配下の武人が、なにゆえ、わたしを……。

と、趙盾がいぶかっているひまはなかった。その見知らぬ甲武者は、提弥明にまさるともおとらぬ膂力《りょりょく》の持ち主らしく、かれの矛の旋回によって、敵兵の矛の柄は摧破《さいは》され、人影は飛鳴して、前途から消えつづけた。

まもなく趙盾は、窮地にいることも忘れて、この武人に驚嘆するばかりであった。気がつくと、脱出の路はひらけていたのである。趙盾はその武人と奔った。息がつづくかぎり、奔った。馬車が追ってきた。ふりかえると、自分の馬車であった。二人はそれに飛び乗った。趙盾は荒い息をくりかえしつつ、

「どうして、わたしを助けてくれたのだ。ご尊名は」

と、この寡黙な同乗者に訊いた。男はすわったまま目を上げ、

「翳桑《えいそう》で飢えていた者です」

とだけ、いった。

――翳桑……。

趙盾は記憶をさぐった。そういわれれば、黄河に近い首山《しゅ》で狩りをしたとき、翳桑で一泊したな、と憶い出した。

趙盾は翳桑で飢えた男に出会った。男の名は霊輒《れいちょう》といい、道ばたで横になっていた。趙盾は病人かとおもい、どこぞ悪いのか、と声をかけた。すると男は、

「三日も食べていないのです」

と、答えた。趙盾はさっそく自分の食べ物を与えた。が、男は半分残した。趙盾がそのわけをたずねると、

「人に仕えて三年になり、母の存否もわかりませんが、家の近くまできたので、これをみやげに持って帰りとう存じます」

と、男はいった。

――なんと、心優しい男よ。

感動した趙盾は、まだ食べ物はたくさんある、存分に食べるがよい、といい、男がふたたび食べはじめるのをみとどけると、側近に命じて、男の母親のために飯と肉とをわりごにつめさせ、それを背負袋にいれて、男に与えた。その後、かれは晋君の配下となっていたというわけである。

馬車が趙盾の邸のまえで停まると、男は名も住所も告げずに、奔り去った。趙盾はついにかれの名を知ることはなかった。

趙盾自身も逃亡しなければならない。

趙盾は国境の山まできた。

かつてこの山を越えて、母の叔隗《しゅくかい》とともに晋都へむかった。その叔隗はすでに亡い。いま、この山を越えれば、ふたたび趙盾は狄の人となるのである。かれは白装束にきがえた。

「素衣《そい》・素裳《そしょう》・素冠《そかん》」

が亡命のときの礼装である。

天と地の色が、かつてないほど、心に染みた。

――ここを去っても、やはり、おなじ天と地だ。

趙盾は晋に別れを告げるべく、哭礼《こくれい》しようとした。が、このとき、趙盾の臣下がざわめいた。どこまでも静和にみえる眼下の光景に、しみがみえた。いや、それは軽車のたてる砂塵のようであった。

「急使のようでございますな。山をくだって、みてまいりましょう」

山道を降りていった側近の臣は、その軽車の主とともに、もどってきた。軽車に乗ってきたのは、趙穿の使者である。口上がある。

「晋君がにわかに薨去《こうきょ》なさいましたので、急ぎ、ご帰朝くださいますように」

――晋君が、急死されたと……。

晋都へ帰る道すがら趙盾がなんども首をひねったように、夷皐の死はうまくできすぎていた。それもそのはずで、趙盾に使者をよこした趙穿が、夷皐のあまりの非道にいきどおり、趙盾を追放して喜色満面で遊びに出た夷皐を、桃園《とうえん》に兵を伏せ、暗殺してしまった。これが九月二十七日のことである。

都内にはいって、それと知った趙盾は、いつも自分を父のように仰ぎみる趙穿の顔を想い浮かべ、

――徳は、かくも染みにくく、怨みは、かくも染みやすしか。

と、独語した。自分が夷皐配下の凶刃に落命しそうになったとき、はじめて夷皐を怨む気持ちになった。そのわずかな怨怒《えんど》がわずかな時間で、趙穿に伝わった。それにくらべて、君主の夷皐に長年にわたってささげてきた徳操《とくそう》とは、なんであったのか。

宮廷にはいった趙盾は、愕然《がくぜん》とした。

「九月乙丑《いっちゅう》（二十七日）、晋の趙盾、その君夷皐《きみ》を弑《しい》す」

廷内に告示されている朱墨の文字が、趙盾の目に飛び込んできた。

「大史、――」

めずらしく趙盾は、嚇《かっ》として、史官の長を呼んだ。告文を書いた責任者は董狐《とうこ》である。晋君を殺したのはわたしではない、と、趙盾に迫られた董狐は、肚《はら》もすえ、目もすえていた。かれはおもむろに口をひらいた。

「あなたは正卿です。亡命なさろうとしましたが、国境は越えなかったとうかがいました。国境を越えぬということは、あなたは正卿のままでおられるということです。にもかかわらず、あなたは都におもどりになっても、君をあやめた犯人を成敗なさろうとしません。ということは、犯人を使嗾《しそう》なさったのは、あなたのほかになく、ほかにたれがそれをなしえましょう」

正論であった。

趙盾のこめかみがふるえた。趙盾は情の豊かな人であり、これまで情の横溢《おうらん》を智によって、制御してきた人でもある。情に流されれば、即座に、董狐を斬っていたであろう。が、このときも、かれは智の人となった。董狐の述叙に非の打ちどころがないことを認めた。董狐は歴史家である。趙盾の情を抒《く》まなかったのは、当然であった。

趙盾はかすかに身をよじり、詩を口ずさんだ。

われの懐《おも》い、みずからこの慼《うれ》いを詒《のこ》す。

低い声が流れて消えた。

趙盾は目をもどし、それこそ、わたしのことです、といった。おもうことが多すぎて、結局、汚名をのこすことになった、と趙盾は董狐に語りかけたのである。趙盾の目に悲戚《ひせき》の色が満ちて、やがて干《ひ》いた。董狐はその目をみてから、拝礼して去った。

むろん、そのときの趙盾の吟《うた》った詩とことばとを、後人に伝えたのは董狐であったろう。のちに孔子は、趙盾と董狐とを激賞し、趙盾については、

「国境を越えていたのであれば、汚名をこうむらずにすんだであろうに」

と、惜しんだ。

趙盾は趙穿を処罰するようなことはしなかった。趙盾が晋君を弑した、と、内外

に公表されたかぎり、罪は一人で背負えばよく、無用の血の流れるのをきらった。趙盾は自身を処罰するかわりに、君姫が生んだ子の同《どう》に、食邑の原《げん》を与えることにし、おのれは身を引くことを考えた。

このころ、君姫の病が篤い。枕頭で趙盾が同への家督委譲をいうと、君姫はうるんだ目をひらき、小さくうなずいた。趙盾は肩から重い荷をおろした感じがした。まもなく君姫は死去した。趙盾の胸から夢の重さも消えた。

趙盾は趙穿を周都へやって、王室で仕えながら学問をしている黒臀《こくとん》を新君として迎えさせた。黒臀は重耳の子であり、驩の弟である。

黒臀は即位すると、大臣の子の身分を細分し、嫡子を公族とし、嫡子以外の子を余子《よし》の官に、庶子を公行《こうこう》の官に任命した。

ここで趙盾は、新君にひとつの請願をおこなった。それは、

「君姫の子の括《かつ》を、公族にしていただきたい」

と、いうことであった。君姫が自分の子のなかで括をもっともかわいがっていたことを知っている趙盾は、君姫の供養のために、どうしてもそれを実現させたかった。

——なんぞや、このあつかましさは。

と、黒臀はおもったことであろう。趙盾の家からだけは、二人の公族を出せというのか。それとも趙盾は、君命の軽重をためしているのか。黒臀が内心慍《むっ》としていると、

「かわりに、臣《わたし》を、余子の官へ――」

と、趙盾はみずからを貶降《へんこう》させることを請うた。それなら趙盾の嫡子は余子の官ということになり、問題はない。黒臀は聴許した。

括は君姫の面差しをよく映していた。趙盾にとって、美しい夢の形見の飾り場所は、臣としてもっとも高いところでなくては、ならなかったのであろう。

趙盾は正卿の職を辞した。

ある夜、かれがみた夢は、ふしぎな夢であった。

先祖の叔帯《しゅくたい》が腰を支えて、ひどく泣き悲しんでいたが、やがて笑い、手を拍《う》って歌をうたった。

めざめたあと、趙盾は気になって、秘蔵の亀の甲をもちだし、火にあてて、占ってみた。亀裂の形を、占繇《せんちゅう》と照らし合わせてみた。すると、

――絶えてのち好《よ》し。

と、あった。絶えるということは、わが家が滅ぶということか。のち好しという

ことは、そののち栄えるということか。絶滅した家が、どうして栄えることができよう。趙盾は半日ほど考えるともなく考えていたが、とうとう自家の史臣の援《えん》を呼び、夢の内容を話した。

「これはかなり悪い夢です。禍《わざわ》いは君の身にふりかかりませんが、かならず君の子にかかり、君の孫の代になったら、趙氏はいよいよ衰えましょう」

趙盾は家の外に出た。孟夏の落日が、趙盾の翳《かげ》を長々とつくった。

「絶えてのち好し、か。……」

そうつぶやいたとき、鳥の群翔《ぐんしょう》の翳が、趙盾のまわりに落ち、すさまじい羽音におどろいて顔を上げたとき、鳥の大群は落日の赤に吸い込まれるように去っていった。

趙盾は自分の翳をふりかえった。たれも超《こ》えようとしなかった翳である。趙盾はふたたび落日にむかって歩きはじめた。たれかにうしろから声をかけられたようであったが、趙盾はもうふりかえらなかった。

月下の彦士《げんし》

一

墓上にいる黒い鳥のかずが減った。

落日の茜《あかね》色が墓門からも消えると、天空の青は急速に濃さを増しはじめたが、まだあたりは充分に明るい。黒い鳥の群れのむこうから、月が昇った。

早朝から豪雨であったので、喪主である趙朔《ちょうさく》は出棺をみあわせていた。そのため父の趙盾《ちょうとん》の埋葬が、ずいぶん遅れた。

夕方ちかくになって、からりと晴れ渡ったのは嘘のようである。

趙盾は晋《しん》の国の宰相であったが、春秋時代の葬儀の手順というのは、天子（周王）と諸侯とをのぞけば、大臣から庶民にいたるまでおなじで、死んでから三日目に殯《ひん》とよばれる仮埋葬をおこない、三か月目に本式の埋葬をおこなう。

趙盾は死後三か月目に土に帰ったのである。追尊があり、「宣子《せんし》」という。死後の趙盾は趙宣子、または、宣孟《せんもう》とよばれる。

棺の上に土を盛り、できた小さな山のことを壟《ろう》というが、その壟の上に植えた木を、趙朔は目に焼きつけるように凝視《ぎょうし》してから、坂路をくだってゆこうとした。

そのとき、背後から、するどい哭声《こくせい》が天にむかって放たれた。

鳥の飛び立つ音がした。

——まだ、父のために哭《な》いていてくれる人がいるのか。

趙朔はふりかえった。壟の下でひざまずいて、しきりに哭声を発している者の影がみえる。影といったが、まだかろうじて容貌がみえる。若い人でないことだけはたしかである。

——みかけぬ人だが、父の友人であったのかもしれない。

それならば、わが家へきていただこう、とおもった趙朔が、壟のほうへ歩きだそうとしたとき、かたわらにいた友人の程嬰《ていえい》に肘でとめられた。

程嬰は趙家の人間ではないが、肉親とかわりがないほど趙朔に昵交《じっこう》し、葬儀においても身内同然にふるまっている。

——なぜ、とめる。

と、いいたげな目を、趙朔は程嬰にむけた。程嬰はわけをいわずに首だけふってみせた。葬儀の日は口をつつしむべきなのである。

いつもの趙朔であれば、程嬰の忠告には素直にしたがうのだが、このときだけはどうしたことか、程嬰の掣肘《せいちゅう》をあえてしりぞけるように、ふたたび坂路をのぼりはじめた。

「ちっ」

と、舌打ちをした程嬰は、趙朔の肩をつかもうとした。それより速く、趙朔は手をあげた。

「今日は、わたしの好きにさせてくれぬか」

手はそういっている。

趙朔の家人たちも、その手によって、歩行をとめられて、主人のきまぐれを見守った。

趙朔がそれほど䡴下《ろうか》の男にこだわったのは、さきほどの哭声は、たんなる悲しみの発声ではなく、趙朔の耳には、父の呼び声にきこえた。

「わしを、忘れてゆくのか」

そうきこえた。もしかすると、父の魂があの男に宿ったのかもしれず、であるとすれば、どういう人なのか、訊《き》いてみなければならぬとおもったのである。

ところが、程嬰がその男をみたのは、はじめてではなかった。さきごろ親戚の葬儀があり、そのときもその男は墓地にいて、あたかも身内のように、悲しみの声をあげていた。

「どういう人ですか」

さっそく程嬰は親戚の者に訊いてみた。

「いや、よくわからないのだが、晋人《しんひと》ではないだろう。ちかごろ他国から晋へ流れてきたようだ。ああして、愁傷《しゅうしょう》の声を放って、喪家《そうか》の同情をひき、ほどこしを待っているのだろう」

「祝《しゅく》の、亡命者ですか……」

祝とは、神官のことである。程嬰の顔にわずかに侮蔑の色があらわれた。もしもあの男が貴族であれば、たとえなんらかの事情で故国を去ることになっても、他国で自活するだけの家財があるはずであり、路頭に迷って、墓地で高門の埋葬だけを狙って慈憐《じりん》を待つようなことをしなくてすむはずである。やはり、祝であろう。人品の卑しくないところが、よけいにかれをそうみせる。しかし、

——心の卑しいやつさ。

と、程嬰はおもった。おなじ男を、また、ここでもみたというわけである。人のよい趙朔が声をかければ、あの男はありもしない話をまことしやかにつくって、趙朔の憐情《れんじょう》をひきだし、趙家の招待にあずかるつもりであろう。

趙朔は大身の子息とはこういうものだと、絵に描いたような温良の男で、およそ譎詐《けっさ》とは縁のない素直さで、三十七歳まできたという幸せをもっている。俗臭を感じさせないのは、晋の大臣のなかで趙朔を措《お》いてほかにはいまい。趙朔は人を疑うことを知らぬ。それゆえ、あの男の妄誕《ぼうたん》にころりとだまされかねない。それを気づかう程嬰は、

「よせ」

と、無言でとめたのである。ところがそのひそかな諫止《かんし》は趙朔に抑退《よくたい》された。程嬰はいやな予感に染まりつつ、趙朔のせわしい足どりを、しばらくながめていたが、胸騒ぎがはげしくなってきたので、趙朔のあとを追っていった。

趙朔はすでにその男に鄭重な拝礼をおこなって、ことばを交わしていた。

男は趙朔に手をとられて、立った。膝のあたりに泥土《でいど》が付着している。男は老人というほどの齢ではないが、白髪がちらほらあるようであった。

趙朔は程嬰をその男に紹介した。程嬰は自分では名《な》の告らなかった。

男は程嬰の強いまなざしを避けるように、自分のまなざしを虚空に漂《ただよ》わせながら、

「公孫杵臼《こうそんしょきゅう》です」

と、名告った。

――けっ。

程嬰は唾《つば》を吐きそうになった。公孫とは、どこかの国の公室の出であるということであり、また、自分でそれを名告る人間をみたことがない。はじめから大うそをついているとしか考えられない。

「公孫どのは、どこの公孫ですか」

墓前で大声を出したくはないが、とうとう程嬰は皮肉まじりに訊いた。

「ゆえあって、明かすことができぬ。赦されよ」

杵臼はささやくような声音で答えた。かれはそれ以上程嬰とことばを交わしたくないのか、趙朔のうしろに従って歩きはじめた。

この男がどんな話で趙朔をたぶらかしたのかは知らぬが、一両日中に、趙家を出ぬようであったら、わたしが叩き出してやる、と程嬰は、いまいましげに唇を嚙み、杵臼のうしろ姿を睨《にら》みつけた。

ところが、反眼のなかで邂逅《かいこう》した程嬰と杵臼とが、のちにたった二人で、みずか

らの身命をなげうって、趙家の命脈を断絶から救うことになろうとは、神をのぞけば、壟中の趙盾の霊しか知らなかったというべきであろう。

露葉を風がゆらしはじめた。程嬰がいらいらした手で、蓁々《しんしん》と高い草を払うと、葉をはなれた露は月光のなかを珠のような光を発して飛び散った。逶迂《いう》の路をくだる喪服の集団は、やがて蒼白の影となって、墓地をはなれた。

三日後に趙朔の家を訪ねた程嬰は、即座に眉を逆立てた。というのは、趙朔から、

「公孫どのには、わが家の賓《きゃく》となって、住まっていただくことにした」

と、きかされたからである。

「おい、おい。――」

程嬰は趙朔の正気を疑い、寛雅《かんが》な貌《かお》をのせている両肩を、ゆさぶってみたくなった。趙朔の墓地での行動といい、この処遇といい、程嬰には解《げ》せぬことが多い。程嬰はするどく膝を進め、

「いったい、あの男は、墓地で何をいったのだ」

と、問い質《ただ》した。あそこからここまでの経緯をほぐしてゆかなければ、趙朔の心情の推移はつかめないとおもったからである。

「公孫どのは、いつか亡父を助けたことがあるということだ。命《いのち》にかかわることであったらしい。それゆえ亡父は公孫どのを賓待することを約束なさったということでもある」

と、趙朔はいう。

「いつ、どこで、宣子さまを助けたというのだ」

「しかとは申されなかったが……」

「あたりまえだ。妄語《ぼうご》にきまっているではないか」

と、口中の苦《にが》さを吐き出すようにいった程嬰は、その語勢を保ったまま、

「よいか、もしも宣子さまと、そんな約束があったのであれば、真っ先に趙家を訪ねるはずではないか。わたしは、数日前に、あの男を墓地でみかけたのだぞ。どう考えても、話が合わぬではないか」

どうだ、おどろいたであろう、という気で、程嬰は趙朔の顔をみつめた。が、趙朔のおだやかさに変化は生じなかった。

「まあ、そう、いきり立つな」

と、趙朔にたしなめられたので、程嬰は意外であった。

趙朔はいちど目を伏せ、なにごとかをためらっているようであったが、

「じつは、史援《しえん》が――」

と、いいつつ、目をひらいた。史援とは趙家の史臣で、趙盾に仕えていたが、いまは趙朔の書記であると同時に、葬祭などの助言者でもある。その史援が、葬儀の日に、

――往蹇来連《おうけんらいれん》。

と、いった。往《ゆ》くときは蹇《なや》み、来《きた》るときは連《つら》なる、ということである。趙朔はいぶかり、

「埋葬にゆくのだぞ。父君を喪《うしな》うのだから、わが家に戻ってくるときに、人の数がふえるはずはあるまいに」

と、問い返したほどであった。が、事実、埋葬をおえて帰宅すれば、邸内の人数は一人ふえたわけである。

――この人物の出現は、なにかの奇験《きけん》なのか。

と、霊妙を感じた趙朔は、杵臼を連れてきたことの吉凶を、史援にたずねた。答えは「吉」であった。

――睽《そむ》いて孤《ひとり》なり。元夫《げんぷ》に遇《あ》う。こもごも孚《まこと》あり。あやうけれど咎《とが》なし。

と、史援は厳粛な表情でいってから、すこし目もとに微笑をみせて、

「このままでしたら、人は背《そむ》き離れてしまい、君は独りとなり、なお悪いことに、大きな罰をこうむるところでしたが、今日連れ帰られた人のおかげで、大凶からまぬかれることになりましょう」

と、いった。史援という臣は、占兆《せんちょう》をことばにおきかえるとき、主君にとって凶《わる》いことでも、曖昧《あいまい》な表現をとることをしない。それだけに趙盾も趙朔も、史援を信用してきたわけだが、こうはっきりと、大厄《たいやく》を予言されると、気持ちのよいものではない。杵臼のことは吉であるとわかったものの、

——わたしから、人が背き離れてゆく。……なぜだ。

と、趙朔にしてはめずらしく深刻になった。かれは自分の過去をふりかえってみた。他人から怨みを返されるような酷薄な仕打ちをしたおぼえは、なにひとつない。それは、断言できる。また家人にたいしても、恵慈《けいじ》の心で接してきたつもりである。したがって趙家では、賤役《せんえき》の者まで罷退《ひたい》することはほとんどなく、

「趙家の臣僕は、羨ましい」

と、世間でいわれているほどである。

それだけ主従の一体感のあるこの趙家で、わずかに違和があるとすれば、趙朔の妻だけであろう。

春秋時代、領地をもつ貴族は大夫《たいふ》とよばれ、趙朔はむろんその一人であり、大夫の妻のことは「孺人《じゅじん》」とよばれるのが正式らしい。妻とよばれるのは庶民だけのようだ。が、ここではあまり厳密に婦人の呼称を書きわけてゆくつもりはない。とにかく趙朔の妻についていえば、かの女は晋の先代の君主である成《せい》公（黒臀《こくとん》）の長女であり、現君主の拠《きょ》の姉にあたる。それだけに尊貴を鼻にかけるところがあるが、かといって趙家の順良な家風を乱すほどの恣行《しこう》をおこなうわけではない。すこし情味にとぼしいが、くっきりと群芳《ぐんぽう》をぬけでてくる、かの女の美貌が、じみでおだやかな趙家の家風にあって、多少異様であるという程度のことである。

趙朔は自分の妻の素行をみても、不吉な予感はおぼえない。

「では、いったい、どういうことなのか」

と、困惑ぎみに趙朔が程嬰の意見を求めたとき、杵臼の存在は、程嬰のなかで嫌悪からまぬかれ、神秘を帯びはじめていた。

「原主《げんしゅ》どのと、いさかいでもあるのか」

と、程嬰は問うた。

「いや、それは、ない」

趙朔はきっぱりといった。

程嬰のいった原主とは、原《げん》という邑《まち》の主《あるじ》ということで、その人物は名を同《どう》といい、趙盾の異腹の弟であり、朔にとって叔父にあたる。したがって趙同が氏名であるが、食邑《しょくゆう》の名から、原同《げんどう》ともよばれている。原同はたしかに朔の叔父であるが、朔のほうが数か月遅く生まれただけで、齢のへだたりはない。

趙朔の父の趙盾が引退するとき、弟の同に食邑をゆずってしまったので、趙朔の遺産相続は量感を失った。中級の大夫のそれに墜《お》ちたという感じである。そこを趙朔が不満におもったことで、趙氏一門に風波が立ったのか、と程嬰は邪推した。

が、趙朔は物欲のとぼしい男である。また親のきめた遺産の分配に異をとなえる逆徳の持ち主でもない。

程嬰は自分の発想が恥ずかしくなって、

「史援でも、まちがうことがあろう」

と、笑いながらいうほかなかった。しかし趙朔はかつてみせたことのないきびしい顔つきで、

「汝を信じてよいのか」

と、いった。

「信ずる……、むろんだ。あの怪しげな公孫どのより、はるかに信じられるはず

だ」

「わたしが、独りになってもか」

趙朔は程嬰の軽諾《けいだく》をきらうように念を押した。程嬰は爽朗《そうろう》な男であるが、このとき、さっと笑いを斂《おさ》めて、

「たとえこの家から臣僕が去り、すべての国人が敵となっても、わたしだけは味方だ」

と、真摯な口ぶりでいった。趙朔は安心したように、

「死友を持てたことは、嬉しい」

と、いい、太い吐息とともに、容態をゆるめて、話題をかえた。

程嬰は帰りがけに、杵臼が住まっているという長屋の一室の戸をたたき、杵臼の許しを得るまでもなく上がりこみ、

「あなたは、いったい何者だ」

と、単刀直入に訊いた。杵臼は程嬰の無作法にいやな顔をするわけでなく、この質問に軽く応答した。

「わしは、趙宣子さまの知人だよ」

「そう、言い張るのなら、それもよいだろう。この趙家は、あなたのような見も知

らぬ飢渇《きかつ》の人を救うような篤厚《とつこう》の家柄だ。が、もしも趙の主君を裏切るようなことをなさったら、この程嬰が、たとえ死霊となっても、あなたに復讎することを、おぼえておいていただきたい」

「ふむ、ふむ、口先だけは威勢のよい方だ」

「口先だけは、だと。——」

程嬰の眉が上がり、唇が反《そ》った。

「さよう。拝察するところ、あなたは正直な方のようだが、語気が天を衝《つ》くところがある。つまり、天をあなどっておられる。あなたが心から趙君のことを想われるのであれば、天を恐れねばならぬ、地も人も、恐れねばならぬ。そうすることで、はじめて、あなたの正直が天に届くというものです。おわかりか」

「なにを——」

また頭に血がのぼってきた程嬰であるが、いま趙家は服喪の期間にあることに気づいて、大声で争うことの非礼をおもい、にぎった拳から力をぬいた。

——好かぬやつだ。

程嬰が荒々しく立って、室を出ようとするとき、杵臼の口が鳴った。木の実の種を吐き出す音であった。

背中に唾を吐きかけられた感じの程嬰は、よほど引き返して杵臼を一蹴《いっしゅう》してやろうかと腹を立てたが、ここでも自分をおさえた。

――公孫め。道理で、口をもぐもぐやって、歯切れの悪い喋り方をしたはずだ。客がきたら、いそいで口中のものを出して、口をすすぐくらい、貴族のしつけの初歩だ。あやつが公孫というのは、やはり真っ赤な嘘だな。

そうおもった程嬰は、趙家を訪ねても、二度と杵臼の室の戸をたたく気にならなかった。

父母の死後、喪に服す期間は、二十五か月である。

十二か月目に小祥《しょうしょう》という祭りをおこない、それをすますことによって、だいたいふだんの生活にもどれる。ただし二十四か月目におこなう大祥《たいしょう》の祭りがすぎなければ、歌はうたえない。ちなみに、二十五か月目の忌み明けの祭りを禅《せん》という。

趙朔が喪服を脱いだころ、南方で巨大な戦雲が湧き上がった。

中国とは世界の中心にある国ということである。そのなかで中華とは、天子の威光がとどくところということで、たとえば南方にある楚《そ》とは、中国にあるかもしれないが、中華にはない国である。

その楚が、大軍をもって北上し、鄭《てい》の首都を囲んだ。鄭は中華そのものといってよい国である。天子の常住の地である成周《せいしゅう》の東隣にあって、中国を往来するのには、かならずこの国を通らなければならない、そういう交通の要地でもある。それだけに、晋と楚という二つの超大国の覇権争いは、鄭の帰趨《きすう》によって決するといっても過言ではなく、長年、鄭の領域は南北の勢力による蹂躙《じゅうりん》の場となった。

鄭の公室は周王室から分れたものであるから、歴代の君主は心情的に周王（天子）に従っていたいのだが、周王室に代わる晋室の威令が天下におこなわれるようになると、当然のことのように、晋に付いた。ところが急速に威勢を北に伸ばしてきた楚は、武力によって、鄭を縛った。そのため鄭は楚にたいして面従腹背をおこなった。

「面従腹背」

これほど楚王の嫌いなことばはなかったであろう。楚王の名は旅《りよ》といい、死後に「荘《そう》王」の諡《おくりな》をもって、春秋の五覇の一人にかぞえられる王であるが、かれが即位してから、面従腹背の臣を見抜くために、あえて遊蕩《ゆうとう》をつづけ、阿諛《あゆ》の臣を見きわめると、にわかに偽装を脱いで、それらの臣を誅殺したり貶斥《へんせき》したという烈々の王である。

楚はこの王によって雄張《ゆうちょう》した。楚にとってもっとも幸福な時とは、晋にとってもっとも不幸な時かもしれない。

鄭は二大勢力のあいだにあり、向背をくりかえさざるをえなくなった。

——鄭には信義がないのか。

楚王・旅は鄭の狡猾《こうかつ》さを嫌いつづけ、ついに我慢の限度をこえたということが、すなわち鄭を滅亡させるための北伐《ほくばつ》であった。

鄭の急難を告げに、使者が晋へ駛《はし》った。この年の二月のことである。この年というのは、周の定《てい》王十年（紀元前五九七年）をいう。

ところが楚軍は鄭の堅守に手を焼いたふうで、二十日も経《た》ぬうちに撤退した。晋としては援軍を出す必要がなくなった。

しかし、である。

五月にふたたび楚軍は鄭の攻略をはじめた。

——いままで、楚軍はどこにいたのであろう。

と、鄭城内の人間は、たれしも考えたにちがいない。とにかく、このふしぎな楚軍の出現に、鄭の君主は大いにあわてて、

「晋へ急使を立てよ」

と、叫んだ。使者は鄭公の悲痛な訴えを晋まで運んできた。

「鄭が楚軍に攻撃されていると——。楚軍は国へ帰ったのではなかったのか」

緊急の廟議《びょうぎ》に出席した大臣たちの最初の会話はそれであった。趙朔もこの廟議の出席者である。趙朔の感想もやはりおなじで、楚軍は妙なことをするものだ、と小首をかしげていた。が、これらの大臣のなかで、兵略において数段高いところに見識をおいていた大臣がいる。士会《しかい》といい、かれは楚軍の進退の異様さに気づき、

——楚王はなみなみならぬ決意で、鄭を伐《う》とうとしている。

と、推断した。それゆえ、

「疾《と》く、出師《すいし》すべし。一日遅れることで、一日悔過《かいか》が早まりますぞ」

と、力説した。

——悔過はないであろう。まだわれらは、楚軍に敗けたわけではない。
二、三の大臣の目に冷笑が浮かんだ。趙朔は冷笑こそ浮かべなかったが、士会がなぜ出師をいそぐのか、よくわからない。
鄭は難攻不落ともいうべき巨大な城を首都としてもち、現に、春には楚軍を撃退したのだから、急にその城が陥落することはありえず、晋としてはしばらく戦況をみてから立ち、むしろ鄭の城攻めに厭《あ》いた楚軍を伐ったほうが得策なのではないか。

趙朔は意見を求められたら、おそらくそういったであろう。が、先に他の大臣が趙朔の考えとほとんど変わらない意見を吐いたので、趙朔はそれに賛同した。趙朔につづく賛同者はほかにも多数いたため、最初の廟議は、

――鄭からの続報を待つ。

とだけ決めて、終了した。首座にいた晋公・拠は、終始一言も発しなかった。

士会はこの廟議で出師のことが未決におわったことを愁嘆した。士会にいわせると、

――楚軍が冬に動かず、春に動き、夏になっても中原《ちゆうげん》から去らないのは、異常である。

と、なる。冬になると晋は雪で閉ざされる。むろん援軍を出すことはできない。楚は冬になるたびに鄭を伐ってきた。そのきまりきった楚軍の行動を逆手にとって、二年前に士会は、雪の降るまえに軍を率いてはるばると南下し、楚軍の進路にひそかに待機し、突如起こって楚軍を撃破した。そのときの楚軍は楚王の親征軍であり、もちろん楚の最強の軍であったが、士会はみごとに楚軍の旅次《りよじ》を読みとり、伏兵を配して、楚王に陣を立て直すときをあたえず、押しまくり追いまくって、不敗の楚王を蒼冷めさせ、あざやかに戦捷《せんしよう》した。楚王・旅の生涯で、みじめな敗走をしたの

は、その一戦だけである。帰国した楚王は、楚軍の軍法の古さを痛感し、孫叔敖《そんしゅくごう》を令尹《れいいん》（宰相）に抜擢《ばってき》し、軍法を一新させた。そのことは、士会の耳にはいっている。いや、おどろくべきことに、楚の新しい軍法の詳細さえ、士会は知っていた。

たった一日というが、一日経てば、軍制ばかりか、どんな組織も古くなる。まして戦時における一日は、生を死に変えてしまう。晋が援軍を出すのをためらったということすら、すでに楚の術中におちいっていることではないのか。新制の楚軍を甘くみてはならない。士会にしてはめずらしく焦燥に似たものを感じつつ、廟議の再開を待った。

三日経っても、晋室から召見《しょうけん》の声がかからないので、しびれをきらした士会は、宰相である郤缺《げきけつ》の屋敷を訪ねた。

「勝てますか」

郤缺の第一声はそれであった。

「わかりません」

士会は正直に答えるほかない。

「出師をうながされる貴殿がそれでは、心もとない」

「わからないと申したのは、いまなら、勝負を二つに割って、勝ちをつかめるかもわからないということです。明日以後、おなじ質問をなさるのなら、負けますか、とおっしゃっていただいた方が、答えやすい」

「それほどの大戦になりそうですか」

郤缺は白い眉をひそめた。かれはしばらく沈思するように腕を組んでいたが、

「元帥は、貴殿しかいない。引き受けてくれますか」

と、いい、腕を解いた。

士会はおどろかざるをえない。郤缺のいったことは、自分は宰相の職を辞して、士会に譲るということなのである。士会が謝絶のことばをさがしているあいだに、郤缺は小さく嘆息し、

「わしは老いた」

と、いった。わしは趙宣子どのの相談相手として、いささか朝政に寄与してきた男だが、にわかに趙宣子どのが引退されたので、君公を輔成する器《うつわ》でないにもかかわらず、やむをえず正卿《せいけい》の席にすわっただけの男だ。今度の戦いが、国運を賭けてのものになるのであれば、凡庸な老人では元帥はつとまらぬ。それが郤缺のいう、辞任の理由であった。

郤缺自身は、凡庸といったが、それは郤缺の謙遜といってよいであろう。かれは

大過なく政務をおこなったばかりか、これまで晋に敵対してきた多くの異族を懐柔することに成功したという、すぐれた宰相である。いわば謙譲《けんじょう》の美徳をもった人なのである。晋国内に郤缺を憎む人はおらず、敵の族人でも、かれの辞と腰の低さをみて、大いに安心し、晋になついてきたといえる。

――羨ましい人だ。

と、士会はおもう。士会という男は自分がよくわかっている。士会は兵略における天才であるばかりか、行政においても、あるいは自身の交誼《こうぎ》においても、綢直《ちゅうちょく》を忘れない人で、このバランスのよさが、のちにかれを晋の歴史を通して最高の宰相であるという評価を得させるのであるが、このときの士会は、

――いま、自分に、郤缺ほどの人望はない。

と、おもっていた。したがってかれは元帥の職をことわった。ただしあからさまの拒絶ではなく、

「わが公は、戎衣《じゅうい》を召されますか」

という、いい方をした。戎衣とは甲冑《かっちゅう》といいかえてもよい。つまり晋公がみずから出陣するのかと、郤缺に問うたのである。

「わが公は即位なさって、今年が三年目です。お若いこともあり、まだ一度も戦場

を踏んでおられない。さて、貴殿ならどうなされる」

「わたしとしては、ぜひ戎衣をお召しになっていただきたいが、おそらく――」

「その、おそらく、ということになりましょう」

晋公を危険な目にあわせないために、出陣はないということである。士会ははじめからその答えがわかっていて問うたのである。

「そうなりますと、元帥は、人臣にもっとも慕われている人でなければなりません」

「ふむ、それで」

「荀林父《じゆんりんぽ》どのしかおらぬとおもわれますが」

と、士会は常識をもちだした。荀林父の家は昔から晋の家老の系《すじ》で、人臣のなかで家格は最高であり、荀林父の人格は郤缺と似ている。

郤缺はまた腕を組んだ。

たしかに荀林父は寛恕《かんじょ》の人であるが、惜しいことに、

――威が足りない。

と、郤缺はおもっている。とくに軍事に長《た》けた士会が今度の楚との戦争は激烈になりそうだというのだから、荀林父の重みで、はたして全軍を制御できるのかと考

える と、不安をおぼえざるをえない。郤缺は士会をみつめ、無言のまま、そう問うた。

ところが士会には、その声なき問いがきこえたかのように、ほのかな笑いで口もとを染めつつ、

「上に寛、下に厳、これでいかがです」

と、いった。郤缺は目をやわらかな光でみたした。

「老人の耳に、ききとりにくいことばを申されるものではない。平明に、願いたい」

晋には三軍があり、それぞれの帥将《すいしょう》に寛容の人を配し、かれらを補佐する人に厳《げん》格《かく》の人を配したらどうかと、士会は提案したのである。逆に配すると、楚と戦うまえに、軍の内部で対立が生ずる可能性がある。士会はそこまでいって、郤缺の処弁を待った。

郤缺は士会から目をそらした。熟考をはじめたということである。

軍における階級が、そのまま、朝廷における席次になるわけであるから、士会のいったことは、内政重視の人事である。たとえ楚との戦いで敗けても、晋は滅びはせぬが、苛《か》政《せい》をおこなえば、国人は叛《はん》渙《かん》して、国はおのずと滅んでしまう。

——徳は術にまさるというわけか。

目先の戦いにおける勝利よりも、国家の計図《けいと》のために最善の人事を要求する士会という男を、さらに高く評した郤缺は、士会が宰相になるまで、晋は外交において苦難の時がつづくかもしれぬと予感しながら、

「明日、廟議の再開を上申いたしましょう。荀林父どのを元帥に推挙し、わしは致仕《ちし》いたしますが、貴殿に二つ願いがある。その一つは、愚息を貴殿におあずけし、養成していただきたい。さらに一つは、下軍の将は、趙宣子どののご子息といたしたい。中・上・下の各軍の将は、荀林父と貴殿と趙朔、これできまりましたな」

と、きっぱりといった。郤缺は腕を解いた。

士会は虚を衝かれた。

郤缺の子は、郤克《げきこく》である。郤缺が自分の子を士会にあずけるということは、郤克を上軍の佐（副将）とするので、上軍の将であるあなたが、戦場においても鍛えてくれと、郤缺はたのんだのである。士会にとって意外であったのは、そのことではない。郤克がその軍任をはたしうる器量であることを士会は承知している。

問題は、趙朔である。郤缺が下軍の将に趙朔を推《お》すとはおもわなかったということである。

士会の目にうつる趙朔は、いたずらに人がよいだけであり、士会のいう寛の人にあたらない。

いま趙朔は下軍の佐であるが、その職さえも郤缺の恩情によって与えられたものだ。もっとはっきりいえば、趙朔は蔭子《いんし》である。偉大な父の残光のおかげで高位を得ている。

士会の表情が困惑に変わったので、郤缺は、

「まさか、趙氏の兵力を残して、出師なさるつもりではありますまい」

と、語気を強めたが、目は笑っている。

趙氏は、趙朔、原同（趙同）、屏括《へいかつ》（趙括）、それに趙旃《ちょうせん》と、分散して領地をもち、かれらがまとまれば、小国の一つや二つを攻め潰せるほどの軍団を形成できる。しかし趙氏は複雑である。

趙氏の本流をたずねるとすれば、趙旃の家がそれにあたる。趙旃の父は趙穿《ちょうせん》であり、趙穿の祖父の趙夙《ちょうしゅく》によって、趙氏ははじめて晋国内に領地をもてたのである。しかしながら、晋が中国の覇権を入手したときの英主である文公《ぶん》（重耳《ちょうじ》）を大いに助けたのは、趙朔の祖父の趙衰《ちょうし》（趙夙の弟）であり、その覇権を守り通したのは、

趙衰の子の趙盾、すなわち趙朔の父である。ふつうなら趙朔が趙氏の棟梁《とうりよう》であるはずである。が、趙盾が弟の趙同に、最大の食邑である原《げん》をゆずったことによって、家系の本支があいまいになった。さらに趙氏内の力関係をゆさぶったことは、臣下の身分として最高の「公族」にはいっているのが、原同の弟の屛括だけであるという事実である。これも趙盾が望んでそうさせたことだ。ちなみに屛とは食邑の名である。

つまり趙氏の四人は、それぞれが趙氏の棟梁であると主張できる根拠をもっていることになる。

が、郤缺はその四人のなかで、趙氏の真の主《あるじ》は趙朔である、そういいたいがための趙朔の奨進《しようしん》であるようだ。

考えてみれば、他の三人は、性格に問題があり、趙氏の勢力を動かすのに、趙朔を使ったほうが無難であるといえば、そうにちがいない。しかし軍において趙朔を上に置くのであれば、下にはよほどしっかりした人物を据えねばならない。士会がそのことをいうと、郤缺は、

「欒伯《らんぱく》どのでよいでしょう」

と、即答した。士会は破顔した。

――剴備《がいび》なり。

と、得心したのである。欒伯とは、欒書《らんしょ》のことである。欒氏は、にわかづくりの公族ではなく、まぎれもなく晋の公室から分れた家であり、臣下のなかでは別格のあつかいをうけている。欒書は文武に熱心な男で、なお、石橋を叩いてわたるほどの慎重さをもっている。趙朔の補佐として、かれは適任であった。

その人事が郤缺の最後の仕事となった。

廟議は再開され、ついに鄭へ援軍を出すことに決した。鄭の使者は勇躍して帰途についた。

勇躍したのは、程嬰もそうである。

趙朔が下軍の将となったことを喜び、さらに趙朔によって、自身も佐官のはしに加えてもらい、車上で指揮がとれるようになったのである。

鄭へむかいながら、程嬰をみつけた趙朔は馬車を寄せ、

「どうだ、車上でみる風景は」

と、声をかけた。

「柳緑花紅《りゅうりょくかこう》」

程嬰は明るい声を挙《あ》げた。趙朔は一笑し、

「柳や花が、どこにある」

と、からかった。程嬰は自分の胸をたたいてみせて、

「ここ、ここ」

と、いった。いまは夏だが、程嬰の胸には春がきたということであった。

二

晋《しん》軍が黄河に近づきつつあるころ、戦況は一気に楚《そ》軍にとって好転した。

すでに六月である。

難攻不落といわれた鄭《てい》城の門が、内通者によって開かれたことによって、楚軍は鄭城内になだれこんだ。それと知った鄭公は防戦をあきらめ、みずからを縛って、大路に伏し、楚王の履《くつ》を舐《な》めようとした。が、楚王は鄭公の恭卑《きょうひ》を嘉尚《かしょう》し、鄭を滅ぼすことをやめて、軍を引かせ、対等の礼をもって盟約を交わし、それを終えると、楚の先陣を急ぎ北上させて、黄河の南岸をおさえさせた。

このときの楚王の挙止のみごとさは、春秋時代に爽涼の風を吹き込んだといえる。

晋軍は最悪の時をむかえようとしている。

黄河に達した晋軍は、すでに鄭が開城し、対岸は楚の兵で盈《み》ちつつあることを知

って、目的を失いかけた。

晋国内で出師をためらっているあいだに、勝機は逃げ去ったといえる。

趙朔《ちょうさく》は呆然と黄河をながめていたが、気をとりなおして欒書《らんしょ》の営所に足をはこんだ。欒書のもとに続々と情報が集まってくる。欒書は諜報活動をもぬかりなく指示していた。

「軍議のまえに、欒伯どのの存念をおきかせください」

趙朔はまるで欒伯が上官であるかのように、鄭重なことばづかいで、今後の策について問うた。

――懃懇《きんこん》の人よ。

欒書はかなり自尊心の強い男だけに、趙朔のような、自我を虚しくできる将とは、馬が合い、意見もいいやすい。

「引くが、上策です」

欒書は忌憚《きたん》なくいった。趙朔は鷹揚にうなずいた。欒書が引きましょうといえば、けっしてさからうことのない趙朔であることがわかっていても、欒書の物堅さは、地図の画《か》かれた板をわざわざもってこさせ、その上に鞭《むち》を撞《つ》いて、

「ここ、郔《えん》に、楚王がおります」

と、戦状を分析しつつ、いかに晋軍の進攻がむずかしいかを説きはじめたことにあった。

欒書の説ではこうなる。

楚王は黄河から遠い邲というところにいる。しかし楚の前軍は黄河に達している。楚王は晋軍の動向をみて、どのようにでも動ける陣を布いているといえる。晋軍が渡河すれば、どうしても西進しなければならない。それに対応して、楚軍は東進を開始するであろう。晋軍の右手は河であるのに対し、楚軍の右手は山野である。対陣の形として、晋軍はもっとも劣悪となる。なぜなら、陣はふつう左にまわりつつ展開するのであるから、晋軍が左にまわった場合、前面に楚軍をみて背後が河となる。背後に河というのは、引き場がないということであるから、兵が恐怖をおぼえやすく、すなわち敗れやすい。では、渡河してから西進せずに南下して、楚軍の背後に出ればどうか。この策戦が成功するには、時すでに遅く、黄河の南岸は鄭の地であり、つい数日前まで味方の地であったものが、鄭が楚の同盟国となったいまは、敵地となり、晋軍が敵地に深々とはいれば、楚と鄭の両軍に挟撃されて全滅してしまうことも考えられる。

「したがって、どう考えても、この合戦に勝算は立たず、河を渡らずに帰国するほか、あるまいと存じます」

と、欒書はことばを結んだ。

趙朔はまたゆるやかにうなずき、

「よくわかりました。軍議では、それを下軍の意見として、欒伯どのが呈示してください」

と、いい、自分の営所にもどった。営内では程嬰《ていえい》のほかに公孫杵臼《こうそんしょきゅう》が、顔をそむけあって、趙朔のかえりを待っていた。

程嬰は趙朔の近くに杵臼がいることを知って、不快を露骨にあらわした。杵臼が甲冑を身につけていないことで、

——物見遊山ではないのだ。

と、怒鳴りたくなった。が、趙朔が連れてきた人に、帰れ、ともいえない。杵臼の顔をよくみれば、はじめて趙朔の家にきたときの瘠瘦《せきそう》のいやらしさは消え、頬にふくらみがでたばかりか、からだ全体から豊裕が感じられる。趙家ではずいぶんよい生活をしているらしいことは、一目瞭然である。

——ひと哭きで、この厚遇か。

そうおもうと、程嬰はばからしくて、とても杵臼の顔をみていられなくなった。

杵臼としても程嬰の忿々《ふんぷん》の心がみえるだけに、あえてことばをかける気にならず、横をむいている。が、瘖黙《いんもく》しているわけではなく、ときどき、

「河を渡るのなら、護身の玉《ぎょく》を沈めて、黄河の神に祝《いの》っておいたほうがよい」

などと、つぶやきつつ、程嬰の反応をみて、たまに目があうと、微笑した。程嬰はよけいに慍《むっ》として、とうとう杵臼に背をむけてしまった。

そこへ趙朔がかえってきた。程嬰はすっくと立ち、

「いかに――」

と、いった。趙朔は軽く首をふった。楚軍との戦闘はないということである。程嬰は肩を落とし、

「人は渉《わた》れど、われは否《しか》せず、か……」

と、声も落とした。晋の先人たちは、この黄河を渡って戦功をたてたのに、自分はまだ渡れないと、程嬰は詩句を借りて嘆いた。いつも武張った感じの程嬰が、うってかわって詩情をみせたので、典雅をこのむ趙朔は、興味をそそられ、

檜《ひのき》の楫《かじ》に松の舟
駕《が》してここに出でて遊び

もって我が憂《うれ》いをのぞかん

と、詩を吟《うた》って、程嬰をなぐさめた。舟はうち捨てられてしまったが、馬車でここまできたことは、うさ晴らしにはなったであろう、といったのである。

程嬰はその詩を片耳で聞いて、杵臼を一瞥《いちべつ》し、

「公孫どのよ。玉は沈めずにすみそうだ」

と、投げつけるようにいった。

「それは結構でした。雲をみられよ。地と水の赤を映している。地や河に人の血が流れるということです。わが軍が引き返せば、雲の赤も消え去るでしょう」

杵臼はそういってから、舎外に出て、天にむかって拝礼をおこない、地に額をつけて、なにやら祝詞をとなえていた。

「何の役にも立たぬ者を、よく連れてこられましたね」

程嬰が杵臼の方に顎《あご》をしゃくりながらそういうと、趙朔はこの友人の尖《とが》った気を、撫柔《ぶじゅう》するように、

「ところが、大いに役に立つのですよ。公孫どのは、聖木をお持ちであり、営内に井戸を掘るとき、公孫どのはその木を持って歩かれ、手の上の木がおのずと動けば、

足下から水が出るとかで、兵たちに大歓迎されたのです」

と、逸話を披露した。

――それが本当であれば、公孫という男は、ますます怪しい。

程嬰は疑忌《ぎき》のつのった目つきで、杵臼の祝《いの》りの容《すがた》をみていたが、そのむこうに軍議の開始を告げる使者があらわれた。

元帥の荀林父《じゆんりんぽ》と上軍の将の士会《しかい》とは、うちあわせがすんでおり、軍議では荀林父が開口一番に引き揚げを言明した。つづいて士会が同意を表して、下軍の将である趙朔に異議がなければ、多少の虚しさは残るにせよ気分を一新して、撤退を開始できるはずであった。

ところが、趙朔や欒書の発言をさえぎるように、中軍の佐である先縠《せんこく》が、大声で異見を述べ、軍議の即決をさまたげた。中軍の佐とは、策戦における最高責任者といってよく、その者が、

「覇権を楚にゆずるくらいなら、死んだほうがましだ」

と、いいだしたのだから、真っ先ににがりきった表情をしたのは荀林父であった。

先縠《せんこく》は先克の子であり、先氏の家は武の色が濃厚で、元帥を二人も出し、なおか

つ、先克が同僚の怨憤《えんぷん》を買って暗殺されて以来、家声に衰損《すいそん》の翳《かげ》がみえることから、先縠は楚軍を破って軍功をたて、家門を復旧させたい意気込みが強かった。この機をのがせば、楚との大規模な戦いは、十年はないであろう。かれは晋軍のことよりも、まず家名のことを考える男であった。

が、先縠の意見に賛同する者はいなかった。孤立無援となった先縠は、軍議の席を蹴って立ち去った。

――引き揚げをはじめてしまえば、先縠もあきらめるであろう。

諸将はそういう気であり、事実、上軍から撤退しはじめた。つぎに動いたのが、中軍である。下軍は路があくまで黄河の岸で待っていた。

下軍大夫《たいふ》(佐官)の一人である荀首《じゅんしゅ》が黄河をながめていると、岸からいっせいに舟が発した。

――なにかのまちがいではないか。

目をこすった荀首は、舟中の兵が先縠の手勢であることを確認すると、自身で司馬の韓厥《かんけつ》のもとへ走った。一驚した韓厥は、荀林父のもとへ、やはり自身で走った。たちまち驚惑が全軍にひろがった。

先縠の捨て身の突出が、晋軍を引くに引けない立場に追い込んだ。

士会は荀林父の急使に接すると、すぐさま軍頭をめぐらせて、手際よく渡河をおこない、すでに対岸に上陸している先穀の隊を囮《おとり》にみたてて、それに食いついてくるはずの楚の前軍を潰しにかかったのだから、士会の権変の才は不世出といっても過言ではあるまい。が、楚王もさる者で、ただちに楚の前軍に退却を命じ、士会の戦場における鬼道を封じた。楚王と士会との兵術における呼吸のみごとさは、この一時に、凝縮されているようだが、とにかく晋軍は無傷で黄河を渡りおえた。

程嬰の目に喜悦がよみがえった。

楚軍は晋軍を恐れて退却しつづけているらしい。

――追って、追って、楚軍を鄭の地から追い出してしまえばよい。

車上の程嬰の口から熱い息が吐き出された。

趙朔の下軍は上陸してから西進し、それから少々南下した。そこに敖山《ごう》があり、その麓にすでに晋の上軍が陣をかまえていた。最後に中軍がやってきた。晋の兵馬で満ちた山麓は、ときならず紅色の花が咲きそろったようであった。

そこへ密《ひそ》かに鄭の大臣が訪れた。かれは楚王の所在から、本陣の防備の薄さ、それに楚の兵の疲労のはげしさまで報告した。さらに、いま晋軍が楚軍を伐てば、鄭軍も呼応して、楚軍の背後を衝《つ》くとまで確約した。

先縠は、膝をゆすり、

「楚に勝って、鄭を服従させる機会は、ここを措《お》いてほかにないではないか」

と、鄭の大臣の提案を受け入れようとした。

このとき強硬に反対意見を出したのは、欒書であった。楚王の所在をきけば、退却をつづけていたはずの楚軍は、ふたたび北上したことになる。楚軍は戦う気であり、その司令本部というべき楚王の陣の防備が薄いということが、どこまで信用できるか。また鄭はさきに楚と盟約を交わすとき、人質として宰相を楚に差し出しており、そんな鄭軍が晋軍に味方することは考えにくい。すなわち、うまい話に乗ると、とんだ目にあう。欒書としては、ここは声を大にする必要があった。

ところがである。原同《げんどう》と屏括《へいかつ》とが、意見を変えて、先縠のために励声《れいせい》しはじめたのである。

欒書はすこぶる不快な顔つきをした。それをみた趙朔は、

「わたしは欒伯に賛成します」

と、いい、欒書は晋国を長久ならしめる人であると、もちあげた。これで欒書の面貌から険《けわ》しさが去った。

不快な顔つきをしたのは、今度は、原同と屏括であった。かれらはそもそも趙朔

が自分たちをさしおいて下軍の将となっていることが不快であった。

——ふん、趙朔め。まるで趙氏の宗主きどりではないか。

そうおもえば、趙朔が右といえば、左といってみたくなるのが、原同と屛括の心情である。いや、この兄弟のほかに、趙朔を嫉視《しっし》している者がいる。趙旃《ちょうせん》である。かれは原同や屛括よりも卑しい軍籍にあり、この合戦で殊功をたてて、諸将をあっといわせてやろうと、虎視眈々《こしたんたん》としていた。その趙旃が楚王の所在と本陣の備えの薄さを知った。

——わが手勢だけで、充分に楚王を伐ち取れる。

趙旃は父ゆずりの雄偉な体格をしており、しかしながら、視野のせまい果躁《かそう》であることも、父ゆずりであった。このとき趙旃が奇襲を考えたことは、たしかである。

晋軍は敖山の麓から動かない。いや、動けないといったほうが正しい。動いたら負けるというのが諸将の共通の認識である。敖山へ二舎《しゃ》（六十里）の距離に迫った楚軍も動けず、この睨み合いをきらって、楚王は和睦の使者を晋軍へ送り込んできた。

——これで元帥・荀林父の面目は立った。

と、ひそかに喜んだ士会は、その使者を接見して、和睦を快諾した。が、先縠は自分を無視して進められる和睦交渉に怒り、屛括を楚王のもとに駛《はし》らせ、その締結を破棄させた。晋軍から二つの対蹠的な返事がきたことをいぶかった楚王は、再度、使者を士会のもとへ送った。士会は先縠の恣行《しこう》に大いにあきれ、諸将の立ち合いのもとで、和睦を受諾した。両軍が同時に撤退をはじめてから、和平の結盟をおこなうことに決したのである。

晋軍では、まず下軍が敖山から離れた。

「なんという戦いだ」

戦いがないかとおもえば、あり、あるかとおもえば、ない。渡河したときの心の充実がずるずると失われてゆくいらだちを、程嬰は趙朔にぶちまけた。

「人を殺して名誉を受けるよりも、人を活《い》かして名誉を受けたほうがよい。戦いとは、戦場ばかりにあるわけではない」

趙朔は澄んだ笑みをみせた。が、いつもにこやかな杵臼が、いやに深刻な表情をしている。

「公孫どの、今日の雲に赤みはありませんぞ。ひょっとすると、例の木では、水が出なくなりましたか」

程嬰はからかいぎみにことばを浴びせた。

　しかし杵臼はいささかも面皮をゆるめずに、

「程嬰どの。軍議における原主と屏主のことをおききになりましたか。お二人とも、趙宣子《ちょうせんし》さまから、どれほどいつくしみを受けられたかは、ご存じでしょう。あの方々は慈恵に馴れ、与えられることに馴れ、ついぞ人を矜《あわ》れんだり、与えたりしたことがない」

　と、強い口調でいった。

　――おお、そうよ。

　程嬰は気圧された感じで、耳を澄ませた。

「与えられてばかりで、与えることをしないことを、むさぼると申します。むさぼった者は、なべて終わりがよくない」

「ふむ」

　程嬰は耳が痛かった。自分も趙朔との交誼《こうぎ》に馴れ、趙朔に爾汝《じじょ》の親しさで接してもらっていることを、あたりまえだとおもっている。本来であれば、身分は格段にちがう。また自分は趙家に頼るだけ頼って、こちらから趙朔になにをしてやったというおぼえはない。程嬰は内心恥じた。

「つぎの懸念は、趙主さまに申し上げましょう。趙嬰斉《ちょうえいせい》さまが、さかんに舟を集めておられる。中軍だけは、撤退の路がちがうのでしょうか」

杵臼は自身で目撃したことを話した。趙嬰斉は、屏括の弟であり、二人とも中軍大夫である。

趙朔は眉を寄せ、

「いや、舟をつかうのは、このあたりではない。河の岸を東へ進み、通常の津岸《しんがん》からです。ごらんの通り、ここでは岸に舟を着けようがない」

と、いった。杵臼は黙った。程嬰もだまったままである。奇妙な沈黙であった。

趙朔はこの場合、程嬰を趙嬰斉のもとへゆかせ、舟を集めている理由を問わせるべきであった。趙朔は欒書の情報収集の能力に依倚《いい》しすぎており、じつは欒書は趙嬰斉と接し、

「下軍も舟をお集めになっておかれたほうが、よろしいですよ」

と、いわれたにもかかわらず、撤退のあわただしさに追われて、その警告を聞き捨てにした。

――楚との和平は成った。

と、趙朔も欒書も頭から信じたところに、下軍の悲劇があった。

趙嬰斉は趙旃が使者として楚の本陣へむかったときから、舟を集めはじめた。その舟とは中軍の撤退用にはちがいないが、もっとはっきりいえば、かれには中軍が敗北するという予感があり、それらは敗走用の乗り物になるはずであった。ということは、かれは出発直前の趙旃から、楚王を急襲する秘計のあることを、うちあけられたかもしれない。

趙旃の任務は、楚の代表者を結盟の場へ案内することである。かれはそのための使者であると告げて、楚の陣を通り抜け、まんまと楚王のいる本陣に迫って、手勢による猛攻を敢行した。六月十三日のことである。

翌日、楚王が九死に一生を得たことを知った楚の諸将は、晋軍の卑劣さに烈しく怒り、猛火のごとく晋軍に襲いかかった。

楚の前軍は晋の中軍を攻撃目標とし、さらに楚の左右の軍でつつみ込むような形で、攻撃した。

――桓子《かんし》、為《な》す所を知らず。

と、『春秋左氏伝』にあるように、荀林父（桓子は追尊）は、地から湧き出たといってよい楚の大軍をみて、茫然とし、趙嬰斉の用意した舟に乗ってから、人心地がつき、ようやく太鼓を打ちながら兵にむかって叫んだことは、

「早く河を渡った者に、賞を与える」

ということであった。

晋の兵たちは、いなごの大群のように、いっときれるともなく、崖から黄河へむかって飛んだ。

晋の中軍の大崩壊であった。

このころ、楚王の麾下《きか》と、楚軍では最強といわれる後軍とが、東へ移動中の下軍を追尾しはじめた。

趙朔はふり返った。後尾から報告がはいったとき、下軍はなかば潰乱状態であったが、趙朔は急行してきた欒書に、

「和平と偽《いつわ》って、不意を打つような、卑劣な楚軍を、大いに狼狽させてやりましょう」

と、いい、車を旋回させ、楚軍を邀撃《ようげき》する陣を布いた。むろん趙朔は、最初に欺《き》負《ふ》を犯したのが晋軍であることを知らず、こちらが正義であるという信念が兵士たちにも染みて、下軍の鋭気は楚軍のそれをしのいだ。

この反攻は楚王にとって意外であった。

激闘がはじまった。

趙朔の頭の中には、中軍の立ち直りがあり、まさか中軍の兵のすべてが河上に浮かんで、ひたすら逃走しているとは想像もつかなかった。

下軍は大健闘をした。下軍の鋭鋒が楚王に迫ることが数回あった。それだけに軍の傷も深くなった。楚軍は、晋の中軍を追い落とした右軍も加わりつつあったので、兵力が増すばかりであり、下軍は黄河の岸にじりじりと押しつけられて、兵たちはつぎつぎに河中に叩き落とされた。

奮闘した程嬰だが、とうに配下の兵を失い、矢傷がふえて、体力も尽きかけたところに、楚の兵車が数乗あらわれ、程嬰の車が獲物にされそうになった。

疾走した程嬰の車は、やがて前方に水と空とをみた。つまり前途にもはや地はなく、あるのは断崖のむこうの茜《あかね》色の大気であった。黄河も赤かった。

――楚のやつらに首をくれてやるくらいなら、河神におのれを捧げたほうがましだ。

程嬰は御者《ぎょしゃ》から鞭《むち》をとり、自分でふるった。

「行けっ」

全速力の車は、馬もろとも、宙を飛び、御者の悲鳴とともに河上に落下した。そのとき、程嬰はなにかで頭を打った。それが馬の背であったことは、あとからわかったのだが、天から降ってきてほとんど気絶状態の程嬰を、舟上の兵たちがすぐにみつけ、戎衣《じゅうい》をつかみ上げて舟に乗せ、対岸まで運んでくれた。

程嬰が目をひらくと、御者と杵臼の顔があった。

「あなたが、助けてくれたのか」

と、程嬰が嗄《か》れた声でいうと、杵臼はしずかに首を振った。日が落ちて、空は暗かった。

――敗けたな……。

そうしみじみ感じはじめると、不覚にも涙が流れた。杵臼が火をもってきてくれた。

杵臼は兵とともに舟に乗り込む様子なので、程嬰は身を起こし、

「どこへ行かれる」

と、訊いた。杵臼は程嬰の耳の近くで、

「趙主さまが、傷を負われましたので、むこう岸で、お匿《かく》れいただいております。わたし一人では動かせませんので、趙家の方々に手伝っていただくのです」

と、いった。程嬰はおどろいた。杵臼がここにいるのなら、趙朔は無事だとおもっていたからである。

「そんなことなら、わたしも行く」

程嬰は立ったが、足に激痛をおぼえて、倒れた。

杵臼はやわらかい手つきで、程嬰をとどめ、舟に乗ると、光のない河に融けるように去っていった。

深夜、その舟は、重傷の趙朔を乗せて、もどってきた。その舟ばかりでなく、多くの舟が、敗残の兵を拾うために、夜明けまで河上を往復したのである。

晋の三軍のなかで、もっとも死傷者が多かったのは下軍であり、一人の死傷者も出さずに退却しおえたのは、敖山から動かなかった士会の上軍であった。

この会戦は、黄河南岸の地名をとって、「邲《ひつ》の戦」とよばれる。覇権は楚に移ったのである。

帰国してから趙朔の傷は癒《い》えるよりも悪化するようであった。程嬰は毎日のように見舞いに訪れて、杵臼と愁顔を寄せた。

今夜も程嬰は月下の路を趙家へゆく。

歩きながら、かれは腕を組み、しきりに考えごとをしているようで、どこかで名を呼ばれたようだが、気づかず、ふりむきもしなかった。

深い憂色とともに、程嬰は趙家にはいり、まず杵臼の室を訪ねた。

「趙主どのは、どうですか」

と、程嬰が問えば、

「あいかわらずでございます」

と、杵臼が答えるのが、ちかごろ、きまりの挨拶となってしまった。が、この夜だけはちがった。

「公孫どの、今日、いやなことを小耳にはさんだ」

と、程嬰はいった。二人には邲の戦以来、誼《よしみ》が育ち、程嬰は杵臼の人柄にふれるうちに、

——この人は、本当に公孫かもしれぬなあ。

と、おもうようになった。杵臼のとりあげる話柄は上品で、故事については邃密《すいみつ》である。

この夜の程嬰の話は、故事にかかわりがある。

「屠岸賈《とがんか》という男がいる。いまこの男がわが国の司寇《しこう》です」

程嬰はもっとも深刻にうけとめている男の名を、はじめに口にした。司寇は警察長官であるとおもえばよい。屠岸賈は先々代の君主・夷皐《いこう》（諡号《しごう》は「霊《れい》公」）の寵

臣であった。夷皐は暗殺されたのであるが、いまになって屠岸賈は、

「霊公を弑殺《しいさつ》いたしましたのは、趙盾《ちょうとん》でございます。臣下でありながら、君主を弑したのに、かれの子孫が朝廷にいるようでは、どうしてほかの罪人を懲《こ》らしめることができましょう。どうか趙氏を誅させていただきたい」

と、大臣たちに説いてまわっているらしい。


邲での敗戦後、晋の朝廷は、どこか暗くすさんでいる。元帥である荀林父は敗戦の責任を一身に負って、晋公に自殺を請うたが、士会によって救解《きゅうかい》された。士会としても荀林父を元帥に推した手前、みすみす死なせるわけにはいかない。軍における将は、朝廷における上卿となり、そのなかで元帥が正卿となるが、三人の上卿のうち、荀林父と士会とは、謹慎に近い静粛を保たねばならず、趙朔は牀《とこ》から離れられず参内できないというわけであるから、おのずと政柄を卿以下の重臣がさわりはじめたというのが、現状である。


屠岸賈の声が大きくなったのも、そういう権力構造の変化をあらわしている。

「霊公を暗殺したのは――」

程嬰がそこまでいったとき、杵臼はようやく口をひらいた。

「さよう。十年前のことです。犯人はむろん趙宣子さまではない。趙旃さまのご尊

父の趙穿《ちょうせん》さまです。事件のあったとき、正卿であった趙宣子さまが、趙穿さまを処罰なさらなかったという理由で、朝廷において、趙宣子さまを弑逆《しいぎゃく》の首謀者として記《しる》したにすぎません。どなたも、そんなことは、おわかりになっていることです」

「そうなのだ」

程嬰は膝をたたいて、うなずいた。

「そのわかりすぎることを、なぜ司寇が、いまごろ蒸し返して、躁《さわ》ぎ立てる必要がある。あやつが霊公の仇討ちのつもりであれば、頓狂であるにせよ、それはまだよしとしよう。赦せないのは、司寇の時おくれの訴願を、取り上げようとしている大臣がいるということだ。いま顕職《けんしょく》にある者は、屠岸賈のような佞臣《ねいしん》をのぞけば、趙宣子さまのご恩顧をこうむった者ばかりではないか。趙家に足をむけて寝られぬはずが、……忘恩もはなはだしい」

程嬰の口角から泡が飛んだ。杵臼は迷惑そうな顔もせず、しばらく考えていたが、

「容易ならざることになるかもしれません。今夜、司馬が当家におみえになっているのも、そのことかもしれません」

と、趙家に来客のあることを、程嬰におしえた。司馬とは大臣の韓厥のことである。

「ほう、韓主が、わざわざ」

程嬰は眉を上げ、緊張をみせた。韓厥の来訪は趙朔の見舞いだけではなさそうだ。趙朔の身の上を案ずる二人の勘にふれてきたものは、そろって凶《わる》い。

韓厥は先祖が晋の韓原《かんげん》に封ぜられたので、韓氏を名告っているが、もとの姓は姫《き》である。つまり周王室とも晋室とも同姓ということになる。韓厥は趙盾の下にいたが、その直諒《ちょくりょう》を趙盾に愛され、若くして司馬に推輓《すいばん》された。

それゆえ韓厥はひそかに趙盾を尊敬していたが、公私の区別がはっきりできる人で、霊公の在位中に隣国の秦《しん》と「河曲《かきょく》の役《えき》」とよばれる合戦があり、そのおりに、趙盾の家臣が軍令を破って、車によって隊列を乱したので、韓厥は司馬としてみのがすわけにはいかず、その者を捕え、処刑したことがある。

衆人は韓厥をそしった。

「趙主のおかげで、朝に、司馬となれたのに、暮れには、趙主の御者を処刑するとは、韓厥はろくな死に方をすまいよ」

ところが趙盾は、韓厥をなじるどころか、本人を前にしてその処断の適正さを奨《ほ》めた。さらに趙盾は声を大にして諸大夫に告げた。

「方々、わたしを祝ってくだされよ。わたしは韓厥を推挙しましたが、中《あた》りました」

このことによって、韓厥はますます趙盾への尊敬の念を強くした。趙盾の死後は、趙朔をそれとなく助成する立場をとった。趙家としてもっとも頼りになる大臣が、韓厥というわけであった。

韓厥という男は、権勢に大望のある手で与党を掻き集める型の人間ではないので、あからさまに趙朔に接することをしないばかりか、人目を避けて趙家に出入りすることなど一度もしたことがなく、この夜のような訪問は、稀有《けう》のことといえた。

杵臼はほとんど市中へ出たことがなく、他家の人とのつきあいもない人なので、うわさのたぐいを聞くとすれば、すべて程嬰の口を通ったものであるが、かえってその方がうわさの本質がよくわかった。

程嬰は趙朔の引き立てで位官が少々升《のぼ》ったが、国の要職にあるわけではなく、程嬰くらいの人間に、屠岸賈の不穏な動きが知られたということは、朝廷において屠岸賈の根回しがかなり進んでいるとみなければならない。屠岸賈は趙朔を趙盾のかわりに誅したいとはっきりいっているのに、ほかの趙家の主《あるじ》で、ちかごろ趙朔を訪ねてきたのは、趙嬰斉しかいないというのは、どういうことであろう。原同か屏括かが、屠岸賈にむかって、趙宣子の家には手を出すなといえば、この件の怪火はぴたりと熄《や》むはずなのに、二人がそれをしないのは、なぜであろう。

杵臼にとってさらに恐ろしい想像がある。

邲での敗戦の原因をつくったのは先縠である。しかし先縠は大臣であるので、自身で罰を請わないかぎり、たれもかれを処罰できない。君主が臣下の生殺与奪の権をにぎっていた時代は、すでに去っていた。また敗戦の全責任があるのは荀林父だが、かれは助命され、譴責《けんせき》さえおこなわれなかった。そうなると、晋の君主というのは、まったく無力であり、晋とは無法がまかり通る国であることを、内外に喧伝したことになる。それを晋公が耐えがたいことであると感じたところに、屠岸賈の訴えが耳にはいったとしたらどうであろう。

つまり、屠岸賈のうしろにいるのは、大臣ではなく、晋公である。

そこまで考えた杵臼は、憮然とすわっている程嬰に、

「趙家の相手は、楚より恐ろしいかもしれませんよ」

と、いった。程嬰はぐいと首をあげ、

「たれだ、そやつは」

と、吼《ほ》えるようにいった。

三

趙朔《ちょうさく》の寝所では、枕頭に韓厥《かんけつ》がすわり、

「すみやかに亡命なされよ」

という急迫の勧告をしていた。このことは韓厥が朝廷において、とくに屠岸賈《とがんか》にたいして、相当な喩教《ゆきょう》をおこなったにもかかわらず、韓厥の努力が水泡に帰せんとしていることをあらわしている。

韓厥は屠岸賈に面会して、

「趙宣子《ちょうせんし》には罪がないと、先君の成公《せい》がおぼしめしたのを、汝《なんじ》は知らぬはずはあるまい。汝がおこなおうとしていることは、先君のご意志を枉《ま》げることになるのだぞ。それでもあえておこなうのであれば、汝は乱臣にすぎぬ」

とまで直言した。

屠岸賈は蛙が水をかけられたような平然さを保ち、韓厥の説諭を受け流していた。このふてぶてしさを、韓厥は怒るというより、むしろ怪しみ、

――わたしでは、止めようがない怪力が、こやつを動かしているとみえる。

と、察して、趙朔に誅罰がくだるまえに、国外に去るように勧めにきたというわ

けである。韓厥がなによりもおどろいたのは、この急難について、趙朔がまったく無知であるということであった。これではまるで原同《げんどう》や屛括《へいかつ》が、趙朔の家なんぞ滅べばよいとおもっているとしか考えられない。趙氏内の軋轢《あつれき》がいくらひどくても、甥の凶患《きょうかん》を、口をつぐんでみている二人の非情さは、韓厥の倫紀《りんき》の外にあるものであった。

——あの二人には、明日はわが身、ということがわからんのか。

韓厥は屛括の秀麗な容貌を想い浮かべた。趙盾《ちょうとん》がどんな気持ちで弟の屛括をかわいがっていたか、趙盾の下にいた韓厥には痛いほどわかっている。かれはいまべつな痛みを感じて、声を立てずに泣けそうになった。と同時に、美しい花を咲かせながらすでに根が腐っている桃の木が、屛括の容姿にかさなった。

が、目前に横たわっている趙朔は、花も実もうち捨てた枯木のようである。たとえ趙朔が立てなくても、横にしたまま、車で国境を越えさせることはできよう、と韓厥はおもった。

趙朔は暗い目に、かすかに光をともし、

「いまさら亡命したいとはおもいません。あなたが趙氏の祀《まつ》りを絶たないようにしてくださるなら、わたしは死んでも恨むところがありません」

と、いった。水中に没してゆく者が最後に吐いた息のようなことばであった。

韓厥は趙朔の手をにぎった。

「承知した」

ということであった。

趙朔のまなざしが揺れたとみえたのは、涙が目に盈《み》ちたのであった。

翌朝、趙朔は夫人の孟姫《もうき》に扶《たす》けられて牀を離れ、最後の気力で堂上にすわると、集まった家臣に、趙家をまもなく襲わんとする誅罰の嵐のことを告げ、

「その凶風は、わたしが一身に受ければよいことであり、その方たちをまきぞえにしたくない。いまなら司寇《しこう》の網から、逃れられよう。疾《と》く、去ってほしい」

と、頭をさげた。長いあいだ趙家で忠勤をはげんでくれた者たちへの感謝の礼であった。

が、かれらはうろたえもせず、一人として腰を浮かした者もいなかった。趙朔は自分の声が細すぎて、かれらにきこえなかったのかとおもい、

「ここにいては、殺戮《さつりく》されるばかりだぞ」

と、かれとしてはせいいっぱい声を張り上げたが、家臣はかえって堂下ににじり寄り、

「君とともに死ねるなら、本望でございます」

と、口々に叫び、ついに趙家から去った家臣は皆無であった。

いや、三人の女が門から出た。かの女たちの一人は趙朔の夫人の孟姫であり、あとの女は侍女であった。

孟姫は先君の成公の長女であり、いまの君主・拠《きょ》の姉であるから、趙朔としては自家の罪のつぐないのために、罪もないかの女を死なせるのを惜しみ、また公室へのはばかりもあって、泣いて別れをこばむ孟姫を説得して、ようやく公宮へ送り出した。

杵臼《しょきゅう》の室には家宰《かさい》が訪れ、

「公孫どのには、主人がたいそう感謝しております。が、公孫どのは当家の客なので、危難がおよぶまえに、退去していただきたいとのことでございます。民家を一つみつけてあり、些少《さしょう》ではございますが、当家の財を運ばせてあります。どうぞ、そちらにお移り願います」

と、鄭重に挨拶をした。

――ああ、この人ばかりでなく、家人すべてが趙主に殉《したが》って死ぬつもりだ。

すぐに杵臼はさとり、趙朔の臣下のけなげさに胸を打たれた。そこで杵臼は、

「小生ごときに、お気づかいはご無用に願います。趙主さまが、去れ、と仰せになれば、あえてご命令に逆らいませぬが、あと二、三日、逗留《とうりゅう》させていただきたい。民家へ移るのは、それからにしていただきたいと、家宰どのから言上してくだされ」

と、いった。あと二、三日のうちに、事が起きるというのが、杵臼の予感である。

家宰は一礼し、

「では、そのように、主人に伝えます」

と、いって去った。

もうこのとき、趙朔の唇には力がなく、家宰の伝語に、ただうなずいただけであった。

趙朔の家に韓厥が訪れ、孟姫が公宮へ移り住んだことを屠岸賈は知った。

昼夜、屠岸賈の配下は趙家から目を離さず、出入りする者を逐一報告している。

趙家に妙な動きが出はじめたということは、

——趙朔は、亡命する気かもしれぬ。

と、屠岸賈は感じた。

「逃がしてたまるか」

そう叫びながら、かれは配下に車の支度を命じ、法の執行のために人数が要ることを告げに、各大臣の家をまわった。さすがに韓厥の家の門だけは叩かなかった。根回しがすんでいるだけに、屠岸賈の出動は電光石火といってよかった。

屠岸賈の祖父は、晋《しん》の家臣団のなかで、主流のなかにいたが、晋の公子であった重耳《ちょうじ》（文公）が流浪の旅から帰って、君主の座についてから、家臣団の本末《ほんまつ》がいれかわった。つまり重耳に従って諸国をめぐってきた家臣が高位を占め、本国にいた家臣は貶降《へんこう》された。屠岸賈の祖父も父も、本流からはずされたというわけである。

屠岸賈の父は傍流にあって、もがき苦しんで死んでいったが、そんな父をみて育った屠岸賈は人一倍顕揚欲が強く、重耳の孫にあたる夷皐《いこう》（霊公）が君主となってから、その側近となることができ、ようやく権要への足がかりを得たとおもったときの、かれの喜びはいかばかりであったろう。が、夷皐は暗殺されてしまった。

趙家への怨みは、自身の怨みでもある。

また屠岸賈はつねに夷皐の近くにいたので、

——わしは、趙盾が怖い。

という夷皐のつぶやきを耳にしている。べつに夷皐は趙盾から強迫されていたわけではないが、夷皐のように神経の細い君主にとって、趙盾の存在の大きさが、すなわち強迫であった。

どの臣下も趙盾の顔色をうかがうことをするのに、君主には恐れる色をみせない。これも本末転倒である。したがって晋国の政治形態をゆがめたのは、趙盾であり、その元凶の家を潰さないかぎり、晋国は健全なすがたにもどらないというのが、法治思想を濃厚にもつ屠岸賈の信念であった。

晋国を法治国家にすることを、たれよりも望んでいるのは、晋公のはずであり、晋公の意向をおぼろげながら察した大臣たちは、敗戦のうしろめたさもあって、保身のために、屠岸賈の主張に異論をとなえないでいる。いま、そうしたつごうのよい状況にあることも、屠岸賈を勇気づけた。

——大臣どもにしっぽを振るのは、今日までだ。

趙家を滅ぼせば、明日からの屠岸賈は、晋国の法の番人として、貴族たちに恐れられることになる。そうなると、かならず交際を求めにくる貴族がある。かれらを抱き込んで、権勢をふとらせてゆけば、やがてどんな大臣でも屠岸賈に手を出せなくなるであろう。

——韓厥だけを用心すればよいことだ。

韓厥は司馬である。司馬とは軍法の番人である。韓厥も法を犯す者を憎む型の人間であろう。その人間を敵にまわすということは、こちらに違法行為があった場合、真っ先に立って指弾《しだん》してくるのは韓厥のはずであり、それまでに韓厥の瑕瑾《かきん》をさぐり出して、韓厥を葬ってしまいたい。そうおもう屠岸賈は、自身にとって最大の政敵が韓厥となるであろうと、たやすく予想できた。のちにその予想は的中することになるのである。

趙朔の家をおびただしい兵がとりまいた。各大臣や重臣から出された兵は、おそらく、趙家には討ち入るなと命令されてきているのであろう、集まった人数は多いが、かれらはほとんど傍観者といってよかった。

屠岸賈はそんなことは百も承知であり、自分の配下だけをつかって、趙朔の臣下に勝つ自信はあった。かれは側近の臣を呼び、

「よいか、女でも子どもでも、趙家の者はすべて殺せ」

と、厳命した。趙家に残存者がいれば、その者は後日かならず主人のために復讎を考えるであろう。大樹を倒すのであれば、根まで掘り起こして、完全にかたづけておかねばならない。

「かかれ」

屠岸賈の号令で、武装した配下は、固く閉ざされている趙家の門を打ち毀して、門内に突入した。が、庭も室内も、静寂そのものであった。趙家の者はたれ一人として手向かいしないで刺殺されていった。ということは、かれらはあらかじめ趙朔に抵抗をいましめられていたということであろう。

悠々と庭上に歩をすすめた屠岸賈だが、あまりの静けさにかえってあわてた。

——趙朔め、まんまと逃げうせたか。

とさえ、おもったほどであった。が、あちこちに趙家の臣僕の屍体をみるにおよんで、ようやく安心し、それでもいそぎ足で寝室に踏み込んだ。

白衣の男がすわって、牀上の趙朔を見守っていた。

「なぜ、こやつも斬らぬ」

屠岸賈は怒号した。が、配下の一人は、

「この者は、家人ではなく食客《しょっかく》ですが、趙主の葬儀のために居残っていたと申しております」

と、告げた。

「なんだと」

屠岸賈は剣の先を杵臼の肩にのせた。

――そこを、どけ。

と、いうことである。杵臼はふりかえらず、

「趙主は亡くなられました。いかに趙主に罪があったとは申せ、すでに死者となったからには、すべてが清められたのです」

と、声を高騰《こうとう》させた。

「ふん」

屠岸賈は鼻で笑って、剣の先を上にむけると、杵臼を蹴倒し、趙朔をのぞきこんで、その死を確認したあと、ふたたび杵臼に剣を向け、

「食客であろうと、趙家の一人にちがいなかろう。趙朔といっしょに、黄泉《こうせん》の水でも飲みにいってもらおう」

と、いいつつ、杵臼の喉を突こうとした。このとき、

「お待ちください」

と、背後に声があった。声をかけた男は敏捷に屠岸賈の面前まできて、

「欒主《らんしゅ》の命により、法の執行の検分にきた者です。その者がこの家の客であれば、無罪でしょう。またその者の申すように、死者を誅戮《ちゅうりく》する法はどこにもありません。大夫の礼をもって、趙主の葬儀をおこなわせるのが、常道というものではありませ

んか」

と、いった。かれは欒書《らんしょ》の側近であり、主命によって趙家に出向いてきたが、屠岸賈のやり方のあまりのむごさに、少々腹を立てていた。

「法の執行をさまたげになられると、貴殿も同罪ですぞ」

屠岸賈はどうしても杵臼を殺しておきたかった。が、欒書の臣は一歩も退かず、

「この剣は、欒主からおあずかりしてきたものです。この剣に立ち向かわれることは、欒主に刃向かうことになります。それでもよろしかったら、お相手いたしましょう」

と、いって、剣を抜いた。青銅のつくりだが、剣刃の蒼文《そうぶん》から光の波が発せられたようで、まさに宝剣であった。晋室から欒氏に伝わったものであろう。

屠岸賈は、ふと、いや気がさした。韓厥のほかに欒書まで敵にまわしたくないと、とっさにおもったからである。かれはおもむろに剣をおさめ、配下にむかって、

「屋根の上から、廁牀《ししょう》の下まで、捜せ」

と、荒々しく命じながら、寝室を出ていった。

欒書の臣は杵臼をかばうつもりで、

「ひとまず、わが家においでなされよ。仮りの葬儀を二日後におこないましょう」

と、退去をせきたてた。ここにいれば杵臼は殺されることはわかりきっている。杵臼はいたしかたないといった表情で、欒書の臣に従って、趙家をあとにした。

側近の臣の復命をうけた欒書は、宝剣を手もとに引き寄せつつ、

「この剣の霊威に、屠岸賈が蒼くなったとは、愉快だ。それにしてもあやつは、女や子どもまで殺したのか。畜生にも劣るやつよ。それで、原同や屏括は、趙家に助勢を送ってきたのか」

と、問うた。側近の臣は、否《いいえ》、といった。欒書は宝剣を抜きつつ、

「その屠岸賈にも劣るやつらがいる」

と、つぶやいたあと、趙主の名誉を守りぬいた公孫なにがしとは、まさに趙家にとって賓客であった、と感慨深げにいった。

このころ韓厥はほぞをかんでいた。趙家誅滅を臣下から報《しら》されたとき、屠岸賈の出動の予想外の速さにおどろき、処罰の残忍さを怒った。

——趙朔のことだ、妾出の子は、逃がしたろう。

趙朔の正室である孟姫に子のないことを知っている韓厥は、気やすめにそうおもったが、翌日、趙朔の子どもまで邸内にとどまり誅戮されたと聞き、暗涙《あんるい》とともに天を仰ぎ、

――見舞いにいったあの時に、その子を、わが家に連れてくるべきであった。と、くりかえし嘆いた。趙家の祀りを絶やさないと約束した韓厥であるから、最後の希望として、あるいは閭巷《りょこう》に趙朔の子を生んだ女がいるかもしれぬと、臣下をはしらせ、しらべさせたが、手がかりはなかった。趙朔の血胤《けついん》は完全に絶えたのである。

欒書の臣にかくまわれていた杵臼は、やがて民家へ移り住んだ。趙朔の配慮で買われていた家である。

杵臼にはひとつ気になっていることがある。趙朔の無二の親友である程嬰《ていえい》が、なぜ、趙朔の臨終にあらわれず、殯葬《ひんそう》のときにも、弔問にこなかったのかということである。

――口先だけの男であったとは、おもいたくないが……。

市で買い物をすませて帰る杵臼は、その程嬰をみたのである。というより、どうやら程嬰のほうが先に杵臼をみつけ、尾行して、人目のないところで、近寄ってきたといったところであろう。

杵臼は非難の目をむけ、

「趙主にあれほど目をかけてもらったあなたが、なにゆえ、趙主とともに死ななかったのですか」

と、路上で質《ただ》した。程嬰は杵臼の口をふさがんばかりの手つきをして、さらに細い路地にいざなってから、あたりに人影のないことをたしかめると、杵臼の耳に、

「いま公宮におられる孟姫さまが、子を宿されています。これは趙主からきいているから、まちがいない。わたしはその子を守り育てるつもりですが、その子が女であれば、そのときは死ぬまでですよ」

と、ささやいた。杵臼は耳の立つおもいであった。杵臼のおどろきは喜びにかわった。

二人は司寇《しこう》の魔手にかからないようにいましめあって別れた。

まもなく、公宮において孟姫が子を生んだ。男の子であった。極秘の分娩であったが、うわさをも生んだことになったらしく、趙家にかかわることに耳目をとぎすませている屠岸賈は、さっそくうわさの真偽をたしかめるべく、公宮に探索の手を入れた。

――まさか、ここまでは。

と、安居していた孟姫だが、侍女の悲鳴をきいて、凶行のせまりつつあることを

感じ、はじかれたように嬰児《えいじ》を抱き上げた。が、適当な隠し場所がみあたらない。探索者たちの声と足音が近づいてくる。

——ああ、どうしよう。

孟姫は裳《しょう》をたくしあげた。裳はいまのスカートにあたるものだが、このころの婦女は股間に密着する下着をつけていない。したがって孟姫が裳をたくしあげたとき、裸の下半身をみせたはずで、かの女はわが子を股間にはさみ、裳をおろしてすわった。つぎに祈った。

「趙の宗家が滅んでもよいのなら、おまえは声を出してお泣きなさい。滅んではならないのなら、声を出してはなりません」

この祈りがおわったとき、目前に屠岸賈が立った。かれは孟姫に会釈もせず、配下を頤使《いし》して、嬰児をさがさせた。しばらくして、すべての配下は首を振りつつもどってきた。屠岸賈は、身じろぎもせずに自分を睨《にら》んでいる孟姫を、見おろしたまま、

「うまくお隠しになったようですな。が、かならずみつけてごらんにいれます」

と、いいおいて、背をむけた。かれらが去るまで、袴下《こか》の嬰児は、声を発しなかった。孟姫の祈りは通じたのである。

「しかし、屠岸賈はまたやってくるだろう。どうしたらよいのか」

公宮での一件を知った程嬰は杵臼に相談した。杵臼はすぐに答えず、まなざしを遠くにおいた。ひとつ深呼吸をしてから、顔をもどし、息づかいをやわらげて、

「孤児を守り立てるのと、死ぬのと、どちらがむずかしいでしょう」

と、いって、程嬰をみた。杵臼の濁りのない目をみながら、程嬰は、

「死ぬのはたやすい。孤児を守り立てるほうがむずかしいにきまっている」

と、さぐるように答えた。杵臼は目を細めた。

「趙主とのつきあいの長さや深さから、あなたには、むずかしいほうを引き受けていただきましょう。わたしは、たやすいほうを引き受けます」

杵臼のことばの澄んだひびきが、程嬰の錯綜《さくそう》とした胸の中を通った。

その夜、杵臼は嬰児を抱いて、晋都をぬけ出し、山中へ奔《はし》った。

晋都に残った程嬰は、数日後、韓厥の家の門を叩き、韓厥に面謁を願い出た。

「趙主の遺児が、山中で生きていると——」

程嬰を引見した韓厥は、ちかごろ病と称して参朝していない。事実、かれは病人のように生気のない容態をしていたが、程嬰の語る秘話に、おもわず腰を浮かし、

眼光に蘇生をみせた。

それを見澄ました程嬰は、これまでみせたことのない驕色《きょうしょく》をあらわして、

「今日まで、わたしがどれほど苦労して遺児を守り通してきたか。韓の君があわれとおぼしめすのであれば、重賞を賜りたい。また、この先、あの遺児が成人となるまでには、たいへんな財が要ります。それゆえ、わたしに邑をおさずけ願いたい。つまり大夫《たいふ》としていただきたいということです」

と、いい放った。

韓厥は腰を沈めて、いやな顔をした。程嬰の義俠を褒《ほ》めようとしていただけに、その申し出は不愉快きわまりないものであった。が、韓厥はなるべく自分の感情をおさえて、

「汝の申し分も、わからぬではないが、趙主の嫡子を育てるのは、わしがなんとかいたそう。とにかく、どこに隠れ住んでいるのか、おしえてくれまいか」

と、ものやわらかくたずねた。程嬰は皮肉な笑いをみせて、

「重賞と引き換えですな。後日、またまいります」

と、いって、ぷいと立った。韓厥は嚇《かっ》としたものの、なんとか自分をなだめて、黙然としていたが、急に気づいたように側近を呼び、

「あの者は、賞をねだりに、屠岸賈のもとへゆくかもしれぬ。そうであるなら、不《ふ》憫《びん》だが、口をふさがねばならぬ」

と、指令し、数人の臣下に程嬰を追わせた。

程嬰は官衙《かんが》のほうへ歩いてゆく。韓厥の不安はあたったということである。韓厥の臣下はたがいに目くばせして、程嬰に打ちかかった。程嬰は横ざまに跳び、剣をぬいて、

——それが、韓主の重賞か。

と、叫び、縦横に剣をふるってから、くるりと背をむけて走りだした。追手は急迫した。逃げ切れぬと知った程嬰は、たまたま門の開いている貴家に飛び込んだ。ときならぬ喧騒に、屋敷内から出てきた家人たちは、いましも門内に踏み込んだ韓厥の臣をみつけ、怒号とともに押し返した。事件はその家の主人から屠岸賈に報告された。

——程嬰というと、趙朔にとりいっていた上士だな。なるほど、あやつが趙朔の子をかくまっていたのか。

屠岸賈はにやにやしつつ、程嬰と対面した。程嬰はおもしろくなさそうに横をむき、

「韓主の誤解で、こんな嫌なやつに、身の保護を頼むことになろうとはな」

と、吐き出すようにいった。

「まあ、そう、嫌ったものではない。なぜ、韓厥を怒らせた」

「賞と邑とを、賜るつもりが、あの剣舞を馳走になったというわけだ。おっと、いくら司寇にかばってもらっていても、賞と邑なしでは、口を割らぬよ」

屠岸賈は笑いを消した。

「わかった。趙朔の遺児の隠れ場所をおしえてくれたら、賞は出す。邑は、わしが大臣となったら、かならず与えよう。それで、どうだ」

「そうさなあ。司寇が大臣になるまで、わたしは韓家の目のとどかぬところで暮らさねばならぬ。賞は、たっぷりたのむ」

程嬰はそういったあと、急に頭をかかえ、

「これでわたしは、趙主と杵臼とを裏切ることになってしまった。司寇には、このせつなさはわかるまい」

と、叩きつけるようにいって、きらりと涙をみせた。

屠岸賈にせかされて、程嬰は兵たちを先導して山中へはいった。草墅《そうしょ》があり、そこで杵臼は嬰児とともに過ごしていた。兵たちはその草ぶきの小屋をとりまいた。

屠岸賈がなかに足を踏み入れたとき、美しいむつきをつけた嬰児をみた。

——これだ。まちがいない。

屠岸賈は配下に命じて、嬰児を抱きしめている杵臼を、ひきずり出させた。

杵臼は屠岸賈のうしろで、顔をそむけている程嬰をみつけると、はっと顔色を変え、

「なんという小人《しょうじん》だ、程嬰とは。かつて趙家の難のときも死なず、わたしと謀《はか》って、趙氏の孤児を隠したのに、今、わたしを売った。たとえ孤児を守り通せなくても、裏切ることは、人の情においてできるはずがないのに」

と、ののしった。

かまわず屠岸賈は剣をぬいた。

杵臼はもはや人をみず、天を仰ぎ、嬰児を高く差し上げた。

「天よ、天よ。この児になんの罪がありましょう。どうか活《い》かしておいてください。わたしひとりを殺せばよいではありませんか」

杵臼の祝《いの》りがおわったとき、屠岸賈の剣は杵臼を刺しつらぬいた。嬰児が地に落ちて、泣いた。屠岸賈はおなじ剣で、嬰児の泣き声を永遠に止めた。

「程嬰、賞を用意してある。このことが韓家に知れる前に、姿をかくせ」

屠岸賈はすべてが終わったせいか、かえって無感動な口ぶりで、そういってから、ゆったりと草墅をあとにした。程嬰はうなだれたまま、屠岸賈に従った。力のない歩みであった。

怒髪冠を衝《つ》く、とは、趙朔の遺児の惨殺を知らされた韓厥のことであろう。屠岸賈と程嬰について、

――殺してもあきたりぬやつらだ。

と、くりかえしていい、室内を歩きまわった。

その程嬰の訪問を告げられて、韓厥は耳を疑い、つぎに、

「そやつを殺して、屍体を市に曝《さら》しておけ」

と、側近に命令した。側近はかすかに首を振り、膝行《しっこう》して、小声でなにごとかを言上した。韓厥の眉が寄り、まなじりから深みが消えた。かれは飛ぶように堂へゆき、堂下にひざまずいている程嬰をみた。

程嬰の膝の上に嬰児がいる。

韓厥はきざはしを降りて、嬰児をのぞきこみ、

「これは――」

と、程嬰に問うた。程嬰は顔を俯《ふ》せたまま、

「これこそ、まことの趙主の遺児でございます。過日のご無礼は、屠岸賈をあざむくためのはかりごとにて、杵臼はおのれの死をもって、それを成就させました。趙主の遺児が家を再興するとき、おすがりできるのは、韓主さまをおいてほかになく、それまで韓主さまにご災厄のかからぬよう、われらの浅才をしぼって考えたことでございます」

と、淡々と述べた。

聞いているうちに韓厥の胸は激情でいっぱいになり、ついに、はらはらと涙をこぼし、

「おお、そうであったのか。趙主は……」

と、いって、喉をつまらせ、さっと手で涙をはらった。

「趙主は、まことに良き友をもった。……おう、おう、この児がのう、面差しは孟姫に肖《に》ており、目もとは趙主そのものであるわ。程嬰、汝ほどみごとな男を、わしは知らぬ。この児がしかるべき歳になったら、わしを訪ねよ。わしも趙氏の祀りを絶やさぬと約束した男だ。約束はかならず守る男でもある。それまで、からだをいとえよ」

「ありがたき仰せでございます。わが命にかえましても、趙主の嫡子を守り育ててごらんにいれます」

程嬰は晋都を去り、山中にはいった。

月の昇るのをみた程嬰は、杵臼の死をおもい、号泣してから、嬰児を高々と扛《あ》げて、

「天よ、月よ、星よ、それに趙主さまや公孫どの。どうかこの児をお守りください」

と、祝った。夜鶴《やかく》のごとき声であった。

趙朔の遺児の名は「武《ぶ》」という。

趙武が山中で十五歳になったとき、晋都でひとつの乱があった。

「孟姫の讒《ざん》」

とよばれるもので、乱のきっかけは孟姫と趙嬰斉《ちょうえいせい》との淫事である。

孟姫は夫の趙朔を喪《うしな》い、子の武を手離して、清閑の生活をおくっていたが、やがてかの女の閨内の淋しさにつけこんできた趙嬰斉と深い仲となった。孟姫は自分の美貌が朽ちるのを惜しくおもっていたところで、美貌ばかりか美体をも、その身を

もって賛美してくれる男にあい、はじめて男に夢中になった。趙朔はどこか堅苦しく、男女の交わりにもの足りなさしか感じていなかった孟姫は、趙嬰斉によって、男性のたくましさと自身の陶酔とを知ることができた。

が、この秘事は、原同と屛括の知るところとなり、

——甥の妻を奪うとは、外聞が悪い。

と、怒り、弟の趙嬰斉を斉の国へ追放してしまった。

最愛の男を失った孟姫は、原同と屛括とを大いに怨み、とうとう、

「趙同と趙括とは、乱をなそうとしています」

と、晋公へ訴えた。根も葉もない讒言《ざんげん》である。かの女は原同と屛括とが処罰されれば、趙嬰斉が帰ってくるとおもったのだろう。晋公としては、いくら姉の訴えであっても、むやみに誅罰をかれらにくだすわけにはいかない。ところが、原同と屛括の二家と、欒書の家とは、犬猿のあいだがらとなっており、双方の間に立つ趙嬰斉が欒書の機嫌をとってきたのに、その趙嬰斉が晋国から消されたことによって、立腹していた欒書は、

「孟姫の訴えは、根拠のあることでございます」

と、晋公のまえで証言したので、ついに大臣たちは兵を出し合い、原同と屛括と

を誅滅してしまった。これで趙氏は趙旃《ちょうせん》の家をのぞけば族殺されたことになる。ただしこのとき韓厥だけは兵を出していない。

事件の直後に、晋公が病になった。妙な病で、寝込むほどではないが、長く起きていることができない。いかなる医者に治療させても、快方にむかわないのである。晋室では憂心を寄せ合ったのちに、占いによって、病因をつきとめることにした。

――大業の後《のち》の遂《と》げざる者、祟《たた》りをなす。

占った史官はそう告げた。

「どういうことであろう」

たまに聴政の席につくと、晋公は大臣に問うた。うまく説明のできた者がない。が、ただ一人、韓厥は的確に返答した。

「大事業をなした者の後裔《こうえい》で、晋にあって祀りを絶った者は、趙氏でありましょう。趙氏は代々功績を立てましたのに、わが君が趙氏を滅ぼされました。国人はそのことを哀しんでおります。それゆえ占いにあらわれたと存じます。どうかわが君におかれましては、よろしくおとりはからいくださいますよう」

晋公は意外な面持ちで、

「趙氏に、まだ子孫がいるのか」

と、かさねて問うた。韓厥はつぶさに実情を述べ、山中にいる趙武を、君命によって召致してもらえるように請願した。晋公は聴許した。——ということは、こういうことである。晋公は屠岸賈をつかって、最大勢力である趙氏を消滅させたが、けっきょく他の大臣がそれだけ威勢をひろげたにすぎず、屠岸賈は大臣になれないでいるのだから、門閥の堅牢さは予想以上であり、それなら趙氏を復興させて、恩を着せ、使いやすい大臣を一人でも多くつくっておけばよいという、いわばなげやりな晋公の袂《たもと》を、韓厥がたくみに引いたといえる。この時点で、晋公は屠岸賈を捨てたことになった。

山中にいた程嬰はすでに韓厥のもとに趙武の成長を報告にきており、二人の所在のわかっている韓厥は臣下をはしらせ、二人を迎えると、ひそかに公宮に送り、晋公に拝謁させた。晋公が大臣たちを集めると同時に、韓厥は公宮に兵を伏せた。大臣たちは晋公と韓厥のなみなみならぬ意中を読みとると、趙家の再興を認め、兵を寄せて、屠岸賈とその一族を攻め滅ぼした。

ついに趙武は旧領を下賜《かし》され、趙氏は復活することになったのである。

趙武が二十歳になったとき、成人の式があり、冠を頭上にいただいて、各大臣に挨拶してまわり、訓辞をもらった。この晴れやかな日に帰宅すると、程嬰が死装束でかれを迎えた。

「むかし、趙家に難が及びましたとき、すべての家人は従容《しょうよう》として死につきました。わたしはあなたが旧位に復すまでとおもい、そのときは死にませんでした。が、もはや本望は果たされました。このことを、地下のご先祖と公孫杵臼とに報告にまいりたいと存じます」

おどろいた趙武は目に涙を張り、頓首《とんしゅ》して、程嬰の死をとめようとした。

「わたしはこれから心身を尽して、そなたの恩に報じるつもりであるのに、そなたはわたしを見棄てて死んでゆくことができるのか」

「あの杵臼は、わたしが事を成就させると信じて、先立って死にました。いまわたしが報告にいかなければ、かれは事が成就しなかったとおもいましょう」

程嬰はそう諭《さと》し、趙武に微笑をみせて、自殺した。

趙武は身も心も張り裂けるほど声を放って泣きつづけた。

かれはこの日から三年間、喪服をつけ、程嬰の死を悼《いた》み、その後程嬰を自領に祭り、春秋に祭祀をいとなんで、代々絶やさぬようにした。

趙武は喪服をぬいで、二十八年後に、晋の宰相となるのである。

老桃残記
ろうとうざんき

一

桃の花がさかりになった。

「ここの花は、温《おん》の花より、淡いようだ」

趙鞅《ちょうおう》は側近の臣に語りかけた。

ここ、というのは晋《しん》の都の絳《こう》のことである。趙鞅は晋の大臣であり、父の死後、趙一門の総帥《そうすい》となってから、すでに数年が経《た》つ。

趙家は、祖父の趙武《ちょうぶ》が生まれるころ、いったん絶えかけたが、趙武が成人となって高位の端末《たんまつ》にすわり、さらに壮年となって家格と人格との高気《こうき》があいまって騰躍《とうやく》し、ついに晋の宰相《さいしょう》となるにおよんで、その封土はかつてないほど肥大した。

父の趙成《ちょうせい》は宰相にはなれなかったが、敬事《けいじ》の人で、晋の君主からも他の大臣からも怨まれることなく一生をすごし、祖父の遺産を損耗《そんもう》させることなく趙鞅にひきつがせた。

趙鞅の口からでた「温」は、趙家の食邑《しょくゆう》のひとつで、絳から東南にはるばるくだった黄河の北岸にある。温に着くまえに通る原《げん》の邑《まち》にも趙家の代官が派遣されている。ほかにも食邑は多い。晋における食邑の多さでは、趙家は一、二を争うことができる。

が、趙鞅はそれほどの大封の主でありながら、壮年にさしかかったばかりであり、国事での実績にとぼしいこともあって、まだ晋の執政《しっせい》の権をにぎるにいたっていない。

要するに、晋の君主も大臣たちも、趙家の新しい主がどれほどの器量なのか、見定めようがないというのが、この時期であった。

「佳《よ》い日だ。陽の光がまっすぐに降っているだけで、物はみな、おだやかに静まりかえっている。こんな佳い日は、一年のうちでも、今日くらいであろう」

趙鞅は半眼になって、庭内の桃の花をながめている。

「御意《ぎょい》」

と、みじかく同意をあらわした側近の臣は、董安于《とうあんう》という。董安于は趙家をとりしきる家宰《かさい》といってよく、主君の趙鞅より六歳ほど上で、まもなく四十歳になろうとしている。

趙鞅が半眼になっているときは、ものを考えているというよりは、むしろ空想や夢想にふけっているときで、趙鞅には常人では理解しがたい独得な感性があるらしく、夢をよくみる性《たち》でもあり、夢とうつつとの区別がつかないときもあるようで、そういう場合、起きているわけではなく眠っているわけでもない、まぶたをなかば閉じた状態で、長時間微動だにしない。いまがそのときであった。

しばらく黙ってすわっていた董安于は、趙鞅のいる堂上から、足音をたてずにさがった。趙鞅の耳目に、もはや想像の帳《とばり》がおりているようで、董安于の退去に気づいていない。

趙鞅のまなざしは庭の桃花にそそがれていながら、かれの目に映っているのは、温の邑の桃花である。

祖父の趙武が晋の宰相として健在であったころ、十歳の趙鞅は温にある趙家の領地につれてゆかれた。そのとき祖父と父といっしょに、屋敷近くの桃園を歩いた。桃花は満開であった。温の桃花は色が濃く、ふりあおいだ趙鞅の目には、天を翳《かげ》らすほどの紅であった。

一瞬、別世界にさまよいこんだ感じであり、趙鞅はおもわず父の手をさぐった。紅の色につつまれた感じは、幻覚に襲われたという恐怖でもあったが、それよりも感覚がうっとりしびれてゆくような、あるいはけだるい甘さが体内にみちてくるようで、やがて自分だけが桃花のあいだで融《と》け去ってしまうのではないか、そんなおもいで趙鞅は父にすがったのであった。

父が足をとめて趙鞅をのぞきこむと、ふりむいた祖父は、孫の異常に上気した顔をみて笑った。

「黄泉《こうせん》へゆく路も、このような美しい桃陰《とういん》にあるのでしょうか」

突然、趙鞅はそんなことをいいだす少年であった。

祖父と父とはおどろいたように顔を見合わせた。

「死後のことは、廟貌《びょうぼう》の方々に、おききするほかない」

そういった祖父は、孫のうわごとにも似た問いを一笑に付すことはしないで、そろそろ鞅にも程嬰《ていえい》のことをおしえておいたほうがよい、と父に語りながら、趙鞅を祖廟《そびょう》へつれていった。

趙家の廟にある宗主《そうしゅ》は趙成子《ちょうせいし》といい、生前の名は衰《し》である。趙衰からかぞえて祖父の趙武は四代目にあたる。

趙成子（趙衰）
趙宣子《せんし》（趙盾《とん》）
趙荘子《そうし》（趙朔《さく》）

趙武は先祖の追尊と生前の名とを趙鞅におしえてから、趙家の先祖からすこしはなれたところに祀《まつ》られている男の名をつげた。

「この人は程嬰といってな。わしを命がけで護《まも》り育ててくれた。この人がいなければ、わしは死んでいたろうし、そなたの父も、そなたも、この世に生まれようがなかった」

程嬰の名は、折にふれて趙武が口にするので、趙家の臣下たちは知らぬ者がいないほどで、当然、趙鞅も名だけは知っていた。

趙武はもう趙鞅が人の情義をある程度理解できる年ごろになってきたと考え、みずから程嬰についてくわしい話をきかせる気になった。

趙武の父の趙朔が当主であったころ、趙家の威勢の大きさを恐れた晋の君主が、趙家を族滅させようとしたこと、そのとき遺児となった趙武を、山中にかくまって育てた程嬰の献身的な活躍など、趙鞅ははじめてきく秘話であった。

それを話す祖父の声はふだんの声とはちがい、どこかくぐもったようなひびきをもち、趙鞅はうすきみ悪さを感じた。話しおわった祖父の目に涙が浮かんでいた。

その祖父は黄泉へ旅立ち、父も亡《な》い。

趙文子《ぶんし》（趙武）

趙景子《けいし》（趙成）

趙家の廟には位牌が二つふえた。

趙鞅は六代目の主である。趙鞅がいまだに憶《おぼ》えているのは、

「そなたの代になっても、趙家の恩人である程嬰の祀りを、絶えさせてはならぬ」

という、祖父のきびしい声である。その声だけが、くぐもりからぬけたあきらかさであった。

——程嬰は趙家の臣ではなく、曾祖父《そうそふ》の友人であったにすぎないのに、どうして趙家の危難を、身命を賭《と》して救ったのであろう。

子ども心に生じた疑念を、趙鞅はいまだにもちつづけている。いまだにもちつづけているといえば、祖父への尊敬の念も、そのひとつである。

祖父には偉業がある。かれ以前の宰相では、たれひとりとしてできなかったことを成功させた。それは、

「楚《そ》との和平」

である。晋と楚とは水と油のあいだがらで、中華における霸権を争いつづけ、百年ものあいだ、激闘をくりかえしてきた。が、祖父の趙武はその愚かしさを自国の君臣ばかりでなく、敵国の首脳にもわからせ、ついに楚との交盟という画期的な大事をなしえた。そのことは楚軍と戦って克《か》つことよりも、数倍もすばらしいことであろう。あの狂暴といってよい楚人《そひと》が、祖父を信じたからこそ、和平の盟《ちか》いを交わす気になったのだ、と趙鞅はおもう。そのおもいは、比類のないあざやかさで、祖父の像を趙鞅の胸にきざませた。

事実、趙武は名宰相であった。

晋の大夫《たいふ》であった祁午《きご》は、一家言ある人であったが、趙武に面とむかって、

「あなたが晋国の執政となられてから、将卒は疲れを知らず、国家は欠乏することなく、民に謗《そし》る声はなく、諸侯に怨む者はなく、天も大災をくださないのは、あなたの力によるものだ」

と、褒揚《ほうよう》したことさえある。

そのとき趙武はおのれの行動の原理を、

「信」

ということばで、いいあらわした。信とは、どういうことか。

「たとえば、農夫が雑草をとりのぞいたり、苗の根に土をかぶせたりすることを怠《おこた》らなければ、たとえ饑饉《ききん》の年があっても、かならず豊作の年がくるようなものです」

と、趙武はみずから解説した。これはまた趙武自身が、国難をおもっておのれの職分を踰《こ》えぬというのが信です、といいかえている。

趙鞅は祖父の事績について、趙家の老臣からもきき、信、については、かれなりに理解できた。が、信とは祖父個人の行動の原理であって、宰相という公人の立場では、祖父は、

「礼」

ということを、重視したらしい。

――礼とは、なんぞや。

趙鞅の目から桃花が消えた。かれはすっくと立ち、董安于の名を呼びつつ、きざはしを降り、董安于の顔をみつけると、

「わしは疾《やまい》になった。朝廷にはそう届けておけ。いまから静養にゆく」

と、いった。

「委細、承知いたしました」

と、こたえた董安于は、これから趙鞅がどこへゆこうとするのか、それさえわかっていた。董安于はそうした恪敏《かくびん》の臣であった。

馬車に颯《さっ》と乗った趙鞅を仰いだ董安于は、

「温の桃花は、君がお着きになるころには、すべて落ちております」

と、いった。趙鞅は笑った。

「おもしろい。むこうの桃が花を残していたら、わしは廟の祖父に比肩できる宰相となれよう。それを賭するか」

拝揖《はいゆう》した董安于をのこして、いちだんと高い笑声の尾をひき、馬車は走り去った。しばらく時をおいてから、臣下を乗せた数乗の馬車が、あわてぶりを絵に画《か》いたように、主君の馬車を急追していった。

道すがら、車上からみえる桃花は、趙鞅が温に近づくにつれて、乏《とぼ》しくなった。かれの馬車は自領の原邑《げんゆう》にはいったが、役人の挨拶をうけるまもなく、風のごとく駆けぬけた。

――さて、花は残っているか。

温邑を遠望した趙鞅は、自分の稚気《ちき》を内心笑いながら、御者《ぎよしや》に道をいそがせたが、門外で多数の役人の出迎えをうけて、馬車を停《と》めさせた。

かれらの先頭にあって、まっさきに趙鞅に頭をさげたのは尹鐸《いんたく》という家臣である。尹鐸は趙家から派遣された温邑の行政長官である。

「やあ、尹鐸。わしは静養にきた」

趙鞅の声には、たれがきいても、疾痛《しつつう》の暗さはない。

「存じております」

「ほう、風の報《しら》せでもあったか」

「いえ、家宰さまからのお報せでございます」

趙鞅が絳から温へでかけるとわかった時点で、董安于はただちに配下を尹鐸のもとへ駛《はし》らせたということであった。

趙鞅という主君は、黙想をはじめると、いつやむともなく静止がつづくが、行動をおこすときは、間髪を容れず、といってよいほど速い。趙鞅の臣下はその速さについてゆかなければ、趙家では務まらない。

尹鐸も諸事にぬかりのない臣である。趙家にとってきわめて重要な食邑である温をまかされているほどの男である。打てばひびく敏才《びんさい》にちがいなかった。

「桃園をみたい」

趙鞅がそういいだすまでもなく、尹鐸は桃園への道をまよわずえらんでいた。

桃園に花はなかった。一面の若葉である。いや、もう青葉であるといってよかった。

――わしは祖父に及ばぬか。

趙鞅は軽い失望に襲われた。そのとき尹鐸は足をとめ、揖《ゆう》して、

「あちらに筵席《えんせき》を設けてあります。お声のとどくところに、臣《わたし》は控えております」

と、いった。尹鐸の声はいつもながらやわらかい。

――どういうことか。

趙鞅はいぶかりながら、かつて祖父や父と歩いた桃陰の路を、淡い感傷とともに歩いていった。筵席が目にはいった。心身のつかれをおぼえた趙鞅は、おもむろにその筵席に腰を落とした。と同時に、

「おお」

と、小さく叫んだ。どこをみても緑ばかりであったのに、筵席のまえの桃だけは、いまやさかりと、花を暉《かがや》かせていた。一株《しゅ》の遅咲きの桃であった。

趙鞅は満面に笑《え》みをひろげた。

――この花が遅いのか。それとも、他の花は散りいそいだのか。

そんな奇妙な想《おも》いをふくめて、とりとめもなく想念をさまよわせはじめた趙鞅は、あたりが夕暮れの色に染まるころまで、そこを動かず、桃花を飽かずにながめていた。

温にとどまった趙鞅は、いつ晋都へ帰るともいわず、数日間読書をしていたかとおもえば、にわかに立って、数人の臣下をしたがえ、山野へでかけて、ひそかに狩《しゅ》猟《りょう》をおこなった。あるいは微服に着替えて、自領をめぐり、ときには原邑まで足をのばして、予告なしの検按《けんあん》をすることさえあった。屋敷にもどってきた趙鞅は尹鐸を招き、

「原邑は、よく治められていた。が、ここは、なおさらだ。尹鐸、わしは野で働く者とさえ、語りあってきたが、汝を称《たた》える者はいても、汝を怨む者はひとりもいなかった」

と、褒《ほ》めた。

「恐れいります」

「が、ひとつ腑に落ちぬ。原邑の倉府には、穀物と武器とが備蓄されているのに、

この邑の倉府は空《から》に近い。天災や戦災に襲われたら、この邑はひとたまりもあるまい」

「そのことにつきましては、ご懸念にはおよびません。倉府にはいるはずの糧仗《りょうじょう》は、まさに万一に備えてのものでございますが、あえて申さば、その万一がやってこなければ死に財となります。ところが、これを民に借せば、民間において活用され、一が二や三となって、殖《ふ》えるものでございます。民が豊かになることは、すなわち、この温邑が、ひいては趙家が、豊かになることではございませんか」

ためらいや憚《はばか》りを、みじんもみせぬ尹鐸の応答であった。

趙鞅は気圧された感じになった。

「まあ、そうだ。だがな、尹鐸、民はそれほど賢いか。けっきょくこの邑では賦役《ふえき》が軽いということで、民は上を甘くみたり、なまけぐせがつきはしないか。また、その万一がやってきたとき、上の苦難を下が知らぬ顔をするだけではないのか」

「君は、温邑で、なまけ者をごらんになりましたか」

「いや、みなかった。……」

趙鞅は急に気づいたように、

「やはり、わしは遅咲きの桃であるらしい。汝の手入れのよさで、やがて花をつけさせてもらえそうだ」
と、正直なことをいった。趙鞅は尹鐸の行政手腕が並はずれてすぐれていること
に、いまさらながら気づいたということである。
趙鞅が温邑にきて一か月がすぎた。
すでに五月であった。
「明日、帰る」
と、趙鞅が尹鐸にいった、その日のことである。
「お客人でございます」
と、尹鐸に告げられた趙鞅が、座敷にはいってゆくと、席上の人物はすみやかに
席をおりて、趙鞅にむかって拝礼した。
「はて、どなたでしたか。かつてお目にかかっておれば、失礼なことながら、ご尊
名ばかりか、ご尊顔さえ忘れております」
そういいつつ趙鞅は揖して、客人の着席をうながした。
「いえ、趙主どのにお目にかかるのは、はじめてです。わたしは陰不佞《いんふねい》と申し、王
より一区の地を治めさせていただいております」

陰不佞は周王の直臣であり、陰《いん》とよばれる地の領主であった。

「おお、これは──」

趙鞅は裳《しょう》をさぐって、席をおりようとした。周王直属の大夫であれば、晋の大臣と同格であろう。むこうに拝礼させておいて、平然と席上にいるほど、趙鞅は傲慢《ごうまん》ではない。

「あ、いや、趙主どの、そのままで。趙家は晋の執政のお家柄です。晋の執政は、すなわち、天下の執政。王朝の卿士《けいし》にまさるとも劣りません。わたしごときに、ご尊慮《そんりょ》はご無用に存じます」

そういわれて、趙鞅は会釈《えしやく》だけで腰を落ち着かせた。

陰不佞は王臣にしては武張った感じにみえる人で、王の近くにいる宮廷人独特の典雅なひ弱さはない。かれは王室の使者として晋都へむかう途中に、原邑に立寄ったところ、趙鞅が温邑に滞在しているときき、随従者を原邑に残したまま、軽車を借りて、わざわざ面会にきたとのことである。

「と申しますのは──」

ここからが話の本旨である。陰不佞の話とは、おどろくべきことであった。

まず、周王が崩御したという。周王は四月のはじめに王宮から北山《ほく》へむかい、北山で狩りのさなかに心臓の発作がおこり、四月十九日に臣下の邸で息をひきとった。むろん趙鞅にとってそのことは初耳である。陰不佞は周王の崩御を晋の朝廷へ報《しら》せる役目であるという。

それなら、陰不佞は晋都へ直行すればよく、晋都とは逆の方向にある温邑までやってくる必要はないはずではないか。趙鞅は目もとに不審の色をだした。

陰不佞は趙鞅の顔色をうかがいつつ、話に抑揚をつけた。

「ところが――」

周王がおこなった狩りの目的は、鳥獣をとるものではなく、人を誅《ころ》すものであったのです、と陰不佞が声を殺して詳細を語りはじめたとき、趙鞅は座敷の外に人影はないか、ひとわたり目で確認した。周王自身が殺人を計画したとは異常というほかない。

「王が誅殺《ちゅうさつ》なさろうとした相手は」

趙鞅はまっすぐに訊《き》いた。

「単《ぜん》公と劉《りゅう》公」

まさか、と趙鞅はおもった。

単公と劉公といえば、周王の卿士であり、いわば王朝の運営者である。かれらを抹殺すれば、王朝がたちゆかなくなるほどの大物である。だが、いくら趙鞅が、ありえないことだ、と心中で否定しても、陰不佞の声には虚妄《きょぼう》のひびきはない。陰不佞は北山の狩りに参加した一人として、事実をうちあけているにちがいない。

陰不佞の声はさらに低くなった。

つまり周王は狩りにことよせて、単公と劉公とを招き、山中で殺害しようとした寸前に、心疾で倒れたということである。ところが危うく誅殺の刃《やいば》からのがれた劉公は、三日後に、病歿してしまった。

「ふしぎなことがあるものだ」

趙鞅のつぶやきがきこえなかったように、陰不佞は、なぜ周王が単公と劉公とを憎んだかということについて、話題を移した。

周王に子は多い。そのなかで王子猛《もう》が太子となっていたが、じつは周王がもっともかわいがっていたのは、妾出《しょうしゅつ》の庶子のなかでも最年長の王子朝《ちょう》であったところに、後継問題をこじれさせる大きな要因があった。

王子朝の養育官を賓起《ひんき》という。賓起は王の心の揺れを、たくみに引き、いまの太子を廃して、あらたに王子朝を太子として立てるように、しばしば諷意《ふうい》をたてまつったので、ついに周王は決意し、太子の王子猛を補翼《ほよく》して、なおかつ太子の廃立について首をたてにふらない、単公と劉公とをのぞこうと計画し、実行したところ、みずから落命したというわけである。

話はそれでおわりではない。

劉公の子は、父の病歿後、ただちに単公によって亡父とおなじ位が与えられて、やはり劉公と称することができたが、この忌まわしい暗殺の首謀者にちがいない賓起を怨むことはなはだしく、新王となった王子猛に謁見をすましたその足で、かき集めておいた手勢をひきいて、賓起を攻め殺してしまった。

「わたしが王都を発《た》ちましたのは、その直後です」

と、陰不佞はいった。

「なるほど、おもいがけないお話をうかがったが、けっきょく、王室では、太子が即位なさったのですから、ご正道をとりもどされたということでしょう。貴殿が、迂《う》路《ろ》をとって、敝《へい》邑《ゆう》にまいられるまでもない」

趙鞅は感想を述べつつ、口もとに笑みをみせた。が、このとき陰不佞はむしろ暗い目をした。

「乱になります。大乱かもしれない。そのときのことを案じまして、趙主どのに、おすがりにきたのです」

陰不佞はまた席をおりて深々と頭をさげた。

趙鞅は陰不佞を同伴して晋都へ帰った。

途上、陰不佞は、これから王畿で乱がおこると観測したわけを、趙鞅に話した。

いまの劉公が亡父の仇討ちとばかりに賓起を殺したことが、たぶん乱のきっかけになるという。なぜなら王子朝は賓起を実父のごとく敬愛していたこともさることながら、なんといっても、王子朝は他の王子を凡器にみせてしまうほど、知力も胆力もずばぬけており、

「英邁《えいまい》」

とさえいえる。まさに王の器《うつわ》であり、王子朝も自身をそう信じているふしがある。これがもっとも怖い。その英邁さを敬仰する王臣がすくなくないことは、乱を大きくさせかねない。しかしいくら秀でた王子でも、太子でない者が王位に就《つ》こうとすれば、その行為は矯奪《きょうだつ》といってよい。

「王子朝は、かならず、兵を挙げます。が、わたしは王子朝に味方しない。それが正道だとおもいますが、趙主どのはどうお考えか」

「おっしゃる通りです」

「では、王子猛、すなわち新王に、ご助勢くださいますか」

「せぬ、とは申しませんが、晋の朝廷は王室の争いに介入したくない、というのが本音です。わたしは晋の家臣にすぎず、わが朝廷の意向にさからってまで、私兵を洛陽《らくよう》の地に投ずることはできない」

趙鞅は俠気の豊かな人だが、ここはことばをえらんで、確答をさけた。

「よくわかっております。そこで、どうか趙主どののお口添えで、まず晋室の同情を新王にたまわりたいのです」

陰不佞は王子朝が叛乱をおこすと頭から信じており、剛毅《ごうき》さを感じさせる陰不佞でさえ王子朝を恐れることがなみなみならぬところをみると、王子朝はよほどの英傑なのであろうと趙鞅は想像した。

旅程をいそいだ二人が晋都に着いたのは、五月の下旬であった。

六月十二日、——この日は、景《けい》王と追尊された前王の葬儀の日であったが、陰不佞の予想した通り、王子朝は新王に不満をいだく徒をひきいて挙兵し、憎むべき劉公を追放し、新王を手中におさめた。この不運な王は死後に悼《とう》王と追尊されるので、以後は悼王と書く。

王子朝の電光石火の一挙に、単公は反撃するどころか王城から脱出して、自領の単《ぜん》に帰り着くのがせいいっぱいであった。

王子朝としては、自分を愛育してくれた賓起を殺した劉公を、追放するだけで、それ以上の凶刃《きょうじん》をふるわなかったのは、王城にとじこめた悼王を籠絡《ろうらく》する自信があり、悼王を飾りものにしておいて、自身で摂政《せっせい》をおこなうつもりであった。いま血なまぐささを衆人にみせて、秀英の王子という名声を堕《お》としたくない、というのが、王子朝の真情であったにちがいない。

だから王子朝は自分に味方してくれた多数の王子が、単公を追撃したことを知って、自身も単にむかいつつ、急使を立て、

「単公が今後、こちらにさからわぬといえば、手出しをしてはならぬ」

と、命令した。王子朝は単公の存在の大きさを認めており、単公と和解できれば、この一挙は完成する。孤立した劉公なんぞ、いつでも始末できる。

しかしながら、このもくろみは、もろくもくずれた。

単公は自分を追ってきた八人の王子に、

「王子朝とは争わぬ」

と、いい、盟《ちか》いまで立てたが、腹の底では王子朝に屈服する気はなく、王子朝が到着するまえに、ひそかに手勢とともに自領を脱《ぬ》けた。それに気づいた王子たちは、

再度、単公を追撃したところ、進退きわまった単公は一計を案じ、いつわりの降伏を告げて、交盟の場に兵を伏せ、八人の王子をことごとく殺した。なおかつ、王子たちに従ってきた兵を手勢に加えた単公は、王都にむかって進撃した。

この反撃に呼応して、劉公はすばやく王城に潜入すると、悼王を救出し、玉体を単公のもとに送りとどけると、ふたたび自領にもどった。

ここから、血で血を洗う攻防がはじまった。両陣営の要人を書きならべてみると、

悼王側　王子匃《かい》（のちの敬《けい》王）、単《ぜん》公旗《き》、劉《りゅう》公蚠《ふん》、樊斉《はんせい》、陰不佞《いんふねい》

王子朝側　尹圉《いんぎょ》（尹の文《ぶん》公）、尹辛《いんしん》、召伯奐《しょうはくかん》（召の荘《そう》公）、召伯盈《えい》（召の簡《かん》公）、
南宮極《なんきゅうきょく》

となり、王子朝側の尹氏、召氏、南宮氏は周王朝がひらかれて以来の名門であり、この時期、かれらの権威が低下していたための不満が、王子朝への支持となってあらわれたことがわかる。

六月にはじまったこの争乱は、七月になっても熄《や》まず、むしろ戦火は王都から飛

んで畿内にひろがり、八月になると、悼王軍は王子朝軍に大敗北を喫して、両軍に優劣の差がつきはじめた。憂慮した単公は、

——晋にすがるほかない。

と、決心し、配下を晋都へ駛らせて、悼王への援助をたのもうとした。単公は戦場をはなれてゆく使者を呼びもどし、

「いま、晋の執政は韓起《かんき》だ。この宰相を動かせるのは、年は若くても、趙鞅しかない。趙鞅はこちらが高圧にでれば、へそを曲げる。が、窮鳥のごとく懐に飛びこめば、必死にかばってくれるはずだ。そのことを忘れてはならぬ」

と、念をおした。単公は陰不佞から趙鞅の人物評をきかされており、急におもいだしたのである。

晋都に着いた単公の使者は、まっさきに趙鞅の家の門内に飛びこみ、庭内の地面に額《ひたい》をすりつけた。

「よくわかりました。いまから、ご一緒に韓家を訪ねましょう」

趙鞅が立つと同時に、側近はすばやく動き、一人は使者のための旅館を手配し、一人は韓家への予告に走り、一人は馬車の支度を命ずる、というふうに、趙鞅がな

にもいわなくても、周到そのものであった。

使者は、ほっと、胸をなでおろし、

——なるほど、単公の勘に狂いはなかった。

と、感心した。

韓起の家は晋の公室からわかれた名家ではあるが、隆名《りゆうめい》を得たのは、韓起の父の韓厥《かんけつ》の代からである。韓厥は順義廉白《じゆんぎれんぱく》の人であり、それゆえに群臣から信頼をよせられ、正卿《せいけい》（宰相）となったが、当然、家財をふやすことに興味をしめさず、韓厥の死後、韓氏一門の棟梁《とうりよう》となった韓起は、韓家のあまりの貧しさをなげいたことがある。ところが、おもしろいことに、当時、晋の賢臣として他国にも名のひびいていた叔向《しゆくきよう》が、韓起の貧しさを祝った。

叔向のいうには、

「かつて郤氏《げきし》は、晋の家臣でありながら、その富はわが公室のなかばもあり、一族の多数は軍籍の上位を占め、栄耀栄華を誇っておりましたが、一朝にして滅び、それを悲しむ人さえいない。これは徳がなかったからです。いまあなたは、徳とはいわず、富がないとなげいておられるが、それこそ喜ぶべきことです。そうでなければ、どうしてわたしが祝賀なんぞいたしましょうや」

と、ひとひねりした忠告を与えた。韓起は、はっと気づいて、叔向にぬかずき、

「わたしは滅亡するところを、あなたのおかげで、存続できました」

と、感謝した。韓起とはそういう人である。ちなみに韓起は韓厥の長子ではない。

韓起の家と趙鞅の家とは、父祖の代から交誼が篤《あつ》く、また韓起の年齢は趙鞅の父より上で、すでに父を喪《うしな》っている趙鞅の目には、韓起はもう一人の父にみえる。

単公の使者から、畿内における悼王軍の劣勢をつぶさにきかされた韓起は、使者だけを退出させてから、半眼のままずっと無言を保っていた趙鞅に、

「ここだけの話だが、明日の廟議《びょうぎ》では、あなたをのぞけば、たれ一人として、出兵に賛同を表す者はおるまい。王室の内訌《ないこう》に首をつっこんでも、ひとつとして、晋が得るものはない」

と、いった。趙鞅はまぶたをあげた。

「では、わたしだけでも、洛陽へおつかわしください」

「それは、できまい」

韓起は眉間にしわをよせた。趙鞅が趙家の兵だけをひきいて、悼王軍に加勢しても、世間はその軍を私兵とはみなさず、晋の正規軍とみなすであろう。趙鞅がたとえ大臣であっても、軍籍においては佐官にすぎず、晋軍と名のつく部隊を、将では

なく、佐官が国外にひきいていったためしはない。

趙鞅はまた黙った。韓起もしばらく黙考していたが、

「われわれは王や単公を援《たす》けようと、派兵を検討しているが、もしや、先王が王子朝に正位をおさずけになったのを、単公たちがもみ消したのではないか」

と、低い声でいった。趙鞅はおなじ低さの笑声を放った。

「韓主さま。わたしが懸念いたすのは、まさに韓主さまがお考えになったとおなじことを、他の大臣がたもお考えになりはしないか、ということです」

趙鞅のこのいいかたは少々不遜であり、韓起は頬のあたりに不快を微妙にあらわした。趙鞅の目は悪くない。韓起の気色の微妙な変化を見落とすことはなかったが、あえて無視するように持論をおしすすめた。

つまり、こうである。先王の景王は王子朝を太子として立てるといったかもしれない。が、それは記録されていない。晋にも正式な通達はない。となれば、景王のことばは夢語にひとしい。王子猛、すなわち、いまの王が王位の正統な後継者であることは、動かしがたい。しかし戦況が王子朝側に有利であることで、王子朝に正義があるのではないかと考え、王子朝の使者と接する晋の大臣があれば、王室の内訌は晋の内訌に発展しかねない。

「大臣がたは、目先の利だけを考えると、将来の損を招くことになりますまいか」

趙鞅にしてはめずらしい雄弁であった。

——それにしても、気の強い男だな。

韓起は内心にが笑いを湧かした。趙鞅は相手がなに者であろうとも、自分の信ずるところによって、一歩も退こうとはしない。その気迫を感じたということである。

韓起はふと趙鞅の祖父の趙武を憶《おも》いだした。趙武はふしぎな人で、むずかしい交渉のことがあると、その場ではかならず一歩退いた。すると、なぜか相手も一歩退くのである。そうして交渉がうまくまとまる。退きつづけて大業をなしたのは、あの人くらいであろう。孫の趙鞅はなにごとにおいても一歩も退かないであろう。その強さが趙鞅の人生を吉にするのか凶にするのか。

——いい男だが、どこか危うい。

韓起は自分の封地がすくないだけに、趙鞅の封地の多さにも、かえって危うさがみえたような気がした。心中のにがさを消した韓起は、おだやかに笑い、

「目先の利がなくても動ける人を将、利がなければ動けない人を副将として、一軍を発しよう。公室の土地が少々減ることになるが、わが君からお許しをたまわるようにいたす」

と、決心がついたような口ぶりでいった。

ところで、周の景王二十五年（紀元前五二〇年）からはじまった王子朝の乱が、まさか五年の長きにわたろうとは、趙鞅も韓起も夢想だにしなかったであろうし、亡命した王子朝の死がこの乱の真の終焉《しゅうえん》であるとすれば、なんと十五年間の争乱であったといえる。王都はむろんのこと、畿内の邑《まち》の多くが、灰燼《かいじん》に帰したのである。

晋の朝廷は悼王に援軍を発することにし、籍談《せきだん》を帥将に、知躒《ちれき》（荀躒《じゅんれき》）を副将に任命した。軍の規模は一軍（一万人余）とし、王畿まで行軍してゆくうちに、各邑で徴兵し、それだけの軍容をととのえることになった。

趙鞅も出陣した。かれは晋都を発つとき、籍談と知躒とに挨拶をしたが、籍談の情味のある態度にくらべて、知躒の会釈が横柄《おうへい》であったので、前進をはじめた車の上の趙鞅は、韓起のことばをおもいおこして、ひそやかに笑った。

晋軍の赤い旒旗《りゅうき》が、晩秋の風をはらんで、いっせいにはじけるような音をたてつつ、南へむかった。

二

原《げん》の邑《まち》にはいった趙鞅《ちょうおう》は機嫌がすこぶる悪い。予想したほどの兵が集まっていなかったからである。

「穡《しょく》の時期はすぎたというのに、民はほかになにをすることがある」

農繁期をさけての出兵であるのに、晋《しん》の兵数は全部で一万に満たない。趙鞅がかたわらの董安于《とうあんう》に発する声は甲高くなった。

行軍の途中で、趙鞅は知躒《ちれき》から、

「趙主どのは、土地持ちであり、人持ちでもあるから、大いに頼りにしておりますぞ」

と、いわれた。趙鞅は胸を張って答えた。

「いまの兵に、原の兵を加えるだけでも、一万をらくに越すことになりましょう」

大言壮語に近かったが、原は大きな邑なので、その自信はあった。が、集合した兵の数も、兵の気も、みすぼらしかった。原の兵を目でかぞえた知躒は、おなじ目を趙鞅のほうへ流し、片頰に冷ややかな笑いを浮かべた。

この瞬間、趙鞅は羞恥で首が赫《かっ》と染まった。

「原の民は、ひごろよく上にたいして勤めておりますので、邑宰《ゆうさい》は兵役を強要できないのです」

すかさず董安于は原邑の長官を弁護した。

「いうな。いまの邑宰は罷《や》めさせる」

車に飛び乗った趙鞅は、

「温《おん》へゆく」

と、いっただけで、原の邑をふりかえりもしなかった。

温の邑がまだ目断《もくだん》の遠さにあるとき、晋軍の進行は停止した。

「あれは、なにか」

と、車上の諸将が手をかざして遠望した平野に、旒旗《りゅうき》と兵馬とが林立《りんりつ》していた。

趙鞅の車だけが急発進をして、秋の色の零《お》ちた野を疾走した。

「やあ、尹鐸《いんたく》。凜々《りり》しいぞ」

趙鞅の晴れた声が、澄空にのぼった。趙鞅を迎えた尹鐸は、車上で会釈した。尹鐸の車のうしろには、三千をゆうに越す兵が粛然《しゅくぜん》と立ちならんでいる。ふっと瞼のうらに湿りをおぼえた趙鞅は、すぐさま車を返させ、董安于の顔をみつけると、

「空倉は満倉にまさる」

と、みじかい言を投げ与えて、そのまま車を知躒のもとへ走らせた。

尹鐸を温邑の長官に推薦したのは董安于である。空《から》の倉庫は満貯《まんちょ》の倉庫よりすぐれていると趙鞅がいったわけは、董安于にはすぐにわかった。温の民は趙主が出陣

するときいて、先を争って出征を願い出たであろうことも、かれにはわかるのである。尹鐸の行政能力のすごみは、尹鐸を推《お》した董安于でさえ、いま如実《にょじつ》に知りえたといってよかった。

温邑を発した晋軍は、すでに一軍としての威容をととのえたこともあって、徴兵のために停滞することなく、黄河の北岸を西進して、盟津《めいしん》に至った。王都にもっとも近い渡し場である盟津を渡れないと、晋軍の路次は大きく東西にふられる。東西いずれの津《みなと》をつかうにせよ、王畿に進入するのにかなり遅れが生じる。

が、盟津は悼《とう》王側の陰不佞《いんふねい》がおさえてくれていた。それどころか、単《ぜん》公につきそわれた悼王が、晋軍を対岸に出迎えていたのである。

夜、趙鞅の幕営をおとずれた陰不佞は、

「晋軍の到来は、旱天《かんてん》に雨足《うそく》をみるここちがいたしました。王は昂奮なさって、昨夜はよくおやすみになられなかったくらいです。すべては、趙主どののおかげです」

と、謝意を呈してから、さっそく戦況を説明した。

戦闘は王都の南を流れている洛水《らくすい》と伊水《いすい》ぞいの各邑でおこなわれていたが、それらの邑にはつぎつぎに王子朝《ちょう》軍の旗が立てられ、敗退をかさねた悼王軍は、黄河の岸に押しつけられて、対岸にのがれる直前であった。

「そうしますと、明日にでも、王子朝軍がここを襲ってくることはありうるわけですか」

趙鞅は腕を組んだ。

「明日ということはありますまいが、三日のうちにはやってくるでしょう。しかし敵は晋軍の渡河に、まだ気づいていません。そこで――」

と、陰不佞がもちだした策は、晋軍と王軍とを併《あわ》せての、王城への直進である。王子朝はいま王城にいる。かれは自軍が王畿を制圧したと考え、甲《よろい》を脱ぎ、王位についたつもりで、くつろいでいるであろう。その安息を一気に衝《つ》くというのである。むろんこの策は、すでに単公との合意がなっている。いま単公は晋の首将に同意を求めているということであった。

趙鞅はみなぎってきた鋭気をかくさず、腕をほどいた。

「おもしろい。これだけ大胆な策をお立てになるのに、敗退なさったのは、意外ですな」

陰不佞は苦笑し、

「晋軍あっての策です」

と、謙遜してみせたが、つづいて、まんざらでもない顔つきをした。じつのところ陰不佞は、敗戦の多い悼王軍の諸将のなかで、不敗を誇っている。

軍議が一決を得たので、悼王を奉戴《ほうたい》した晋軍と王軍とは始動し、ひたすら王城をめざして南下をつづけた。急撃による勝利をあじわってみたい王軍は、ひさしぶりに進攻に活気をみせた。

奇策は成功した。

十月十四日に、悼王は王城にはいった。嘘のように王子朝軍の抵抗はなかった。蛇蛻《だぜい》を踏んだような虚しさであった。むろん王子朝は王城にいない。

いや、王子朝は王城にいたにはちがいないが、かれの敏慧《びんけい》さは、晋軍の参戦を知るや、ただちに王城を棄てたことであった。この点、王子朝は高貴な生まれにしては、いくさに関して独得な嗅覚をもっていた。部下の統率にもすぐれていたから、武将としても、一流であるといってよい。が、晋の諸将は自軍と王軍のあっけない勝利をみて、

――王子朝とは、噂ほどではない。

と、気のぬけた笑いをもらしたほどであった。趙鞅もそうであった。まもなく王

子朝が逃走中であるという報せがはいった。

「追われるか」

知躒は単公にいった。単公は大きくうなずき、劉《りゆう》公とともに、王軍をひきいて王子朝を猛追した。

――追いつけば、争乱は終わる。

そうした明るい希望も、王子朝に接近したとたん、むざんにも砕け散った。王子朝は自領の郊邑《こうゆう》に駆けこむと、追尾の軍が王軍だけであると知って、余裕の笑みをよみがえらせ、たくみに陣を布いて、猛進してきた王軍をこっぱみじんに打ち砕いた。

命からがら王城に逃げかえってきた単公と劉公とをみた趙鞅は、二人のいくさのまずさもさることながら、王子朝のいくさぶりのあざやかさに、目がさめた心地がして、

「王子朝とは、どんな人か」

と、陰不佞に訊《き》いた。

「悪鬼のごとき人ですよ」

陰不佞はさらりと答えた。夜陰の深い王城のどこかで、鳥がくぐもったような声

で鳴いていた。

悼王を王城に入れ、王軍が王子朝軍に大捷《たいしょう》すれば、晋軍は引き揚げるつもりであった。

が、王軍は王子朝を討ち取るどころか、さんざんな敗北であったから、晋軍は悼王の護衛のために滞陣をせざるをえなくなった。それでも、

——周王が、晋軍とともに、王城にいるとわかれば、こちらに寝返る王臣がでてくる。

という、狙いもあった。王子朝軍とへたな戦いをするより、そのほうが効果が大きいにちがいない。いつ部下が裏切るかわからないという不安定さを、王子朝の身辺につくることができれば、早晩、王子朝の首が王城へ送られてくることもありうる。事実、王子朝が、

——なにゆえ、晋が、王室の内紛に、介入するのか。

と、側近にもらしたことは、すでに王子朝の心に動揺が生まれたあかしであった。精密な頭脳をもつ王子朝に、計算の狂いがあったとすれば、晋の朝廷に触手をのばしておかなかったことであろう。

一か月が過ぎようとした。いままで向背をくりかえしてきた王臣は、つぎつぎに悼王軍への帰属をねがいでてきている。

「待つことも、戦いのうちです」

晋軍の元帥である籍談《せきだん》は、廃墟になりかかっている王城をみまわりながら、背後を歩く趙鞅に声をかけた。籍談は人にたいする好悪を表《おもて》にださないが、誠切《せいせつ》な人柄で、趙鞅のようにいくさ馴れしていない佐官に、それとなく箴言《しんげん》をあたえた。

――この人は、信じてよい人だ。

と、趙鞅は肌で感じた。

悼王を首座にいただいて、王朝の運営が再開された態《てい》にみせたことが、成果を得はじめたこのときに、不測の事態が生じた。

悼王が急死してしまったのである。

王子朝軍に攻め立てられて、窒息しそうな心労をおぼえていた悼王が、ここにきてようやくその苦痛から解放されたがゆえに、かえって体内にたまった疲れが、どっと噴き出したのかもしれない。在位七か月という、若い王の死であった。

「なんということか」

悼王の死を見守ったまま茫然としたのは、王臣ばかりでなく晋の諸将もそうで、

やがてわれにかえった知躒はゆかを蹴って、

「いつ晋へ帰れるのか、見当もつかなくなったわ」

と、苛立《いらだ》ちをみせた。

せっかく王朝の体裁をととのえてきた辛抱が、無に帰してしまったのである。悼王は死の直前に、弟の匄《かい》に王位をさずけたので、王統は保たれたものの、即位したばかりの王が少年であるとわかれば、離叛する王臣が多くなることは、火をみるよりもあきらかである。

殯葬《ひんそう》をおえると、さっそく両軍の将が集まり、

「こうなったら、王城にいても無意味だ。軍を分けて、叛徒を個別に撃破しよう」

と、決め、王城を出ることにした。籍談は趙鞅をさそい、

「陰不佞どのの邑に倚《よ》って、叛乱軍を討ちましょう。趙主どのの民を、お借りしたい」

と、いった。趙鞅は快諾し、北方の掃討戦に参加した。

籍談も陰不佞も、戦場での駆け引きに無理を求めぬ型の武将で、かれらの采配の微妙な気息を、趙鞅はじかにまなんだ。そういうこともあって、この部隊に死傷者はほとんどでなかった。

晋軍と王軍とがおこなったことは、蜂の巣をひとつひとつ叩き落とすような作業に近かったが、この策戦は功を奏し、この年の末には、王畿内の北半分の騒乱を鎮めることができた。（ちなみに、この年には閏月《じゅんげつ》があるため、年末とは十三月である。）勢いを得た晋軍と王軍とは、分割していた部隊をまとめて、つぎの年（紀元前五一九年）の一月一日に、王子朝の籠もる郊邑に迫り、邑の壁があとかたもなくなるほどの猛攻をくわえて、王子朝軍を破却した。

王子朝はわずかな配下とともに邑を脱出して、南へ遁走した。

「これで、あとは王軍にまかせよう」

と、知躒は籍談にいい、帰心に染まった晋軍を北へ移動させた。

王の使者が、晋軍のいる陰邑《いんゆう》に到着したのは、一月六日であり、その使者が王軍の大勝利を告げたので、営内は歓声にみちた。

「帰る」

すかさず知躒がいった。帰るとは、厭《あ》きた、ということでもある。かれにしてみれば、はじめから気乗りのしない戦いであり、自軍に損傷のすくなかったことが、せめてものなぐさめである。

晋の将校のなかで、終始、疲倦《ひけん》をみせなかったのは趙鞅だけであろう。趙鞅をはじめてみた王臣たちは、口にこそださなかったが、趙鞅の真摯《しんし》な対応に、好感をいだいた。

黄河を渡ってから、趙鞅は尹鐸を篤《あつ》くねぎらい、

「わが家の名誉は、汝と温の民によって守られた」

とさえいって、兵士全員に酒肉をふるまった。たしかにこの戦陣における趙鞅の挙止のよさは、かれの履歴に華やかな重みをくわえたといえる。

二年後、趙鞅は黄父《こうほ》にいた。

黄父とは晋都の東方にある地で、この地はしばしば閲兵式や軍事演習につかわれる。晋の朝廷は、そこに各国の首脳を招いて、会議をひらいた。その会議の主宰者が趙鞅であった。主要な議題はただひとつといってよい。

——王室をどうしたら安定させることができるか。

ということである。いや、安定どころではない。周王（敬《けい》王）は狄泉《てきせん》という邑に逼塞《ひっそく》して、王子朝の猛烈な攻撃に耐えている危うさが、現状である。

「それにしても、王軍はだらしがない」

と、いえば、いえるであろう。二年前に晋軍が引き揚げてから、常識では考えら

れないことながら、ふたたび王畿は王子朝軍の圧倒的な優勢の図にぬりかえられたのである。

あのとき逃走をかさねた王子朝は、尹《いん》氏にかくまわれたが、半年後には、尹氏の後援もあって、王城を奪回し、その後攻勢をつづけ、王軍の動きを封じた。この速力は王子朝の兵略の才が常準をはるかに超《こ》えたところにあるという、端的な例である。また王子朝軍の根幹をなしていたのは、貴族の私兵ではなく、王室直営工場の労働者であったことも、特異である。

ともあれ、手も足もでなくなった王軍の将のなかで、活発に動いたのは、陰不佞だけである。

おくればせながら、王子朝の使者が晋都へきた。王子朝の政権を正体《せいたい》として認めよという。王畿における王子朝の勢力の大きさを知った晋君は、小首をかしげた。王より王子朝のほうが、人気がありそうだが、人気があるほうが正しいかといえば、かならずしもそうではない。晋君は重臣の士弥牟《しびぼう》を呼び、

「乱の正邪を査《しら》べてまいれ」

と、命じた。王都へ急行した士弥牟は、王城にのりこみ、かれなりに調査したものの、自信をもてず、思案にくれていたが、ついにある奇想に至った。さっそくか

れは北門に立って、民衆に呼びかけた。

「王が正しいのか、王子朝が正しいのか、教えてほしい」

いわば世論調査である。路上で民衆の意見を聴取し、判定の基準にしようとしたのだから、ひごろ細密な処弁《しよべん》をおこなう士弥牟にしては、その調査方法は粗雑きわまりないが、民の声は天の声であるとおもえば、ぞんがい士弥牟のとった方法は正《せい》鵠《こく》を射ていたといえようか。

　がやがやと集まってきた民衆は、口々に「王」といい、あるいは「王子」といい、ののしりあいさえはじめたが、大別すると、王を支持する民衆のほうが多かった。

「というわけで、正は王、邪は王子朝でございます」

　士弥牟の報告をきいた晋君は、

「以後、王子朝の使者は、入国を禁ず」

　と、朝廷に告示させた。その後、王軍の衰退を憂慮した晋君は、大臣に諮問《しもん》し、晋一国で王室を援助するよりは、諸国が協力しておこなったほうがよいという結論に達したため、各国の代表者を黄父に招き寄せたというわけである。

　王室の内紛にもっとも早く関心をいだいたのが趙鞅であり、さきの王畿における働きぶりから、

——趙鞅は、なかなか、やるではないか。

と、閣内から声があがったせいもあって、趙鞅は黄父での司会を晋君から委任されたのである。

けっきょくこの会では、

——明年、王を王城に納《い》れよう。

と、議決され、それまで各国は王の陣営に食糧を輸送することと、明年のために兵を備えておくことが宣言された。

ところで会の開催中に、趙鞅はある人物に目をとめ、その風姿のよさに惹《ひ》かれて、かれのいる営門をたずねた。

その人物とは、鄭《てい》国の宰相である子大叔《したいしゆく》（游吉《ゆうきつ》）である。子大叔のまえの宰相を子産《しさん》といい、名宰相として誉れの高い人である。孔子は子産に私淑《ししゆく》し、あるとき孔子が、子産という人をどう思われますか、と問われたとき、

——恵人《けいじん》なり。（『論語』）

と、答えている。恵については、やはり孔子が子産を評したことばに、「その民を養《やしな》うや恵」とあって、為政者としては、民を養うことと民を使うことをしなければならず、その養うことにおいて愛情があったということである。

子産は死ぬまえに、子大叔にこういう訓話をした。

「本当に徳のある人が政治をおこなう場合は、寛大であっても、民はゆるまずに従う。が、次善の場合は、厳格なほうがよい」

と、いった子産は、それを水と火とにたとえた。寛大な政治とは水であり、厳格な政治とは火である。火は熱く烈しいから、民は恐れて近づかない。それだけに焼け死ぬ者もすくない。ところが、水はやわらかくやさしいから、民は水をもてあそびかねない。すると水死者が多くでる。だから寛大な政治はむずかしい。

それが次代の宰相となる子大叔にたいする子産の遺言であった。

が、子大叔は寛大な政治をおこなった。かれが思いやりのある人だったからである。ところが盗賊がふえた。子大叔は子産の遺言に従わなかった自分を悔い、兵を動かして盗賊を撲滅した。

趙鞅がみた子大叔は、やはり、寛弘《かんこう》な貴人であった。

――この人がよい。この人から教示をうけたい。

と、趙鞅はおもった。なにについての教示かといえば、礼、である。

――礼とは、なんぞや。

そのことを訊いてみたくなるような博雅《はくが》の臣は晋国内にいない。子大叔に会った

趙鞅は、まず、

「揖譲周旋《ゆうじょうしゅうせん》の礼について、おたずねしたい」

と、いった。揖も譲も手を組みあわせておこなう挨拶で、周旋は立居ふるまいをいう。閣内で政治にあたらねばならぬ者がおこなうべき正しい動作を教えてほしい、と趙鞅はいったのである。子大叔はこのまっすぐな質問に、まっすぐに答えた。

「いまおっしゃったことは、礼ではなく、儀ですな」

趙鞅はおどろきを眉間にひそめつつ、

「では、礼とはなんであるのか、お教えいただきたい」

と、挑《いど》むようにいった。子大叔は尊大さをまったくみせず、

「わたしが子産から聞いたことは、礼とは、天の経《けい》、地の義、民の行《こう》、であるということです」

と、話しはじめた。

経とは、もともと織物のたて糸のことである。このたて糸があって、はじめて布ができるのであるから、人生を織る場合、経とは生き方の規範になるものをいう。その規範を天に求めよということを、みじかく「天の経」といった。義もやはり規範をいい、「地の義」とは道徳とか倫理にあたる。民は天にまなび、地にならった

ことを、実行してゆく。それが「民の行」である。一国の指導的立場にいる者は、天と地の規範を、民に認識させなければ、民は実行のしようがなく、あるいは、実行しても不調和が生じた場合、それを正さねばならない。その両者のためにあるのが礼なのである、と子大叔はいった。

この考えをすすめると、宇宙を制御するのが礼だ、となる。

趙鞅は雷にうたれたような表情で、

「そんなにすばらしいものでしたか。礼とは、偉大だ」

と、うわごとに近い賛辞を呈した。趙鞅の脳裡に桃花がひろがり、祖父の像がくっきりとあらわれた。祖父は真の天下人であった、と、この瞬間にわかった。

「自分を制御して、礼に到達できる人を、成人とよぶのです」

つづいてそう子大叔にいわれた趙鞅は、ようやくわれにかえって、

「わたしは、あなたのおっしゃったことばを、一生守ってゆくつもりです」

と、いい、頭を地につけた。

趙鞅がいかに子大叔を尊敬したかは、十一年後に接した子大叔の訃報《ふほう》に、かれがかつてないほど烈しく哭泣《こっきゅう》したことでもわかる。

人生における最大の喜びは、人を知ることであり、最大の悲しみは、人を喪《うしな》うこ

とであることは、今昔を問わぬといってよいであろう。

つぎの年、王軍は瀕死の状態になった。

堅い守りで王子朝軍の攻撃をしのいできた狄泉の邑も、破られそうになったので、邑をでた劉公は王の手をひいて、王畿内を潜行した。薄氷をふむおもいの逃避行となった。

それ以前に、単公がみずから王の危機を訴えに、晋まで急行してきた。

「単公は目が涙でみえぬほどであった。わしはああいうのに弱い。ご苦労だが、王を救いにいってくれ」

韓起《かんき》はまぶたをゆるく動かせながら、趙鞅に出陣を命じた。この時点で、晋の朝廷は各国の軍の出動を要請するはずであったが、できなくなった。というのは、東方の国の魯《ろ》で、君主が大臣に追放されるという大事件があり、晋の朝廷としては各国によびかけ、魯の君主をどのように国へ納めるかを、協議しなければならなくなったからである。

「わが軍だけでの戦いとなる」

「わかっております。捷報《しょうほう》をお待ちください」

趙鞅は韓起の老獪《ろうらん》を気づかいながら、邸にさがると、家臣にいくさのための急装を命じた。

晋軍の将は知躒であり、副将が趙鞅であった。知躒は性格にくせのある男だが、いくさはうまいので、凡将を上にするより、やりやすいと趙鞅はおもった。

「やれやれ、またもや、王軍の腰抜けどもを手助けとは、ご足労なことだ」

趙鞅をみた知躒の最初のことばがそれであった。

「それだけに、将軍のお働きに天下の衆目がそそがれております」

知躒の性格がわかってきた趙鞅は、おだてあげることにした。天下の衆目とは、知躒の自尊心をくすぐるのに、ふさわしいことばのはずである。

「よかろう。王子朝が二度と起《た》てないほど、たたきのめしてやろう」

さきの戦陣における趙鞅のつとめぶりを知っている知躒は、趙鞅を軽視することはしなかった。

黄河を渡るころ、知躒と趙鞅は謀計をかためた。

王城にいる王子朝はすでに西王《せい》とよばれている。王畿をほぼ制圧しおえたかれは、あとは弟の匄《かい》（敬王）の死を知る日を待つだけである。王子朝とかれの与党とは、南は伊水にそってつながり、東は洛水にそってつながっている。それが王子朝の生

命線である。晋軍が王子朝の南の生命線を切断するには、

「ここよ」

と、板の上に画《か》かれた地図の一点を、知躒は指した。闕塞《けっさい》であった。それは洛陽の南にある王子朝側の要塞で、そこの守備兵を排除し、かわって晋兵を籠《こ》めようというのである。

——さすがに戦術眼はくもっていない。

と、感心した趙鞅は、異存ございません、といった。つづいて晋軍は東進し、洛水ぞいにいるはずの王子朝軍の主力を伐って、王城を孤立させようという策戦である。知躒は目で笑ったあと、首をあげ、黄河に沈んでゆく夕日をながめながら、

「もはや王が、王子朝軍の手に落ちていたら、どうする」

と、趙鞅にいった。

「この舟で、帰るほかありますまい。いちど沈んだ日を、ふたたび昇らせることはできません」

「王室も末よな。いまが、おそらく、王と王子朝との命運の岐《わか》れ際だ」

晋軍が対岸に着くと、劉公からの急報がとどいた。王は滑邑《かつゆう》まで落ちのびたという。

「滑とは、ずいぶん東へ逃げたものだ。まあ、王が生きているとわかれば、はりあいがある。われらが闕塞を落とせば、王を追撃している王子朝軍の足も止まろう」

知躒はおもむろに車に乗った。

急速に南下した晋軍は、王城を迂回して、戦略拠点になるはずの闕塞を攻撃した。そこは王子朝軍の兵が多ければ、数か月も攻めあぐむような地勢のけわしさで、少数の兵を相手に、趙鞅の顔色が変わるほどの激戦が数日つづいた。

「みよや。尹鐸の兵が、阪路《はんろ》をのぼってゆく。尹鐸を殺すな」

と、趙鞅が軾《しょく》を叩いて叫んだとき、董安于は兵車を動かし、

「旗本をお借りいたす」

と、いって、敵の要塞にむかって、ひたはしりに進んだ。

闕塞は落ちた。それをみとどけた趙鞅のかたわらにいたのは、御者《ぎょしゃ》と車右《しゃゆう》（護衛の武人）の二人だけであった。車右は趙家の家臣では最強の武人で、しきりに腕をさすっていたが、ついにここではかれの出番がなかった。

しかし車右の怪力が披露されるときがきた。

闕塞を確保した晋軍は、王を守る劉公と連絡をとりつつ、東へ進み、洛水をはさんで王子朝軍の主力と対決した。王子朝軍は鞏邑《きょうゆう》を拠点にして陣を展開したが、洛

水を渡った晋軍の強烈な攻撃によって、あっけなく四分五裂した。

そのとき趙鞅の乗る兵車を襲ってきた歩兵は、趙鞅の車右のふるう戟《げき》になぎ倒された。趙鞅の車上でふりまわされる戟が、あたかも旋風を起こしているようで、趙鞅を襲おうとする敵の兵車の上から、またたくまに人影が吹き飛ばされ、地に墜《お》ちた。その怖慄《ふりつ》すべき光景を目撃した王子朝軍の諸将は、趙鞅の兵車に迫られると、逃げまわるばかりとなった。

晋軍の強さは、中華において、隔絶《かくぜつ》していたということでもある。

ついでながら、戟という長柄《ながえ》の武器は、先が十字形をしており、刺す、斬る、鉤《か》ける、などできて、場合によって自在につかえた。

さて、王子朝の下にいて王城を治めていた召伯盈《しょうはくえい》は、鞏における王子朝軍の大敗を知ると、にわかに王軍に款《かん》を通じて、王城を手勢でおさえかかったので、からくも王城を脱した王子朝は、その足で楚《そ》の国へ奔《はし》った。長い争乱の終わりであった。

王を王城にいれて、大任をはたした趙鞅は、見送りにきた陰不佞に、

「本当のところ、王子朝とは、どんな人であったのか」

と、訊いた。陰不佞はにやりと笑った。

「勇敢で、深慈《しんじ》の人でしたよ」

趙鞅はつられて笑いながら、

「だが、肝心なものが欠けていたようだ」

と、謎をかけた。

「ほう、それはなんですか」

「礼というものだよ」

と、いって、趙鞅は王城を背にした。

三

毎年、春がきても、趙鞅《ちょうおう》はゆったりと桃花をながめていられないほど、多忙になった。

王子朝《ちょう》の乱を鎮《しず》めて、趙鞅が帰国してから、一年半後に韓起《かんき》が亡くなった。晋《しん》の宰相の座を襲《つ》いだのは魏舒《ぎじょ》である。この人は剛毅《ごうき》な性格で、かれの執政ぶりは世評に高かったが、ごくめずらしい横死をとげた。

こういうことである。王城の破損がひどいので、城壁の修築を各国が協力しておこなうことになり、魏舒はみずから洛陽《らくよう》にでかけて、工事の監督にあたったあと、晋都に帰ることにした。そのまま帰ればなにごともなかったであろうが、かれは任務をおえた解放感から、途中で狩りがしたくなり、部下に林野を焼かせて、鳥獣を追い出させたところ、その火にまかれて、焼死してしまった。

焼死した魏舒の屍体を納めた棺《ひつぎ》が晋都に着いたとき、大臣の士鞅《しおう》は、棺から椁《かく》(外箱)をはずした。椁の多さは身分の高さをあらわしている。そのひとつをとり去ったことは、魏舒が復命もせぬうちに狩りで落命したという疎漏《そろう》を叱り、魏舒の名誉を貶《お》とそうとした行為であるが、士鞅という人間のもっている志向の冷《ひ》えを感じさせる。

その士鞅が宰相となると、知躒《ちれき》と趙鞅とが次席にすわった。趙鞅は四十代のなかばであり、男ざかりといってよく、国事に大いに奔走すべき年をむかえた。

趙家と韓家との結びつきはことのほか固く、また、他家とうまくいっていないわけではない。が、七年つづいた士鞅の執政が終わるころ、趙鞅は晋の名門である中《ちゅう》行《こう》家と不和になった。

中行家の当主を中行寅《ちゅうこういん》という。中行寅の配下に渉佗《しょうた》という大夫《たいふ》がいて、かれが不和の原因となった。

渉佗は晋軍が東方に遠征したときに従軍し、帰途、晋軍が衛《えい》の国を通過することになり、そのとき問題をおこした。

晋軍をひきいていたのは士鞅と趙鞅と中行寅であった。衛の君主は晋の首脳に敬意を表して、宮廷をでて、晋軍の宿営地へやってきた。晋との盟約を更新するためである。盟約の内容を双方で確認したあと、神の承認を得るという意味で、いけにえの動物を殺し、その血を啜《すす》ることをする。その段になって趙鞅は、

「たれか衛君と盟《ちか》いを交わせる者がいるか」

と、群臣に呼びかけた。

盟いを交わすとは、正しい血の啜り方ができるということで、趙鞅はそうした儀式にくわしい臣をさがした。この呼びかけに応じて、渉佗と成何《せいか》という二人の大夫が名乗りでてきたので、趙鞅はその二人を交盟の場へつかわした。

ところがこの二人には頓狂《とんきょう》なところがあり、儀式にくわしいどころか、おもしろ半分に名乗りでただけで、まじめな気持ちで交盟の場に臨《のぞ》んだ衛君をあなどり、無礼をはたらいた。この無礼が、衛君を怒らせ、ついに国を挙げて晋に叛くという大事件に発展した。

さきの交盟の場をのぞいていない趙鞅は、衛の離叛のわけがわからず、やむなく衛に兵をいれたところ、衛では、

——渉佗と成何のせいである。

と、いうので、真相究明のために渉佗を逮捕した。晋の朝廷は、衛に謝罪したが、衛君の怒りが解けぬので、渉佗を斬った。逮捕をまぬかれた成何は燕《えん》の国へ亡命してしまった。この処置はいちおう趙鞅の判断でなされたのである。中行寅が趙鞅をこころよくおもわない理由はそれであった。

趙家の家宰《かさい》の董安于《とうあんう》は中行寅が執念深い男であることを聞き、主人の身を案じて、

「中行氏には、ご用心めされませ」

と、いった。趙鞅は意に介さぬふうに涼しく笑い、

「争権の世界とは、ふしぎなものよ。さきに仕掛けた方がかならず負ける。ほれ、そこにいるご仁が、もっともよい例よ」

と、やわらかい目容《もくよう》をむけた先に、どっしりとすわっている大男が、苦笑した。異相である。子どもがかれをみたら、たちまち泣きだすほどの、すさまじい面構《つらがま》えの男である。

この男の氏名は、陽虎《ようこ》、という。

たいへんな男が趙家にころがりこんできたものである。

陽虎について、なんといったらよいであろうか。

「大悪人、陰謀家、謀叛人、叛逆者、不仁の人」
など、考えられるかぎりの悪口雑言を、かれにあびせかけることができそうだが、陽虎にしてみれば、そんな悪評は蛙の面《つら》にかけられた水のごときものであろう。春秋時代にはさまざまな悪人が登場する。が、陽虎ほど生々《せいせい》と大きな悪業をなした人物はいない。その点で、かれは人間ばなれがしていて、むしろ怪物といってよいかもしれない。

陽虎は履歴もすさまじい。

かれは魯《ろ》の国にいて、季孫《きそん》氏の家宰をつとめていた。この季孫氏こそ、魯の国における最高の実力者で、その家の威勢は公室をはるかにしのぎ、魯の国の運営は季孫氏によってなされていたといっても過言ではない。王子朝の乱のおり、魯の君主が大臣に追放される大事件があった。その大臣というのが、季孫氏である。

そのように魯の国内では怖いもののないはずの季孫氏を、脅迫して、おもいのままにあやつりはじめたのが陽虎なのである。そればかりではない。やはり国政に参与している孟孫《もうそん》氏（仲孫《ちゆうそん》氏）と叔孫《しゆくそん》氏とを威圧した。あまつさえ、国主の魯君さえもおびやかして、ついに魯の国の陰《かげ》の君主になるという破天荒をやってのけたのである。

ところが、陽虎によってうしろから糸を引かれつづけてきた季孫氏は、孟孫氏と叔孫氏と結託して、陽虎を攻めたので、陽虎は敗れ、東隣の斉《せい》の国へ逃げ、斉の国で囚《とら》われると、脱出して宋《そう》の国へ奔《はし》り、ついで宋から晋へのがれて、趙家の門をたたいたというわけである。

陽虎は斉の国へ逃げたと書いたが、その足どりは悠然たるものであった。陽虎は戦いに敗れてから、甲《よろい》をぬいで、公宮にゆき、魯の宝物を人目もはばからずに持ちだしてから、市中で一泊し、そこで食事までとるという大胆さであった。与党の者から、

「追手がきます」

と、せかされても、かれはせせら笑い、

「あやつらに、わしを追う余裕があろうか」

と、うそぶいた。事実、たれもかれを追わなかった。ちなみに、翌年かれは魯へ宝物を返している。

陽虎とはそういう男であり、かれのおもしろさは、なんと孔子に面貌がそっくりであるというところにある。陽虎はすくなくとも孔子に二度会っている。まだ孔子が若年のとき、季孫氏が地元の士（下級貴族）を招待したことがあった。そのとき

会場にでかけてきた孔子を一瞥《いちべつ》した陽虎は、

「わが君は、士をもてなそうとなさっておるのだ。汝のような子どもをもてなすつもりはないわ」

と、冷語をあびせた。

孔子はこのときほどくやしいおもいをしたことはなかったであろう。孔子は陽虎に消《に》て、激烈な性情の持ち主であり、おそらくこのとき不覚にも顔色をかえたであろうが、孔子はなにもいわずに帰った。かれの胸中では、

——あれが陽虎か。わたしは、かならず陽虎をしのぐ学者になってやる。

という志望が、火となってあがったにちがいない。陽虎は学者でもある。だから孔子の前半生は陽虎への復讎の色でみたされている。

二人の外面も内面もそっくりであることは、孔子は陽虎になりうるということではないか。あるいは陽虎も孔子になりうるということであろう。

ともあれ、趙家にころがりこんだときの陽虎は、名のように猛々《たけだけ》しかった。それがいつのまにか猫のごとくおとなしくなり、もはや趙鞅に忠実な犬のおもむきさえみせはじめた。ふしぎなことである。

趙鞅が自家に陽虎をかくまったとき、家臣はいっせいに反対した。そのとき趙鞅

は、

「陽虎という虎が、わが家を乗っ取ろうと努めるのであれば、わしは守ろうと努める。つねにわしが先んずれば、かれがわが家から盗めるものは、一つとしてあるまい」

と、いい、断固として陽虎を保庇《ほひ》したばかりか、重臣にとりたてた。ずうずうしく一国を壟断《ろうだん》した男が、趙鞅には従順でありつづけ、やがて趙鞅の危難を救うべく、必死の働きをするのであるから、よく考えてみれば、怪物を吞み込んだ趙鞅の度量の大きさは、けたはずれになってきたといってよい。

――せっかくの大才《たいさい》を、悪行にむかわせず、善行にむかわせるのが、礼だ。

と、趙鞅はいうかもしれない。とにかく趙鞅が子大叔《したいしゆく》に会ったことが、どれほど趙鞅を大きくしたかは、はかりしれない。

趙鞅と陽虎には、べつな逸話がある。

あるとき陽虎は、趙鞅のまえで、嘆息まじりに、

「わたしは、もう、二度と人を推挙しないつもりですよ」

と、いった。なぜかといえば、魯の国の宮中で政務をとる長官の大半は、自分が推挙した者であるのに、かれらは恩を忘れ、自分を迫害するほうへまわったからで

あるという。

趙鞅は陽虎にさとした。

「よく恩返しというが、本当に恩返しができるのは、賢者だけである。愚者に恩返しができるはずはない」

たとえば桃や李《すもも》を植えたとする。それらは夏に木陰をつくり、涼しい場を与えてくれるし、秋はおいしい実を食べさせてくれる。ところが、はまびしを植えれば、夏に木陰はなく、秋にその実がつきささる。

「汝が植えたのは、はまびしよ。これからは賢者を選んで推挙せよ。植えてしまってから選ぶのは、やめることだ」

と、趙鞅はいった。陽虎が、甲《よろい》ならぬ冑《かぶと》をぬいだのは、このときであったろう。

家宰の董安于は晋陽《しんよう》をみてきたという。

「君のおそばには、陽虎どのがおられることゆえ、晋都のことは安心しております」

と、いった董安于は、晋陽にある趙家の新しい食邑《しょくゆう》が心配なのであった。

晋陽は晋水《しんすい》の北にある邑《まち》で、古くは唐《とう》と称《よ》ばれた。趙鞅のこれまでの功績が公室から賞誉《しょうよ》されて、下賜《かし》されたものである。趙家にとって食邑の加増になったにちがいないが、晋陽ときかされた趙鞅は、うれしそうな顔をしなかった。帰宅した趙鞅は董安于に、

「このたびの賞賜《しょうし》は、北の果ての邑よ」

と、憮然《ぶぜん》としたまま、いった。晋陽といえば、山をへだてて北には悍逆《かんぎゃく》といってよい異民族が住み、あたりは物類のみのりのまずしい地である。うまく治めても益のなさそうな邑である。

が、董安于は目を輝かせて喜んだ。

「そもそも、晋陽は――」

と、かれはいう。晋陽は晋の国の始祖である唐叔虞《とうしゆくぐ》が成王《せい》によって封ぜられた地と伝えられ、そうした祥符《しょうふ》の残っているよさもさることながら、中原《ちゆうげん》から遠いことがよい。たとえば温《おん》の邑は黄河に近く、交通の便もよく、すべてに豊かであるだけに、古往から争奪の地になった。したがって、これから五十年後とはいわず十年後でさえ、そうならないとはかぎらない。それゆえに趙家の本拠地を、ひとびとの食指のとどきにくい晋陽に、移しておいたほうがよい、と董安于は力説するのである。

「汝がそれほどまでにいうのであれば、晋陽に力をいれてみよう」

趙鞅は気分をかえた。

外敵の多い晋陽の邑の規模をひろげ、充実した居住地につくりかえるのであれば、邑の長には、よほどの男をやらねばならない。

「尹鐸《いんたく》を温から呼びもどせ。晋陽へやる」

晋陽への転任をきかされた尹鐸は、趙鞅に面謁したとき、

「晋陽をもって、繭糸《けんし》といたしましょうか。それとも保障《ほしょう》といたしましょうか」

と、たずねた。繭糸はまゆの糸であり、保障は要塞をいう。つまり、晋陽の民から糸を引き出すように、賦税を重視して、財源の邑にしましょうか、それとも城壁を厚く高くして、軍事を重視した邑づくりをしましょうか、と尹鐸は主君の意向をうかがったのである。

趙鞅は考えるまでもなく、

「保障といたせ」

と、明示した。

任地に着いた尹鐸はすぐさま賦税を軽減したので、大いに住民に喜ばれたことから、のちに保障といえば、賦税の軽い善政をもいうようになった。

それはそれとして、董安于は晋陽の重要性を強調しただけに、しばらく晋陽にと

どまって、邑を堅牢《けんろう》なものにしてくるという。尹鐸では不安であるというより、かれは尹鐸を助けてやりたかった。趙鞅は許可した。

「ついでに――」

と、趙鞅は命じたことがある。温から晋陽へ本拠を移すのであれば、温の桃木をすべて晋陽へ移せ、といった。

「かしこまりました」

董安于は拝揖《はいゆう》して、でかけた。かれが晋都にもどってきたのは、二年後である。

「尹鐸はよくやっております。とは申せ、遺憾《いかん》ながら、戸《こ》が足りません」

董安于は晋陽の現状を報告した。桃の木をはこばせるついでに、温の民を晋陽に移住させた。尹鐸のゆくところであれば、民は争って慕い寄る。それでも人口が不足だというのである。趙鞅はようやくはっきりと董安于の構想を理解しはじめた。

――わが家が、北方を平定したときの、首都にふさわしい規矩《きく》を考えておるのか。

趙鞅は背筋がぞくりとした。

董安于は還暦がまぢかで、頭髪の白さがめだってきた。ところがその白髪の下にあるのは、老いるどころか、生き生きとした想念であり、趙家のための百年の計である。

——わしは臣に恵まれた。

実感である。董安于は趙成《ちょうせい》に仕えていたのだから、父の遺産の恵与の大きさをも痛感した趙鞅であった。

「戸は、狄地《てきち》でも攻めねば、得がたい」

趙鞅の想念にはそれしかなかった。が、董安于は急におもいあたったように、

「君よ。狄の民ではなく、中華の民を、すでに衛から贈られたではありませんか。あの民を、晋陽へお移しなさいませ」

と、勧《すす》めた。かつて趙鞅が衛の国を攻めたとき、衛は晋軍の鋭鋒《えいほう》を引かせるために、帥将の趙鞅へ五百戸を贈った。その五百戸を、邯鄲《かんたん》の邑を治める趙午《ちょうご》にあずけてあることを、趙鞅は憶《おも》いだした。

趙氏には二つの流れがあり、一つは趙衰《ちょうし》を宗主として趙鞅までつづいてきた流れであり、他の一つは趙衰の兄の趙夙《ちょうしゅく》を宗主として趙午まできた流れである。二家は親戚となるが、当節、趙午は趙鞅の下風に立ち、臣従に近い形態で邯鄲の家は存立していた。

董安于の進言を納《い》れた趙鞅は、趙午を邯鄲から招き、衛から贈られた五百戸を晋陽へ移すことにしたから、帰って手配するように、と命じた。承諾した趙午であっ

たが、帰邑してみると、長老たちの反対をうけた。その五百戸は邯鄲に贈られたものである、とかれらはいう。あえて晋陽に移すのであれば、贈ってくれた衛を納得させる方法をとらないと、邯鄲がいつまた衛に攻められるかわからない。反対した理由は少々複雑であった。邯鄲は衛に近いので、衛をつねに用心していた。邯鄲の主従は、衛の目をごまかすための策を弄しはじめた。が、このまわりくどさは、趙鞅の目をごまかすものであったととられても、しかたがない。

半年が経《た》っても、例の五百戸が晋陽に移ったという報せは、趙鞅の耳にとどかなかった。なにかを決断したあとの趙鞅は気がみじかい。

「邯鄲は、なにをやっておるのだ」

いや、趙午の腹はうすうすわかる。要するに、五百戸を自分のものにしたいのだ、と判断した趙鞅は、怒りが高じて、趙午を呼びつけ、

「汝が晋陽へゆけば、五百戸はあとからついてくるであろう」

と、いい、趙午を晋陽に送って、幽閉した。これでようやく五百戸は晋陽へ移った。それでも趙鞅の怒りは静まらない。ついで趙鞅は趙午の臣下である渉実《しょうじつ》に、

「剣をはずして、わがもとにまいれ」

と、命じた。詰問《きつもん》することがあるということである。が、渉実は従わなかった。

かれは趙鞅によって処罰された渉佗と姓が同じであるから、もしかすると、身内か親族の一人かもしれない。渉実は胆知のある男で、

――ふん。趙鞅はおもいあがっている。もとをただせば、邯鄲の趙家が、趙氏の主家よ。いまに泣き面《つら》にさせてやる。

と、趙鞅をはげしく憎み、趙午の子の趙稷《ちょうしょく》に深謀をうちあけた。つづいてかれの陰謀の手は、晋の大臣の中行寅と士吉射《しきつせき》におよんだ。士吉射はさきの宰相の士鞅の子である。

渉実をのぞいた三人には血のつながりがある。中行寅を中心にして、士吉射は中行寅の娘婿であり、趙稷の父の趙午は中行寅の妹の子であるから、いわば親戚が寄り集まって、趙鞅打倒の謀計に熱中したということになる。

「これで、まちがいなく、趙鞅は死ぬ。趙鞅の領地は、三家で分け取りにしよう」

そこまできめたかれらは、哄笑《こうしょう》とともに別れた。

邯鄲へむかって出す命令をことごとく無視された趙鞅は、さすがに堪忍しがたくなって、

「邯鄲へは、後継《あとつ》ぎを決めよ、と伝えよ」

と、董安于にいった。これは同時に、晋陽に幽閉中の趙午を殺せということである。

趙午は尹鐸によって斬られた。

あたかもそのときを待っていたかのように、邯鄲は晩夏の空にむかって叛旗をかかげた。

邯鄲側の謀叛のてはじめがそれであったにちがいないが、考えてみれば、あらたに邯鄲の主となった趙稷は、父の死をもって旗揚《あ》げの口実にしたがったふしがあり、もしそうであれば、孝道に悖《もと》るというものであろう。かれらの陰謀の根幹にある寒々しさによって、かれらの側へ付いていた人々が、やがて去ったのも道理ではあるまいか。

邯鄲叛く、の報に接した趙鞅は、晋軍を籍談《せきだん》の子の籍秦《せきしん》にあずけて、邯鄲を攻めさせ、自身は晋都にとどまった。みずから出陣しなかったことに、趙鞅はかくべつの意図をたくしたわけではなかったが、おもしろいことに、それが中行氏と士氏とのたくらみを露呈させることになった。というのは、趙鞅が動かなかったので、かれらは邯鄲攻撃に参加せず、晋都において趙鞅を伐《う》つことにしたため、その不穏な動きが、静かな晋都のなかで目立ち、董安于の察知するところとなった。

手をこまぬいていては趙家がつぶされると感じた董安于は、先手を打って、中行氏と士氏とを滅ぼしましょう、と趙鞅に勧《すす》めた。趙鞅が首をたてにふらないので、

「趙家の民が多く死にます。こちらから先制したことの責任を問われれば、わたしの死をもって、申しひらけばよいではありませんか」

とさえいい、主君の決断をせまった。が、趙鞅は、

「汝を殺すわけにはいかぬ」

と、とりあわなかった。内心、天を仰いだ董安于は、つぎの日から起床の時をはやめ、屋敷の外をみまわった。中行氏と士氏の兵が寄せてくるのなら、夜明け前だとおもったからである。

かれの予感はあたった。未明の風が秋の冷ややかさをふくんで吹きはじめたとき、その風にひるがえる旒旗《りゅうき》の影をみた。

――来た。

と、おもった董安于が、くるりとうしろをむくと、目のまえに陽虎が立っていた。

董安于は目笑《もくしょう》した。

「どうして今朝だとわかった」

「兵の気というか、まあ、臭《にお》いですな」

不敵な笑いを浮かべつつ、ともに歩きはじめた陽虎は、趙主はおまかせあれ、というや、すばやい身のこなしで寝所にむかい、趙鞅を起こすと、支度させておいた馬車に趙鞅をみちびき、同乗して、またたくまに趙家をあとにし、やすやすと晋都を脱した。

一息ついた趙鞅がふりかえると、趙家の馬車が数乗ついてくる。董安于も無事に脱出したということである。空も野もすっかり明るい。趙鞅は複雑な表情で、北の空を指し、

「晋陽へ」

と、御者《ぎょしゃ》にいった。

虎口をのがれて晋陽に駆け込んだ趙鞅であったが、邑のなかを検分しはじめると、顔色をかえた。温からはこばせた桃木がひとつのこらず伐《き》られていたからである。かつてみせたことのないほど烈しい怒りの形相《ぎょうそう》で、尹鐸を呼んだ趙鞅は、その桃木が薪《たきぎ》にかわったことを告げられて、剣に手をかけた。

「土がかわったせいか、枯死いたしましたので、越冬のために役立てるつもりです」

と、恐れの色もみせずに、尹鐸はいう。

「あの木には、わが父祖の霊が宿っておられたのだ。それを汝は枯らしたばかりか、灰にしようとする。許さぬ」

趙鞅は尹鐸を斬ろうとした。その手をおさえた董安于は、必死に尹鐸をかばい、

「君は、この地に、桃木ではなく、人をお植えになったのではありませんのか」

と、諫止《かんし》した。わずかに静黙の時がながれた。

趙鞅は剣から手をはなし、

「わしの食だけは、桃木で炊《た》いてくれるな」

と、いって、二人に背をむけた。

まもなく晋陽は、中行氏と士氏の兵に包囲された。つづいて晋軍の一部もその包囲にくわわった。この時点で趙鞅のほうが叛逆者にされ、晋陽は孤立した。まちがいなく趙鞅を殺せると豪語した中行寅たちの謀計は、まさしく成就を目前にしたのである。

趙鞅を死地から救い出す手をさしのべてくれたのが、知躒であったとは、皮肉といえばいえるであろう。かれの手は、賄賂をためらいもなくうけとる手であり、他人への好悪をあからさまに示す手でもある。その手が、中行氏と士氏とを、突き放

した。

べつに知躒が趙鞅を好いていたわけではない。中行寅を嫌う韓不信《かんふしん》（韓起の孫）と士吉射を嫌う魏曼多《ぎまんた》（魏舒の孫）という二人の実力者の言を納《い》れ、趙鞅が滅ぶよりも、中行寅と士吉射とが滅んでくれたほうが、得《とく》になると踏んだにすぎない。

知躒は晋君に内謁《ないえつ》した。

「わが国では、乱をはじめた者を処刑するという定めがあります。乱をはじめたのは、むしろ中行氏と士氏と邯鄲の趙氏であります。あの三氏も追放すべきです」

晋君がこれを許諾したとき、乱の様相は一変した。晋陽を攻めていた晋軍の矛先《ほこさき》は、反転して、三氏にむかった。

この乱は、やがて他国をもまきこんで、永々とつづき、終熄したのは、七年後、周の敬王三十年（紀元前四九〇年）である。中行氏と士氏とが巨大な晋国を相手に、それほど長く戦いつづけることができたということは、かれらがいかに大きな勢力をもっていたかということである。臣下でありながら、諸侯並みといってよいかもしれない。が、この乱によって、晋の名門の中行氏と士氏とは、晋国内で消滅した。むろん邯鄲の趙氏も滅んだのである。

話が前後するが、雪路を踏んで趙鞅は晋都へ帰ってきた。晋陽へ逃避してから五か月後である。が、なんの代償も求めずに知躒が趙鞅の帰還をゆるすはずはない。

知躒の近くに、董安于の異才に気づいた者がいた。

「安于を殺さずに、趙氏の政治をさせておきますと、趙氏がかならず晋国を手に入れます。趙氏内のいざこざから乱が起きたのでしょう。それなら趙鞅の家にも責任があります。そこを正すべきです」

いわれてみれば、そうである。ただし董安于を処刑するには、少々罪過にとぼしいが、そこは強引な知躒のことである、やはり強引に、

――董安于は、はじめから乱にかかわっていた。貴家で善処されよ。

と、人をつかって趙鞅に伝命させた。このみえすぎる害心に、趙鞅は腹を立てると同時に、今後、知躒がなんといってきても、聞き捨てにしようとした。趙鞅にしてみれば、赤心《せきしん》をみせて趙家につくしてきてくれた董安于を、わが手で殺せるはずがない。

ところが、中行氏や士氏が屈伏したわけではない、この微妙な時期に、知躒の家と不和が生ずると、趙家が立ちゆかなくなると感じた董安于は、趙鞅に晤《あ》って、

「わたしが死ねば、晋国は安泰となり、趙氏は安定します。わたしは乱の起きるま

えに、死ぬつもりでしたので、いまでは遅いくらいです」

と、いった。董安于におもいつめたものがある。趙鞅ははっと色を失い、

「なにをいうか。わたしはいまほど知躒を憎いとおもったことはない。汝を喪《うしな》って、残るわが家が、どれほど虚しいか。——よいか、死んではならぬ。これは、わしの命令だ」

と、くどいほどおなじことばを重ねた。

董安于のしわの多いまぶたに、うすい赤がにじみでた。

「かたじけない仰せです」

かれは澄んだ笑みを趙鞅にみせてから、宮室をあとにした。

趙鞅はさわさわと心が騒ぎ、侍臣を董安于の家につかわした。

董安于は首を吊って死んでいた。その報をうけた趙鞅は、呼吸を忘れたような表情をし、つぎに、

「市に尸《さら》しておけ」

と、嗄《か》れた声でいった。董安于の屍体を市場にさらしておけば、いやでも知躒の家の者がみる。知躒は満足するであろう。つぎの日に趙鞅は家人をつかって知躒に、

「仰せのごとく、罪人の安于を戮《りく》しました。かれは罪に伏したのです。あえてお告

げいたしました」

と、報告させた。

——董安于がいなければ、趙鞅を招いて、趙家は腑抜けよ。

知躒は機嫌を直し、趙鞅を招いて、両家の盟約をかわした。

帰宅した趙鞅は廟室にこもった。市場から引き取った董安于のなきがらを納めた棺のまえで、はじめて声を放って泣いた。かれが血を吐かんばかりに慟哭《どうこく》したのは、子大叔と董安于の死亡のときだけである。

趙鞅は自家の廟に董安于を祀《まつ》った。臣下でありながら趙家の廟にはいったのは、程嬰《ていえい》についで、董安于が二人目である。

趙家は董安于という異才を失ったが、まだ陽虎という奇才が残っていた。

趙鞅にとって最後の、そして最大の危難がやってきた。

またしても趙家に、大物の亡命者がころがりこんできたことが、きっかけである。

その亡命者は、蒯聵《かいかい》といい、衛の国の太子である。

この時期、趙鞅の周辺はあわただしい。中行氏と士氏と交戦中だからである。趙鞅自身も出陣しなければならない。それでも趙鞅は蒯聵をこころよく迎えた。この

大きな懐にすっかり頼った感じの蒯聵は、趙鞅が叛逆者たちを攻略すべく晋都を立つとき、

「ともに征《ゆ》かれたらどうか」

と、さそわれると、喜んで甲《よろい》を身につけた。

蒯聵は実母を暗殺しようとして、失敗し、晋へ奔《はし》った人である。こう書くと、蒯聵はいかにも残忍な性格の持ち主のようであるが、多少かれの行為に同情すべき余地はある。

蒯聵の父は衛の君主であり、この君主は衛をおとずれた孔子に愛想をつかされたように、聴政において暗く、性の嗜好も異常で、男色をもっぱらにした。夫人の南《なん》子《し》は、当然、性生活に強い不満をおぼえ、嫁入るまえの愛人であった宋朝《そうちょう》を、生国の宋から呼びよせた。宋朝を夫人の夜遊《やゆう》の相手に招いてやったのが、衛君自身であるところにも、やはり衛君の異常がみえる。ところで、絶世の美女ならぬ、絶世の美男という表現がゆるされるのであれば、それはこの宋朝であろう。ふしぎに、宋には美男が多い。

蒯聵としては、そうした父母の性生活のゆがみが不快でたまらず、そのうえかれは自分の出生に疑いをもつと、居ても立ってもいられなくなった。

——わたしは、本当に衛君の子か。

生母の南子は、衛にとついでくるまえに、宋朝の子を胎内に宿していたのではないか。その子とは自分ではないのか。蒯聵は深刻に悩み、その悩みから脱する手段として、出生の秘密をにぎる生母を、暗殺しようとした。生母がこの世から消えれば、うとましさも消え、自分は衛君の嫡子として正統化される。が、このくわだては、実行直前に南子に察知されてついえ、蒯聵は自分の子を残して、衛国を去った。

蒯聵が趙鞅の側近として、黄河のほとりを転戦するうちに、奇妙な報せが飛びこんできた。衛君が死去した。それはかれにとって、むしろ朗報といえた。しかし、である。あらたに衛君の席に即《つ》いたのは、なんと蒯聵の子であった。

——わたしに無断で即位するとは、わが子でありながら、なんたる無礼。

蒯聵のいきどおりの色は、趙鞅にむかうと、哀願の色にかわった。趙鞅は蒯聵の胸中を読み、目だけでうなずくと、

「道を正すのが、礼です」

と、いい、さっそく陽虎を呼び、蒯聵を帰国させるための善謀《ぜんぼう》を求めた。

「まず、太子を戚《せき》に入れましょう」

陽虎の献策はそれであった。衛はいま晋の敵国であり、蒯聵をいきなり衛都に送

りこむのはむりがあるので、衛都につかずはなれずといった位置にある戚の邑《まち》を掌《しょう》握《あく》して、そこから手をのばして、衛の重臣たちをとりこもうというのである。

「よかろう」

趙鞅はみずから手勢をひきいて戚にむかったのであるから、かれの侠気は並はずれている。

夜陰が深い。趙鞅は道に迷った。陽虎はあわてず、

「黄河を右にして南下すれば、かならず戚に着けます」

と、いって、兵を先導した。はたして戚の邑がみえた。門は閉ざされている。陽虎は一計を案じた。蒯聵に冠をぬがせ、喪服を着せ、数人の配下にも喪服をあたえて、衛の首都から太子を迎えにゆく一行にみせかけた。事情のわからない門衛は、それで信じるであろう。

喪服の蒯聵たちは、城門に近づくと、渾身《こんしん》の力をこめて、わあわあとうるさいほどの泣き声をあげ、門衛を嘘の涙とともにいいくるめて、まんまと入城し、そのまま戚を占拠してしまった。

趙鞅は腹をかかえて笑った。

しばらく戚邑にとどまっていた趙鞅のもとに急報がはいった。中行氏や士氏を援

助する斉の穀物が、鄭《てい》軍の護衛で戚の近くを通るという。それを受け取りに士吉射の兵が黄河を渡ったという。

——どうする。

と、陽虎に問うまでもなく、退くことのきらいな趙鞅は、敵の補給路を断つことを考えた。が、趙鞅側の不利は、前後に敵がいるばかりでなく、戚にいるのは趙家の兵と蒯聵のわずかな手勢だけだということである。もっとも破壊力のある兵車が、敵軍にくらべて、すくなすぎる。客観的にみれば、趙鞅にとって進退きわまった窮地とはここであった。

敵軍が合流してからでは、とてもこちらに勝ち目はないので、鄭軍を先に叩く、というのが陽虎の策である。陽虎はいたって落ち着いたもので、

「将の旗を高々と兵車に掲げ、鄭の将が追ってきたら、わたしが顔をみせてやりましょう。あやつらは仰天しますから、そこを一気に撃てば、かならず大勝します」

と、力強くいった。一顔をもって一軍を奔《はし》らそうというのであるから、陽虎の顔は鬼神さえおびえさせる威力があったというべきである。

趙鞅の軍は戚邑を出て、南下し、鉄《てつ》とよばれる丘にのぼって布陣した。かなたに鄭軍があらわれた。その軍容の大きさに、蒯聵は気を失いかけて、兵車

から飛びおりた。かれは御者に、ご婦人のようですな、と笑われて、しぶしぶ車上にもどった。また趙鞅の叔父の孫にあたる趙羅《ちょうら》は、ふるえがとまらず、とうとう縄で兵車にくくりつけられた。なんですか、この人は、と軍吏《ぐんり》にきかれると、御者は、瘧《おこり》の発作が出ましたので、横にしてあるのです、と答えた。

が、簇々《そうそう》と寄せてきた鄭の大軍に、正面から渡り合った趙鞅の軍は、けっして臆病ではなかった。趙鞅は肩を打たれたはずみで、車上で血を吐いたが、太鼓を打つ手をやすめず、ついに鄭軍を突き崩した。

この戦闘中に趙氏の軍旗が敵兵にうばわれるという不面目があった。その軍旗をうばいかえし、負傷した趙鞅をかかえつづけたのが、蒯聵であったのは、意外といえるであろう。戦争とは、はじまるまえと、はじまってからでは、人を別人にするのかもしれない。

趙鞅の軍の大勝でおわったこの合戦を「鉄の戦」という。鉄の戦から十三年後に、蒯聵は衛都にもどって、君主となった。

また趙家におだやかな春がきた。

土がかわったために枯死した桃木のように、中行氏や士氏は滅んでいった。

——残ったのは、この桃木ばかりか。花の色がますます淡くなったように趙鞅には感じられた。それだけ木が老いたということである。

かれのかたわらにいるのは、董安于ではなく、陽虎でもなく、嗣子《しし》の無恤《ぶじゅつ》である。晋陽は大いに栄えはじめたらしい。無恤の伝述を、目をほそめて聞いた趙鞅は、

「よいか。晋国で危難がふりかかったときに、尹鐸を軽んじてはならぬ。また晋陽を遠いとおもってはならぬ。あそこが最後の頼りとなるのだ」

と、おしえた。趙鞅は起きているような眠っているような姿態で、上体を小さく動かした。突然、桃木が鳴った。いつのまにか鳥がとまったのである。

「鳥はな。ご先祖のお使いよ」

と、いった趙鞅は、軽く手をあげた。さがっていよ、という手である。

堂下に立った無恤は、父に呼ばれたような気がしたので、ふりかえると、趙鞅は桃木の鳥に話しかけているようであった。

ふたたび桃木が鳴った。あたりに五彩の光がまかれたように、飛び立った鳥のつばさは、この世ならぬ明るさであった。

堂上の趙鞅のからだが、ゆらりとかたむいて、小さな影になった。

隼《はやぶさ》の城

一

秋空に隼《はやぶさ》がみえた。

隼は高い樹頂《じゅちょう》の上を旋回したあと、北風にさからうように飛び、またたくまに微小な影となった。

隼の飛翔を見送ったあと、北の空をながめるともなくながめていた青年は、まだ冠を頭上にいただく歳ではなく、面差しのどこかに童臭をのこしている。

微風のなかで陽光がさらさらと音を立てているような日である。春の物憂《ものう》さのなかで安らいでいるのとはちがって、たとえば草木がこれから風雨によって摩切《ませつ》されつづけるように、目に映る物象がするどく瘠《や》せてゆくという秋のせつなさのなかにあって、青年の心も尖鋭《せんえい》な翳《かげ》りを深めたようであった。

青年の名は無恤《ぶじゅつ》という。

無恤とは、なんという恤《あわ》れみの無い語感であろう。かれは自分の名がきらいであった。

無恤の母は趙《ちょう》家の下女である。趙家の主《あるじ》である趙鞅《ちょうおう》は、もののはずみで、かの女を抱いた。が、そのみじかい密事は、翌日には忘れ去られる種類のものであったらしく、多忙な趙鞅の脳裡にふたたびその女体が薫って、記憶をあざやかによみがえらせるというようなことはなかった。

ところが、もののはずみは必然を孕《はら》んでいた。下女が子を生んだのである。この下女は一世一代の勇気をふりしぼり、家宰《かさい》の董安于《とうあんう》に、生まれたばかりの子が主君の子であることを告げた。

家宰の伝語をうけた趙鞅は、いやな顔をした。それっきり黙り、早く忘れたいふうであった。

董安于は膝を進め、

「君の御子でございますな」

と、念をおした。趙鞅は目をあげたが、気にいらぬように、横をむいた。董安于はふたたび念をおして、趙鞅の口から「否」のことばが吐かれないのをたしかめる

と、

「では、ご命名を」

と、いった。趙鞅ははじめて口をひらき、

「赤子の顔をみたか」

と、鼻にかかった声でいった。

「いえ」

「ならば、みてこい」

董安于は下女が子を生んだという家を訪ね、赤子をみた。醜かった。董安于のもどるのをおなじ室で待っていた趙鞅は、

「どうであった。赤子は美しかったか」

と、訊《き》いた。

「いえ」

「ふむ。あの女の子だからな。つまらぬことをしたものよ」

そういう趙鞅も美童であったわけではなく、長じて威風というものがそなわり、かれの容貌についてとやかくいう者がいないだけのことである。後日、趙鞅は赤子に名をあたえた。それが趙鞅の下女にたいする唯一の愛情表現であった。

趙鞅の長子である伯魯《はくろ》は、やがて無恤の存在を知り、なにかと目をかけ、庶弟であっても家へいれたらどうか、と父に進言したが、趙鞅は首をたてにふらなかった。とにかく無恤がなついた趙家の人間は、伯魯一人であった。

趙鞅は晋《しん》国の大臣であり、かれの功績にたいして、北辺の邑《まち》である晋陽《しんよう》が公室からあたえられると、趙鞅は晋陽を趙家の本拠とすべく、有能な外司《がいし》である尹鐸《いんたく》を邑《ゆう》宰《さい》に任命し、さらに家宰の董安于さえ遣《つか》わして、晋陽を北方一の堅城につくりかえた。

趙鞅自身が視察にでかけたのが、この年であった。趙鞅の家族は晋陽へ随従した。無恤も伯魯の厚意で、一行に加えられ、北境の天地をみることができた。

この日、城から出た無恤は、晋水《しんすい》とよばれる川にそって歩いていた。なにをするというわけでもない。一人でいるときのほうが、気が楽だと考えたものの、しかし淋しかった。かれは自身の孤独が、果てのない、空漠としたものであるような気がした。天地だけが広々とあって、たれも横切ってくれない風景、それがかれの心象であった。頭上はるかに隼をみつけたときは、妙にほっとしたのであった。

無恤はまなざしをただよわせた。

赤や黄や褐色の葉が降っている林間の道は、幻想の国へいざなってくれそうに、木洩れ日があちこちで宝石のごとく燿々《ようよう》たる光を放っている。光の斑点が消えた林の奥から、馬の蹄《ひづめ》の音がきこえてきた。

無恤は足をやすめて、見守った。

やがて落葉《らくよう》のなかに馬車があらわれ、無恤のかたわらまできて停まった。

「晋陽の邑へは、この道でよいのか」

御者《ぎょしゃ》は馬の尻に乗ったままの葉を鞭《むち》で払いのけながら、無恤に訊いた。

「はい。ここからはみえませんが、もうすこし行きますと、城壁がみえます」

無恤は林のむこうを指した。

御者のうしろにいる人物は、白鬚《しらひげ》が美しく、おだやかな風貌で、しげしげと無恤の顔をみていた。ところで、この人物の出現によって、無恤の境遇が大きく変わることになるのであるから、人の運命というものはわからないものである。

車上の人物は、姑布子卿《こふしけい》という。かれは中国に最初にあらわれた人相見といってよい。ちなみに荀子《じゅんし》は、人相見の名人を二人挙《あ》げている。一人はこの姑布子卿であり、一人は戦国期の梁《りょう》(魏《ぎ》)の唐挙《とうきょ》であるという。かれらは、

——人の形状顔色を相《うらな》いて其《そ》の吉凶妖祥を知る。

というわけである。

よけいなことかもしれないが、中国でもっとも原始的な占いというのは、獣の骨や亀の甲を灼《や》いて、できたひびを読みとるという方法である。いわば線をみるのである。また、手にもかならず筋があり、その筋をふくめて手相をみるという伝統は、起源としては古い。しかし人相をみるのは、顔の筋というより面をみるのである。それとおなじように、中国の古代国家は濠《ほり》や壁でかこまれたなかでしか成り立たず、いわば地上にある点（都《と》邑《ゆう》）と線（道または川）だけが確保されていたのに、戦国期にさしかかると、農器具の発達もあって、人々は都邑の外でも生活できるようになる。つまり面を所有しはじめるのである。そんなことを考えると、人間が所有してよいという許容量の拡大が、人相見を生んだような気がしてならない。

さて、趙鞅が姑布子卿をわざわざ晋陽まで招いたのは、むろん人相をみてもらうためだが、かれの顔ではなく、かれの子どもたちの顔をみてもらうためである。

趙鞅は晋の首都である絳《こう》にいたとき、大病をして、二日半のあいだ眠りつづけるという危険な状態になったことがある。そのときは、名医の扁鵲《へんじゃく》の処方で、奇蹟的に恢復《かいふく》した。趙鞅は昏睡中に夢をみていたのである。

天帝のもとで百神と遊んだ夢である。夢のなかで趙鞅は二頭の熊を射殺した。天帝は大いに喜び、趙鞅に二つの笥《はこ》を下賜《かし》した。そのおりに、天帝のそばに一人の子

がいて、趙鞅は目を留《と》めた。さらにかれは天帝から狄《てき》の犬を預けられ、

「汝の子が壮年になったら、この犬を与えよ」

と、いわれた。

なんともふしぎな夢であった。

昏睡から醒めた趙鞅があたりをみまわせば、まわりにいるのは、喜びで目を輝かせた家人ばかりで、二つの笥も狄の犬もみあたらない。かれは夢の内容を董安于に話したあと、ふっとおもいあたったことがあった。

天帝のそばにいたのは、自分の子ではあるまいとおもっていたが、まさか——、と、気もそぞろになり、病牀《びょうしょう》を払ってから、ひとりで微服に着替えて、無恤の家をのぞきにいった。

——天帝のそばにいたのは、無恤かもしれない。

無恤は趙鞅の子でありながら、いままでしっかり顔をみたことがない。もしも夢のなかの子が無恤であったら、夢の謎は深まるばかりであるが、それでも趙鞅はたしかめておきたかった。

ひとりの青年が、矮屋《わいおく》から出てきた。年格好から、その青年が無恤にちがいない。

——肖《に》ている。

と、趙鞅はおもった。その瞬間、胸が重くなった。かれは背をまるめて自邸に帰った。晋陽へゆくとき、無恤をつれてゆく気になったのは、伯魯よりむしろ趙鞅のほうが先であった。趙鞅は旅行中にそれとなく無恤を観察した。趙鞅の表情にますます当惑の色が濃くなった。

無恤はおとなしく目立たぬようにしているが、肝心な話には、きき耳をたてている。これは真摯《しんし》のあらわれである。たとえ兄たちから生母の卑しさや身なりのわびしさを哂笑《しんしょう》され、軽蔑されても、怒った顔をみせず、ひたすら耐えているようであった。謙譲《けんじょう》ということが身についているあかしである。

——できは悪くない。

と、みた。ただし無恤の才知のほどはわからない。かれの才知が兄たちより優《まさ》っていたら、いつか趙家を継ぐことになる伯魯の輔佐に、無恤のような堅忍の男がもっともふさわしいかもしれぬ、と趙鞅はおもいはじめた。この意想には、実の子でありながら無恤だけに無情でありつづけた自分への悔いとつぐないの気持ちがこめられている。

これだけのことなら、趙鞅が人相見の名人を晋陽まで招く必要はなかったであろう。晋陽にきた趙鞅は、小さなできごとであるが、夢よりもいっそうふしぎなことに、遭遇したのである。

ある日、趙鞅は四、五人の従者とともに、晋陽の邑の外を見廻った。草茅《そうぼう》が膝をなめるような路である。主従は緑に染まって歩いていた。路の中央に人が立っている。従者はすばやく先行し、

「これ、趙主さまである。道をあけんか」

と、嘯叱《しょうしつ》した。が、その男は微動だにしない。遠くからその様子をながめていた趙鞅は、

「よい、よい、路は万民のものだ。わしが避けよう」

と、いい、なかば草茅のなかにはいって、歩を進めた。趙鞅が男にもっとも近づいたとき、男は急に動いた。男は趙鞅のゆく手に立ちはだかったのである。従者はさっと顔色を変え、剣に手をかけた。

「ご主君に申し上げたいことがございます」

と、言を揚げた男は、草のなかに両膝を淪《しず》めた。

剣に手をかけたまま、男をにらみすえていた従者は、趙鞅の判断を仰ぐようにふりかえった。

——どこかでみた男だな。

趙鞅は正体不明の男を凝視した。どこで会ったのか、とおもいをめぐらしても、らちがあきそうもないので、男に問うた。すると男は、

「お人払いをしていただきたい。それからお話を申し上げましょう」

と、恐れる色もみせずにいった。男の身なりといえば、あっさりしたもので、喪服にも似た白い麻衣《まい》を着ており、手に耒《す》耜《き》の類はもたず、身に寸鉄も帯びていそうもない。

趙鞅は左右の臣にむかって、

——離れていよ。

という手つきをした。従者が立ち去るのをみとどけた男は、膝をわずかに進めた。

「わたくしは、ご主君が病のおりに、天帝のかたわらにいた者でございます」

趙鞅の頭のなかが蒼《あお》く光った。その閃光《せんこう》のなかに男の顔がはっきりと浮かんだ。

「そうであった。汝は天帝の御座近くにいた。が、天上にいるはずの者が、どうしてわしなんぞに会いにきたのか」

男はそれには答えず、

「天帝はご主君に熊を射よとお命じになり、熊は二頭ともに死にました」

と、いった。趙鞅はあらためておどろきつつ、深くうなずいた。趙鞅の夢の話を知っている者は、趙鞅の家族のほかには、医者の扁鵲と家宰の董安于ばかりである。董安于は夢の内容を詳細に記して府《くら》にしまったといった。余人が趙鞅の夢語を知りようがないのである。

──いよいよもって、この男は天帝の臣にまちがいなし。

趙鞅は男の外心を疑うことをやめた。それよりも趙鞅は、夢の謎解きができそうなので、胸が高鳴った。

「熊のことは、どういうことであったのか」

と、趙鞅は訊いた。男はいささかももったいぶらずに、

「晋国に、これから大難が勃《お》こり、ご主君はその中心人物となられましょう。天帝はご主君に晋の二卿《けい》の討伐をお命じになったのです。すなわち、あの二頭の熊とは、晋の二卿の先祖です」

と、答えた。

卿とは最上級の大夫《たいふ》をいう。大臣であり、大領主であるとおもえばよい。晋の朝廷は六卿で運営されるのがならいである。当節、その六卿というのは、知躒《ちれき》（知氏の当主で、荀氏の分家）

趙鞅（趙氏の当主で、趙氏の分家）
韓不《かんふ》信《しん》（韓氏の当主で、韓氏の本家）
魏曼多《ぎまんた》（魏氏の当主で、魏氏の本家）
士吉射《しきつせき》（士氏の当主で、士氏の本家）
中行寅《ちゅうこういん》（中行氏の当主で、荀氏の本家）

である。男がいうには、趙鞅をのぞく五卿のうちの二卿が、趙鞅の敵となり、趙鞅はかれらと争って勝つということである。趙鞅の胸中では、「まさか」というおもいと「あるいは」というおもいが交差した。事実、これからほどなく趙鞅は、士吉射と中行寅の二卿と兵馬をかまえ、八年にわたる苦闘のすえに、二氏を滅ぼすのである。

それはそれとして、趙鞅はいそいでつぎの問いを発した。

「天帝は、わしに二つの笥をくださったが、あれはなんであるのか」

「ご主君の子が、狄の地において、二国に克《か》つということです。いずれも子《し》姓の国です」

狄は中華の外にいる民族をいい、とくに北方の異民族をさす。もともと晋陽のあたりも狄の地であったといってよく、当然のことながら、晋陽より北はすべて狄の地である。趙鞅の子が北の辺地で二国と戦って勝つ、と男は予言したわけである。

趙鞅の問いはつづく。

「では、あのとき、天帝のそばにいた子とは、どういう子で、天帝からお預かりした狄の犬とは、なんであるのか」

「あの子は、ご主君の子です。狄の犬は代《だい》の先祖です。すなわち、ご主君の子は代を領有なさいましょう。さらに申し上げれば、あの二つの笥は対になって、二揃いあったわけですから、後世、ご主君の子孫のどなたかは政《まつりごと》を革《あらた》めて、胡服《こふく》を着て、狄の地であらたにほかの二国を併合なさいましょう」

趙鞅はのけぞるおもいで男の解答をきいた。

――まことに、代を、わが趙氏が支配できるようになるのか。

と、趙鞅はくりかえし男に問いたくなり、男になんどでもうなずいてもらいたかった。

代とは、なんという遥かな国であろう。趙鞅が気の遠くなりそうな感じで想念をめぐらしたのもむりはない。

代国はいまの緯度でいえば、北京のある北緯四〇度線上にあるといってよく、趙鞅のいる晋陽からほぼまっすぐに北上してゆくと、夏屋《かおく》山があり、その手前で東北にむきをかえ、恒山《こう》（常山《じよう》ともよばれる）の東方にあるのが代国というわけである。

地図上の直線距離で、晋陽と代とのあいだは、三百キロメートルあり、周里になおすと、七百四十里である。

ただし晋の首都の絳から晋陽までと、晋陽から恒山までは、ほぼおなじ距離であるから、冷静になった趙鞅の頭では、恒山の東方にみえるはずの代の領有を、まったく現実味のない話として聞き流すことはしなかったであろう。

ところで代の国を樹てた民族は、おそらく商《しよう》（殷《いん》）王室にかかわりのある遺族であったろう。商の王族といってよいかもしれない。商王朝が滅亡したとき、商民族は周の軍に降伏した者をのぞけば、東へ逃げる者と北へ逃げる者がいたはずであり、東へ逃げた者は東海の浜辺に追いつめられた。そこで戦死しなかった者は、ひょっとすると舟に乗って東海中の島へ逃れ去ったかもしれない。北へ逃げた者は、北京をすぎ、はるばる朝鮮半島のつけ根まで行ったであろうから、代に集落をつくった族は、中華から遠く離れたつもりであったろうが、のちに晋の国が東と北に膨張したため、けっきょくかれらは中華に近いところにとどまった族ということになった。

趙鞅は男の添加《てんか》のことばが気になった。趙鞅のような貴族としては、自分の子孫が胡服を着ることは、とても許せることではない。

胡は北方の騎馬民族のことで、かれらは馬に乗りやすいように袴のひだをとり去ったようなものをはいているという。それが胡服である。中華の貴族の服装は、上が衣、下が裳《しょう》ときまっており、裳はスカートの一種であるから、馬にじかにまたがるには不向きで、かれらは馬車に乗るのである。馬車に乗ることは、中華における尊貴の表現であると同時に、化外《かがい》の民にたいして誇示すべき中華の文化の高さの象徴なのである。

趙鞅は複雑な顔つきをした。が、とにかく男の予言のほとんどは、趙家の未来を祝うものである。

――天帝がこの臣を遣《つか》わされたからには、わしの臣としてよいであろう。

そうおもった趙鞅は、男の姓を問い、わしに仕えぬか、と誘ったが、

「わたくしは野人《やじん》でございます。天帝のご命令をお伝えしただけです」

と、男はことわり、草莽《そうもう》のなかに消え去った。

城中に帰った趙鞅は、やはり人払いをして、みずから筆をとり、男の予言を記して、府の奥に秘するようにしまった。このとき、

――姑布子卿を呼ぼう。

と、趙鞅はきめたのである。

姑布子卿の到着を知った趙鞅は、さっそく城中の一室に子を集めた。長子の伯魯は三十代のなかばであったろうから、ふつうに考えて、趙鞅の子はすくなくとも五人はいたはずである。かれらは正座して、稀代《きたい》の人相見を迎えた。

姑布子卿はひとわたりかれらの相貌をながめたが、ふたたび目や首を動かそうとはせず、鬚《ひげ》をいじりながら無言であった。

けげんな面持ちの趙鞅は目で姑布子卿に述懐をうながした。それでも姑布子卿は黙っていた。ようやく趙鞅はかれの意中を察し、

「みな、出ておれ」

と、子を室外に退去させ、いかがか、と姑布子卿に訊いた。

「将軍になられる方は、みあたりませんな」

姑布子卿の忌憚《きたん》のない感想は趙鞅の胸をひやりと刺した。晋は三軍を保持しており、六人の卿が大将と副将となって、一軍ずつを率いるのである。趙鞅の子はたれもその卿になれないと姑布子卿はいうのである。

伯魯は謹直な性格で、孝子でもあり、嗣子《しし》としてふさわしいと趙鞅は、むしろ自慢げにおもっていたのだが、まじめさだけでは、この譎謀《けつぼう》のはりめぐらされた世を、

生き抜いてゆけぬのか。趙鞅は落胆ぎみに、

「わが趙氏は滅びるのであろうか」

と、かさねて問うた。

「いや、わたしはさきほど路で一人の子をみましたが、趙主の子のようにおもわれました」

と、姑布子卿は意味ありげなことをいった。

趙鞅はわざと姑布子卿に無恤をみせなかった。それにもかかわらず、すでに姑布子卿と無恤とが遇《あ》ってしまったことに、あらためて自分の意志ではどうにもならぬことがあることを知った趙鞅は、側近を呼び、無恤をつれてくるように、と命じた。

無恤が室内にはいってきた途端、姑布子卿は起《た》って、

――これまことに将軍なり。

と、いった。趙鞅はできるだけ抵抗したい気持ちで、

「この子の母は卑しく、狄からきた下女である。どうして尊貴な身分になれよう」

と、反駁《はんばく》した。慍《むっ》と色をなした姑布子卿は、目を瞋《いか》らせて、

「天が授けたものは、たとえ生まれが卑しくても、かならず尊貴になるのです」

と、叱呵《しっか》に近い大声で答えた。

天授の子といわれては、それ以上、趙鞅はあらがえなくなった。ひとまず不快な気分を捨てた趙鞅は、姑布子卿を大いにねぎらって帰した。が、苦悩は深くなった。すべての符応《ふおう》は、無恤を嗣子にするようにと、趙鞅に迫っているようである。かれは邑宰の尹鐸と密談をもち、

「春になったら、恒山へ行ってみたいが、道中はどうか」

と、狄の動向をたずねた。尹鐸はおどろきの目をあげた。

「それは軍旅を催すということでございますか」

「いや、野遊《やゆう》よ。恒山までの往復が危険であれば、やめねばなるまいが、なるべく行ってみたいのだ」

野遊といわれて、そのままうけとるほど尹鐸の頭は単純ではない。恒山は四岳の一つで、太古から霊山としてあがめられている。その霊山にのぼって祀りをおこなえば、まさしく天下人である。したがって尹鐸は趙鞅の恒山行きを、天下への大望の表れであるとみた。

「春までには、途中の狄を手なずけることができましょう」

と、尹鐸はいった。尹鐸ができるといえば、かならずできるのである。尹鐸とはそういう男である。趙鞅は満足げにうなずいたが、目だけは暗かった。

雪どけを待って晋陽を出発した趙鞅は、

——神符を仰ぐのは、これが最後だ。

と、きめていた。天の声をきき、人の声もきいた。のこりは地の声である。天地人がそろって無恤が嗣子となることを祝えば、趙鞅はいさぎよく伯魯を廃嫡するつもりである。肚をくくって馬車に乗った趙鞅であった。

にごりのない春の光が山間に降りそそぎ、いちめんに微小な爆発をおこして、花の形として残ったような、皚々《がいがい》の野を、十数乗の馬車はかろやかに走った。なにも知らない趙鞅の子は、馬車の上で歓声をあげ、行楽の燕《たの》しさを満喫していた。伯魯は無恤と話し合っているようであった。恒山の麓まできた趙鞅は、早朝に、男子だけを集め、

「わしはあの山に宝の符《ふだ》をかくしておいた。最初にみつけた者に褒美をやろう」

と、いった。一日がかりの宝さがしである。

子はいっせいに走りだした。冬のあいだ、尹鐸は晋陽にいなかったから、宝の符は尹鐸がかくしたのであろうとかれらは考えた。尹鐸がなまやさしいところに宝の符をぶらさげておくはずがない。かれらは上へ上へと登っていった。

日が中天をすぎた。趙鞅は木陰をえらび、婦妾や末娘といっしょに、すごろくの

一種である博奕《ばくえき》をおこない、日の傾くのを待っていた。趙鞅は博奕に興ずるふりをしながら、末娘を見つめることがあった。娘たちのなかで嫁にいっていないのはかの女だけである。睫《まつげ》が長く濃く、項《うなじ》は黒い髪との対比で抜けるように白い。

——もっとも美しい娘が残っているのか。

趙鞅の嘆きのまじったつぶやきは、娘の耳にとどくはずはない。やがて暮色が女たちを色濃く染めた。末娘の顔も赤く輝き、目がきらきらと光った。趙鞅にはその光が濡れ色にみえた。かれのまなざしが宙に浮いた。そのとき、末娘が小さな叫び声をあげた。山から降りてきた人影をみつけたのである。

どの子も膝だけが笑っているようで、かれらはつぎつぎにその笑った膝を筵《むしろ》につき、腰を落として、すわりこんだ。疲労感が虚脱感にかわった姿である。無恤と伯魯がきた。全員そろったことになる。

「どうだ、宝の符はあったか」

趙鞅はこの問いを子にむけて発したにちがいないが、地の神、山の霊の判定を仰いだつもりでもあった。子の首は父の問いの重さにひとつひとつ垂れさがってゆく。

趙鞅は失望しつつも、

――伯魯がみつけてくれればよい。

と、期待した。が、伯魯の首も力なく垂れた。

――よい歳をして、あれごときがわからぬのか。

趙鞅は怒鳴りたくなった。ひとつの首があがっている。無恤である。趙鞅の怒気がにわかに凍って、息がつまりそうになった。

――最年少の子に、みつかるはずがない。いや、みつけてくれるな。

そんな願いをこめて、趙鞅が無恤をみると、無恤はすっくと立って、

「符をみつけました」

と、誇らしげにいった。ほかの子の首がはじかれたようにあがった。

とくに伯魯はおどろいた。伯魯は山中でほとんど無恤と離れずにいた。というより無恤が路に迷わないように気をつかって、無恤の姿を見守ってきたつもりである。符をつかみとって喜びの声をあげた無恤を知らない。もしも無恤がひそかに符をみつけて、そっと懐にしまいこみ、そしらぬ顔でいっしょに下山してきたのであれば、無恤とはみかけによらず陰黠《いんかつ》な性格であるかもしれない。伯魯は趙鞅が感じた以上の不快を感じていた。

「では、みせてみよ」

趙鞅は挑《いど》むようにいった。無恤は父の気色が険《けわ》しくかわったことをいぶかった。宝の符をさがすのは、楽しい遊びではなかったのか。無恤は口ごもりながら、

「恒山の上に立って、代を望みますと、代を取ることができます」

と、いった。ある意味で、その答えは無恤の機知の表現であった。同時に、無恤の耳のよさであった。冬のあいだに、父の趙鞅はたった一度であるが、代の話をした。代へのおもいいれの深さを、無恤の耳は直感的に汲みとったのである。したがって恒山に登って東方をみたとき、

――ああ、いま父にとって宝の符とは、代の国を自領とすることだな。

と、おもった。そうおもっても、口にして良いことなのか悪いことなのか、無恤にわからず、本物の宝の符をろくにさがしもせずに、ことばだけで利口ぶろうとしていると父にうけとられると、「横着者め」とさげすまれそうな気がした。だから無恤は山中で熱心に宝の符をさがした。長兄の伯魯が先に発見するのなら、それでよいとおもった。が、ほかの兄たちに負けるのはいやであった。下山するころ、ふたたび代のことが頭に浮かんだ。あんなに広い山中に、はたして宝の符があったのだろうか。いつ、たれが、先まわりして宝の符をかくしたというのか。手ぶらでもどった全員に、父は「はじめから宝の符など、山中に置いてなかったのだ」という

であろうか。子の目から父の趙鞅を観察すれば、趙鞅はそんなひとではない。無恤の予想する山麓での趙鞅は、

——そろいもそろって、たわけ者ばかりよ。宝の符とは、ほれ、これよ。

と、かならずいうであろう。はたして趙鞅は無恤の予想した通りの表情をしはじめた。だから無恤は発言した。そろいもそろって、あなたの子はたわけではありません、といいたかったにすぎない。いわば無恤は父の感情を救おうとしたのである。

晋陽にもどった趙鞅は、すぐに晋都にむかって発《た》ち、近郊まで出迎えにきた董安于をみつけると、車を降りて、肩を抱くようにして歩き、話がある、とささやいた。伯魯を廃嫡し、あらたに無恤を嫡子として立てるということである。董安于は家臣のなかで無恤をよく知っているほうである。それでもかれは難色をしめした。

「無恤さまは微賤《びせん》の出でありましょう。いまになって後嗣となさるのは、何故でございますか」

趙家の家臣はおそらくすべてが董安于とおなじ疑念を抱いたであろう。それにたいして趙鞅は、無恤という子の人となりを、

——よく社稷《しゃしょく》のために羞《はじ》を忍ばん。（『淮南子《えなんじ》』）

と、説明した。国や家のために恥を忍ぶことができる人間だというのである。の

ちにこの発言は、人を経て無恤の耳にとどき、かれの志操を一生しばった。

自邸に着いた趙鞅は、ただちに廟の先祖にあとつぎの廃替を報告して許しを求め、すべての家人を集めて、発表した。

屋敷内に驚愕がはしった。

もっともおどろいたのは無恤であったろう。かれはこれまで伯魯がつかっていた室に住まうことになったのである。伯魯は恒山からの帰途でなんとなく予感があったためか、廃嫡をきかされてもとりみださず、自室を去るときにも、未練がましいことを口にしなかった。むしろかれは、恐れて顔をあげないでいる無恤に、

「あなたがそんなに小さくなっていては、あなたを後嗣としてお選びになった父君が笑われます。わたしはあなたに及ばない。恒山でそれがわかりました。趙氏を率いていける器量はわたしになく、あなたにあるのです。父君が亡くなられたあとは、わたしはあなたの臣下として、できるかぎりのお手伝いをするつもりです。わたしに、もしもすぐれているところがあるとすれば、わたしをそうさせるつもりの父君のご喩教《ゆきょう》の声を、いまききとれることです」

と、さわやかにいった。

伯魯は心声にいつわりのない人である。かれの一生は孝心の篤さと虚妄《きょぼう》のなさで

無事におわっている。

無恤にとって伯魯は敬愛できる人である。幼少のころから、陰《かげ》になり日向《ひなた》になって、そそいでくれた慈仁《じじん》は、無恤の心に染みわたっている。

——いつかご恩返しをしなくてはならぬ。

と、無恤がおもったのは、このときばかりではない。

無恤が四十代のはじめのころに、父の趙鞅が亡くなった。趙鞅は代を攻略する手はじめとして末娘を代の君主の夫人にすべく、恒山のむこうに送り出した。が、当初のもくろみとはことなって、趙鞅が代にたいしておこなったことは、それだけになった。晋の二卿（中行氏と士氏）との長い戦いがかたづいたあと、その二卿を後援した衛《えい》や斉《せい》の国を攻伐《こうばつ》する仕事が断続的にあったからである。

趙鞅は臨終のとき、無恤だけを枕頭に呼び、

「わしを葬ったら、喪服のまま夏屋山へ上って、望んでみよ」

と、いった。代だけが趙鞅の心のこりであったのだろう。無恤が「わかりました」と答えると、趙鞅はもう永遠に口をひらかなかった。

二

喪に服す期間は三年である。この間、喪主は歌舞や音楽を絶ち、斬衰《ざんさい》とよばれる喪服を着て、しずかに故人を偲《しの》ぶのである。が、騒然たる外事が、無恤《ぶじゅつ》の籠居《ろうきょ》をゆるさなかった。

趙《ちょう》氏の食邑の一つに中牟《ちゅうぼう》がある。中牟という邑《まち》は、衛《えい》の国に近く、黄河の西岸域にあり、邯鄲《かんたん》の南に位置している。邑の南に淇水《きすい》が流れている。この邑は士《し》氏の叛逆の拠点となり、さいごまで趙鞅《ちょうおう》に抵抗し、降伏したのは趙鞅の死の十四年ほどまえである。

中牟の邑宰《ゆうさい》を仏肸《ひっきつ》（胇肸《ひっきつ》とも書かれる）という。

かれは相当な切れ者で、かつ旧主の士吉射《しきっせき》をひそかに追慕し、新主君の趙鞅の威福に屈したふうにみせて、叛逆の機をうかがっていた。ところが趙鞅の存命中には、どうしてもその機がみいだせず、忍びに忍んで、ついに趙鞅の死が報《しら》されるや、邑を挙げて趙氏にそむいた。

趙氏の新総帥《そうすい》である無恤には、趙鞅ほどの度量の大きさはとてもあるまい、とみくびったことと、無恤が趙氏の家臣団を掌握しきっていないとみたためである。

　ところで仏肸の慧敏《けいびん》さは、まだかれが士氏の家臣として趙鞅と戦っていたころ、諸侯が召し抱えに二の足をふんでいた孔子に使いを出し、招聘《しょうへい》しようとしたことである。孔子は衣を払って立とうとした。仏肸の招きに応じるためである。仰天した弟子の子路《しろ》が懸命に孔子をとめた。

「先生はかつて、君主が不善を行なっている国に、君子たるものは入ってはいけない、とおっしゃったではありませんか」

　子路のいう不善とは、当然、叛逆のことであるが、仏肸は主君の士吉射が趙鞅と戦っている以上、主君に従うのはあたりまえで、ただ趙鞅のうしろには晋《しん》の国君がいたため、士吉射は叛逆者にされたにすぎない。子路は晋の乱を国君と臣下との争いとみたのに、孔子の目には家臣どうしの私闘とみえたのかもしれない。あるいは孔子の仇敵である陽虎《ようこ》が趙鞅の帷幄《いあく》にいるかぎり、孔子としては士氏の幕営に参じたい心境があったのかもしれない。

　とにかく孔子はよほど中牟へ行きたかったのであろう。このとき、

　――涅《そ》むれども緇《くろ》まず。（『論語』）

　と、子路にいった。わたしは黒い染料のなかにはいっていっても、けっして黒く染まることはない、と孔子はなみなみならぬ決意でいい、さいごに、

「わたしがなんで苦《にが》い瓜《うり》になって、つるにぶらさがったまま、食べられずに残っていられようか」

と、仕官のできぬ苛立《いらだ》ちとも嘆きともつかぬことを口にした。けっきょく孔子は中牟へ行かなかったが、仏肹は孔子を惹《ひ》きつけるほどの魅力のある人物であった。

仏肹は叛逆の旗を揚げるまえに、大きな鼎《かなえ》を庭に置かせ、士大夫を集めて、

「わしに味方する者は、やがて領地がさずかり、味方しない者は、ここで煮殺されよう」

と、脅迫した。一人をのぞいて、すべての士大夫が仏肹に従った。従わない一人は田卑《でんぴ》といい、かれは、

「義がないままに生き、仁でないのに富むくらいなら、煮殺されたほうがましだ」

と、放胆にもいい、衣をかかげて、鼎のなかにはいろうとした。あわてた仏肹はくつを飛ばしながらかれを助けた。田卑の仁義のつらぬきかたのみごとさを、あとで知った無恤は、かれをさがしだして賞美しようとしたが、田卑は、

「そんなことをなさってはいけません。一人を挙げて、万人の顔が上がらないようなことを、智者はしないものです。一人を賞して、万人に恥をあたえるようなことを、義者はしません。また、自分の行為を誇り顔に人の前に立つのは道ではありま

せん」

と、受賞を辞し、あまつさえ中牟を去って、楚《そ》の国へ行った。

とにかく中牟の離脱は趙家にとって一大事であった。喪に服していた無恤は、麻紐で髪をくくったままの頭に冑《かぶと》をかぶり、中牟に兵を進めた。またまた趙家にとって長い戦いになりそうであった。ところがおもいがけないことに、この乱はあっけなく終熄《しゅうそく》した。

中牟の邑を包囲しないうちに、城壁が音をたてて崩壊し、ぽっかりと侵入口があいたのである。

――しめた。

と、喜んだのは趙氏の兵たちである。歓声は、すぐにとまどいの嘆声にかわった。引き揚げの鉦《かね》をかれらは聞いたからである。難なく城中に突入できる好機をすてて、どうして引き揚げるのであろう。不審におもった軍吏《ぐんり》は、城から離れて布陣をおこなった無恤に、

「君は、中牟の罪を誅しようと、ここまで出陣なさった。城壁がおのずと崩れたのは、天の助けではありませんか。それなのに、どうして兵をお引きになったのか」

と、不満をかくさずに問うた。新しい主君の無恤は、いくさの何たるかが、わか

っていないのではないかという、諷意《ふうい》をこめての質問であった。

このときの無恤の答えは、軍吏にとって意外なものであった。無恤はこういったのである。

「晋の賢臣であった叔向《しゆくきよう》は、君子というものは他人の利に乗じて自分の利を図《はか》らず、他人の危うきにつけこんで攻めず、といった。わしは中牟の城壁の修築がおわってから、攻めようとおもう」

いわゆる宋襄《そうじよう》の仁《じん》というものである。軍吏ばかりか側近の臣の口も、ぽっかりあいた。

――正気であろうか。

という表情である。無恤の正気を疑ったのは趙氏の家臣ばかりではない。中牟の城兵すべてがそうであった。城壁の崩壊とともに趙氏の兵が乱入してきて、まもなくはじまる激闘を予想していただけに、退却していった陣がふしぎであった。

――陣中に異変があったにちがいない。探《さぐ》れ。

と、仏肸は指令し、やがて報告をうけると、天を仰いだ。

「趙孟《ちようもう》は、父の趙簡子《ちようかんし》に、仁において優《まさ》っている。仁者に勝っても、われらは不仁となり、仁者に敗れても、不仁であることにかわりがない。戦わずして、われらはすでに敗れているのだ」

趙氏一門の棟梁《とうりよう》を趙孟とよぶならわしがある。むろん、この場合、無恤のことである。趙簡子とは趙鞅のことで、簡子は諡《おくりな》である。

仏肸はかつて趙鞅を敵としていたころと、いまとでは、戦いの背景がことなっていることに気づいた。あのころは、趙鞅が他の大臣とともに晋君をうまく抱きこんで正義づらをしていると、仏肸の目にうつっていた。趙鞅一派のうすぎたない詐力《さりよく》を打ち破ってやろうとする戦いであった。それから十数年、仏肸はまがりなりにも趙鞅の恩沢《おんたく》に浴してきたのである。となれば、この旗揚げはたれがみても叛逆である。趙氏のあとつぎの無恤が、非道をおこなう主君であればともかく、かれにはっきりと寛恕《かんじよ》をみせつけられた以上、

「やめた」

と、仏肸はいった。自分で放った声を自分で聞いてみると、急に肩や肚から力がぬけ、自分の愚劣さがわかって、みじめになった。

仏肸はすぐさま降伏の使者を趙氏の本陣に送った。

ふたたび服喪の静寂にもどった無恤であった。が、かれの心をみだす騒音が南方

からきこえてきた。

無恤は食膳を減らした。服喪のさなかの食事は、なまぐさみのあるものを避けているので、粗食といってよいのに、無恤はさらに膳のかずを減らしたから、ほとんど食べるものがなくなった。

臣下の楚隆《そりゅう》はとまどいをみせ、無恤に理由をたずねた。

「七年前に、晋君（定《てい》公）と父君とが、黄池《こうち》で主宰なさった会において、父君は呉《ご》王と、好悪《こうお》を同じくせん、と盟《ちか》われた。しかるにいま、呉は越《えつ》に包囲されていると聞く。わしは父君に代わって過去の盟約を守り、呉を救いたいのだが、いまの晋にはその力がない。それで食膳を減らしているのだ」

黄池は済水《せいすい》と濮水《ぼくすい》とが合流するあたりにある邑である。そこでの諸侯の会合において、主宰権を晋と呉とが争い、けっきょく晋が勝つということがあった。諸侯会同の主宰権をにぎるということは、中華で覇をとなえたことになるので、黄池の会は晋において特筆すべき偉業とされている。趙鞅はそのおりの陰の主役であった。

それはさておき、無恤はおもいがけないことを、よくいう人である。

たしかにこの年（紀元前四七五年）の十一月に、呉王・夫差《ふさ》は越王・勾践《こうせん》の攻撃をうけて、苦境に立っていた。

ところが、この楚隆という臣は、もっとおもいがけないことをいった。

「君のお気持ちを、呉王にお知らせしましょうか」

と、楚隆は破天荒なことをいったのである。知らせるといっても、晋の首都からみた呉の首都は、黄河を越え、淮水《わいすい》を経て、長江を渡っての二千五百里というかなたにあるのである。なおかつ、呉と越とは交戦中で、かれが呉王に会うということは、越の戦陣をくぐりぬけねばならない。

無恤は自分のからだに翼が生えたように躍《おど》り上がった。

「できるのか」

「どうか、お命じください」

楚隆は自信のある答えをした。かれが馬車をつかったとしても淮水までであったろうから、古代の人の健脚ぶりは、はかりしれない。かれの足は、雲に馮《の》り風を御《ぎょ》したような速さで、呉の地を踏んだ。あいかわらず越の軍は呉の首都を包囲していた。

楚隆はまず越の陣中にいる勾践を表敬訪問し、

「呉はしばしば中原《ちゅうげん》を侵しておりましたから、君が呉を討とうとなさっていることを、中華の者はこぞって喜んでおります」

と、世辞をならべた。さらに、越軍のために、呉の城中をさぐってさしあげましょう、ともちかけ、越王の許可を得て、やすやすと城中にはいった。さっそく楚隆は呉王・夫差に面謁し、無恤の愁心を伝えた。

夫差は喪中の無恤が家臣をはるばるよこしてくれたことに感動し、額《ひたい》を地につけて、

「わたしはふつつかな者であり、越に仕えるというわけにはまいらぬゆえに、ご憂慮させることになりました。忝《かたじけ》なさを拝すことにします」

と、いい、小箱にはいった真珠を楚隆にあたえて、無恤への贈り物とした。このときの夫差は、かつての霸者の面目は失《う》せて、悴薄《すいはく》の容貌であった。かれは一礼して去ろうとする楚隆に、

「溺れかけた者はかならず笑う、といいます。わたしもおたずねしたいことがあります。往時、晋の史黯《しあん》は、四十年後に呉は越に滅ぼされると予言したそうですが、あの人はどうして君子とよばれているのですか」

と、訊《き》いた。史黯は史墨《しぼく》ともよばれ、史官の蔡墨《さいぼく》のことである。かれは木星の位置をみて、その木星が天文における越の領域にあるのに、地上では呉が越を攻めたことで、呉は木星に祟《たた》られると予言した。楚隆にとって史黯はひと世代まえの人で

あるので、口碑《こうひ》にあることを、そのまま述べた。

「史黯は官にあって升進《しょうしん》しても、人から憎まれず、官を退《しりぞ》いても、謗《そし》られることがありませんでした」

「なるほど」

と、いって、夫差は力なく笑った。

楚隆が夫差に会ったのは、年が明けていたであろうから、夫差の自殺はこの翌年ということになる。紀元前四七三年に、呉は滅亡したのである。

楚隆は夫差の真珠を持ち帰り、みごとに大任を果たした。

無恤は父の遺志を果たすことを、当座の目標としており、その目標にむかって邁進《まいしん》することで、卑賤の出である劣等意識をぬぐい去り、ややもすると晋の大臣たちから投げつけられる蔑視をはね返そうとした。

父の遺志といえば、

——喪服のまま夏屋《かおく》山へ上って、望んでみよ。

というきわめて重大な遺言があるので、喪服を脱《ぬ》ぐまえに、どうしても無恤はそのことを実行しなければならなかった。

望むということは、征服したい国をあらかじめ実際にみるということである。

——夏屋山で、望むだけでよいのか。

無恤は考えつづけている。望むのであれば、恒《こう》山の上からのほうがふさわしいのではないか。一歩も二歩もさがったような夏屋山を、なぜ父は目途《もくと》としたのか。さんざん考えたすえに、あまりに平明な答えを得て、独りで失笑した。

——代《だい》君とそこで会え、ということではないのか。

諸侯が会見する場合、両国の中間地点をえらぶのがふつうである。

喪に服しているあいだは、朝廷に参内しないから、家に籠もっているふうにみせて、どこへでも行ける。無恤は家臣を引き連れ、めだたないように晋陽《しんよう》へむかった。

晋陽に到着すると、尹鐸《いんたく》だけを招き、

「代君を夏屋山に招待したい」

と、抑《おさ》えた声でいった。眉のあたりにおどろきをはしらせた尹鐸にむかって、無恤は父の遺言をうちあけ、さらに今度の夏屋山行きの目的を話した。

さっと尹鐸の表情が曇った。無恤の目も暗い。

「董安于《とうあんう》が生きておれば、わしを止めるであろう。尹鐸、汝も、わしを止めるか」

無恤は晋陽まできて決心がにぶりはじめている。

——わしは、なんという恐ろしいことを考えついたのか。

夏屋山へは行かずに、このまま晋都にもどったほうが、どれほど気が楽か。尹鐸は趙鞅が重んじた賢臣である。無恤としては尹鐸が肯首《こうしゅ》しなければ、服喪のあいだに考えた血なまぐさい企図を捨てよう、とまで気弱になっていた。

尹鐸はしばらく黙考していたが、急に目をあげ、

「君は先君から、ここの府《くら》の鍵をあたえられたはずです。その府へは、わたしでもはいれません」

と、いった。秘府がひとつあるという。

「おお、鍵は所持している」

「さようですか。では、その鍵をお持ちになって、府をあけ、先君が記《しる》されたものを拝見いたしましょう」

尹鐸は立って無恤を案内した。

「どういうことだ」

無恤は解せなかった。府中の書と夏屋山行きとは、なんの関係があるというのか。

「先君には、もう一つ、ご遺言があるとおもわれたらよい」

と、尹鐸は答えた。無恤の口もとがひきしまった。尹鐸の記憶では、趙鞅が晋陽

の城の外で正体不明の男と話し、その夜、趙鞅がなにかを府にしまったことまでは、わかっている。しまわれたものは、きわめて重要な記録にちがいない。

燭をかかげて府のなかにはいった二人が、それらしきものをさがすうちに、大きな笥《はこ》をひらいた無恤は、二巻の文書をとりだした。

「尹鐸、これではないか」

「ずいぶん長いものですね。おそらく、これでしょう」

「汝が読んでくれ」

そういわれた尹鐸は木簡をしばってある皮紐をほどいた。たちまち二人は慄然《りつぜん》とした。趙鞅が天帝の使いと名告る男に会ったことから、そのときの問答までが、克明に記されている。読みおわった尹鐸も聴きおわった無恤も、感想を一言も発しなかった。尹鐸はおもむろに木簡を皮紐でしばりなおそうとしたが、指先がふるえた。

府の外へ出た尹鐸は、重い息を吐いた。

「代君に使いを出しましょう。しかし……」

と、尹鐸はくちごもった。

「しかし、なにか」

問いつめようとした無恤の唇に、まだ昂奮が残っているのか、ことばを発しないまま離合をくりかえした。

「いえ」

尹鐸は急に足をいそがせた。

二人がもっている燭に、小粒な雨が落ちてきた。

趙と代とは、趙鞅の末娘が代へ嫁入《かにゅう》したことから、姻戚関係ができた。代君は趙家の招待をこころよく受け、夏屋山へでかけようとした。

代君夫人はふと胸が騒いだ。

――弟の無恤はまだ喪中のはずなのに……。

晋陽からの知らせでは、無恤は服喪を終えると、鄭《てい》、衛、斉《せい》などの国を攻伐せよという命令がいつくだるかわからず、代との友好を温めるひまがなくなりそうなので、いま代君に会いたいとのことである。

たとえそうでも、父を静かに偲んでいてくれたほうがよい。趙氏の一人として、また亡き父をすぐれた男として仰いでいる代君夫人は、はっきりいって、無恤がきらいであった。卑しい女から生まれた卑しい男が、小ざかしく父の機嫌をとって、あとつぎにおさまったのだ、というおもいが脳裡から消えない。もっといえば、

――あの男は信用ならない。

という疑念が心の底でわだかまっている。

「兵をお連れになったら」

代君夫人は自分の感じた不安を告白するかわりに、そういった。代君は一笑し、

「案ずるな。もしも趙家が兵を率いてきたのであれば、わしは夏屋山へは行かず、途中から引き返してこよう」

と、いって、出発した。

夏屋山で待つ無恤の背後に、兵はいなかった。兵はいなかったが、管弦を手にした伶人《れいじん》と美装の舞人が多数控えていた。

代君は安心して夏屋山に登り、無恤の笑顔に迎えられた。眺望のよい場所をえらんでの酒宴となった。代君は歌舞管弦の供応を歓《う》けた。無恤の体内には狄《てき》の血がながれている。狄の血は酒を嗜《この》む。代君の体内には商《しょう》の血がながれている。商王朝は王族が酒の呑みすぎで滅んだともいわれたほどで、商民族は酒には目がなかった。

無恤は酒が強い。酒量は、底なしといってよいだろう。一方の代君も酒が弱いほうではないが、無恤ほどの酒豪ではなく、やがて姿態をくずし、陶然として美女の舞にみとれはじめた。舞人は女ばかりではない。男もいるのである。代君の酔眼で

は、まだ一度も舞わないでいる男の舞人が多いことを、みぬけなかった。

代君の酔態をながめていた無恤は、

——なるほど、商王朝は滅んだはずだ。

と、ひとごとのような感想をおぼえつつ、料理人に目くばせをした。かれは目でうなずき、枓《しゅ》という銅製のひしゃくをもって、酒をすすめに代君に近づいた。この酒宴の席に置かれていた枓はけっこう重いものであったが、まるで扇を手にしたように、軽々とはこんだということは、かれは体格のよい料理人であった。

眼前にさしだされた枓を半眼でみた代君は、手で払いのけた。酒はもう要らぬということであり、舞がみえぬからそこをどけ、という意味の手ぶりであった。

かしこまって枓をさげた料理人は、いちど自分のからだよりうしろに枓を引いてから、いきなり腕を大きく振った。枓は腕の振りにつれて猛烈に飛び、代君にむかった。代君の頭がつぶれた。

この瞬間、代君の従者は驚惑の声をあげ、剣をぬこうとした。ほとんど同時に、舞人たちは美装をはねあげ、やはり剣をぬいて、代君の従者に殺到しようとした。

まもなく、代の主従が手にしていた杯には、酒のかわりに、自身の血がそそがれた。

「このまま、代を攻める。山足《さんそく》の尹鐸に合図せよ」

側近にそう命じた無恤の目は、妖しい光を放ち、目もとは黝《あおぐろ》くなり、顔全体は蒼冷めていた。

夏屋山の麓の樹陰に隠伏していた趙氏の兵は、いっせいに立って、東進を開始した。代の地に中華の兵がはいったのは、中国史上、このときが最初である。

君主の死を知らず、まったく無警戒であった代の人臣は、立ち躁《さわ》ぎこそすれ、武装するいとまはなく、趙氏の兵馬の蹂躙《じゅうりん》の下に、身命を淪《しず》めた。

尹鐸はいちはやく左右の臣を走らせて、宮室にいた代君夫人の安全を確保した。

代君夫人は涙を張った目で尹鐸をみつめ、

「こんな、おぞましい、……神から憎まれてよいほどの詐謀《さぼう》を弄したのは、無恤ですね。汝では、できるはずがない。でも、どうして、無恤を止めてくれなかったのです」

と、尹鐸の胸を刺さんばかりの語気でいった。かの女の気性の烈しさは、父ゆずりである。

「小君《しょうくん》。代を滅ぼそうとなさったのは、先君の簡子さまです。嗣君は先君のご遺志を果たされたにすぎません」

尹鐸はしめやかにいった。

「なにを申すのです。滅ぼす家に、なぜ、父君はわたしを嫁入らせたのです。私は泣く泣く代にまいりました。でも代君は立派な君主でした。人民にも慕われる明君です。その方《かた》を、あなたがたは卑劣にも暗殺なさった。わたしは無恤を一生赦しません。ああ、天もきっと——」

と、いったとき、堰《せき》を切ったように、かの女の目から涙があふれでた。かの女は身をそらし、咽《のど》をかきむしって慟哭し、そのあいだに、天よ、天よ、とくりかえし叫んだ。

その夜、かの女は笄《こうがい》を磨《と》いで、自分を刺し、死んだ。

——笄で自害なさったと。

一日遅れて代の宮室に到着した無恤は、いきなり冷水を浴びせられた感じがした。姉がもしも死のうとするのならば、ほかにも方法があったはずである。笄を自分の致死《ちし》の道具につかったということは、姉の怨みの深さのあらわれであった。すなわち、かんざしの類は、人を呪うときにもつかわれるものなのである。

——わしは姉から呪われたな。

と、直感したことは、代の遺民から怨まれるよりも、辛《つら》いことであった。姉の呪いが、どんな祟《たたり》としてあらわれるのか。そうおもうと、無恤の胸は泥を呑んだように重くなった。それとはべつに、かれの表情は、戦勝で浮き立つ配下たちに、にこやかにむけられた。

「子周《ししゅう》どの」

と、無恤は伯魯《はくろ》の子の名を呼んだ。長兄の伯魯はすでに死去している。子周は無恤よりわずかに歳が下で、本来なら、子周が次代の趙家をになう人となる。無恤は伯魯が自分に目をかけてくれた恩を忘れず、子周に大いに気をつかい、ここでも、

「代は、子周どのに差し上げよう」

と、せっかく手に入れた広大な地を惜しげもなく子周にわたした。子周の性格は伯魯の篤実《とくじつ》さをそっくり受け継いでおり、征服したばかりで人心の定まらない地をならすには、うってつけの人物であった。それに、姉の呪いが敷かれた地に、あえてとどまろうとする気は、無恤にまったくなかった。さいごに無恤は、冗談めかして、

「酒には、ご用心なされよ」

と、子周に忠告したが、無恤自身の酒好きは、あまり誉められたものではない。無恤がどれほど酒が好きであったかについては、おもしろい挿話《そうわ》がある。

無恤が五日五夜つづけて酒を呑むということがあった。かれはそれでも酔いつぶれなかったから、近侍の臣に、

「わしは国中で一番の豪の者よ」

と、誇った。それを近くで聞いた優莫《ゆうばく》という芸人が、急にはやして、

「君よ、もっとお呑みください。紂《ちゅう》王にあと二日で追いつきます。紂王は七日七夜、酒を呑みつづけました。君はまだ五日ですから」

と、とぼけた顔でいった。

商王朝のさいごの王が紂王である。かれが酒池肉林の長夜の宴を張ったことは有名である。無恤はいっぺんに酔いが醒めたようで、

「すると、わしは亡びるのであろうか」

と、深刻な口調でいった。優莫はなかなか頭のよい男であったとみえて、

「亡びはいたしません」

と、ひとまず無恤を安心させた。目つきが真剣になった無恤は、

「紂王に二日およばないだけである。滅亡以外、なにがやってこよう」

と、問いつめた。優莫はつるりと口もとをなでると、

「むかし桀《けつ》王や紂王が亡んだのは、湯《とう》王や武《ぶ》王といった聖王に遇《あ》ったからです。今

の世をみますと、天下の諸侯はすべて桀王です。それゆえに、たとえ君が紂王であっても、桀と紂とが並び立っているだけで、どうして亡ぼしあいをいたしましょう」

と、答えた。

無恤が酒に溺れかけたのは、かれの底しれぬ孤独感のせいかもしれない。なにはともあれ、酒に用心すべきなのは、無恤自身であった。

ところで代の領主となった子周は、のちに成君《せいくん》とよばれるようになる。成君の子の浣《かん》が、無恤の死後、趙氏の総帥となる。むろん無恤の配慮によるものである。無恤は子を五人もつことになるが、自分の子を嗣子とせず、あくまで伯魯の恩に報いるために、伯魯の孫をあとつぎにしたのである。

三

古代の悪王として名高い桀《けつ》王も紂《ちゅう》王も、そうとうな美男であった。しかも武勇は抜群であったところに、歴史のひそかな揶揄《やゆ》がある。

晋《しん》の大臣のなかに、それら二王に似ている男がいる。

「知瑶《ちよう》」

という。この男も美男である。かれはまた知伯ともよばれる。晋の最高実力者である。かれの祖父の知躒《ちれき》が趙鞅《ちょうおう》を政争の窮地から救ったことがあり、ひきつづいて父の知申《ちしん》が趙氏を援助したこともあって、そうした祖業を誇る知瑤は、趙氏をみくだし、無恤《ぶじゅつ》の主人きどりであった。

知申が知瑤をあとつぎに決めるとき、たった一人、異見を述べた男がいる。知果《ちか》という一族の者で、かれは知氏の冑子《ちゅうし》として知申の庶子《しょし》である宵《しょう》を奨《すす》めた。知申は気にいらず、

「宵はひねくれ者だから、ならぬ」

と、いった。しかし知果は退かず、

「宵のひねくれは顔に出ていますが、瑤のひねくれは心にあります。心のゆがみは国を破ります。顔のゆがみは害になりますまい」

と、力説し、知瑤のすべての美点と、たった一つの欠点とを挙げた。欠点はたった一つしかないのに、その欠点が、すべての美点を欠点にかえてしまうのだという。

知瑤の美点は五つある。髪が美しく身長が大きいこと、射術と御法《ぎょほう》とにすぐれていること、あらゆる技芸に達していること、文章と話術とが巧《うま》いこと、意志が強く勇気のあること、である。たった一つの欠点とは、

「はなはだ不仁である」

と、知果はいう。かれのいう不仁とは、「人でなし」という意味に近い。知果はさいごに、

「瑶をお立てになれば、知氏の本家は滅亡しましょう」

とさえ強弁したが、知申はききいれなかった。ついでながら、そこまで強烈なことばを吐いた知果は、しかし知氏を愛する一人であり、のちに知瑶の助言者として大いに尽くすのだが、自分の助言が納《い》れられないとさとると、知瑶のもとを去り、輔《ほ》氏を名告《なの》って、生涯をまっとうした。

知瑶は生まれつき尊大な男であるといえた。むろん自分の性格を革正《かくせい》しようなどと露ほども考えたことはない。かれが知氏の家督を継いだとき、まだ趙鞅は生きており、趙鞅が病で倒れると、無恤を従えて衛《えい》の国を攻めたことがある。そのときの無恤は猫のようにおとなしく、趙氏の戦陣もまだるっこいほど不活発であったので、果敢な戦いを好む知瑶としては、おもしろくない上に、陣中で酒を抒《く》みかわす段になると、無恤はうわばみのごとき酒量を誇ったため、知瑶はむかむかと胸が悪くなった。

無恤の容貌は冴えない。いや、醜いといってよい。その醜い顔が、うまそうに酒

を呑み、微笑さえむけるので、知瑶は、

「鷹が鶩《あひる》を生むということがあるのだな」

と、露骨に悪口を浴びせた。無恤は微笑をおさめて、けげんな顔つきをした。

「鶩とは、汝のその面《つら》よ」

無恤の面貌から血の気が引いた。

「ほお、怒ったか。戦場ではすくんでいても、ここでは大いばりか。趙氏はこれまでできのよい主がつづいたが、汝のごとき臆病で短気なあとつぎでは、趙氏はもはやつづくまいよ」

そういいつつ、知瑶は酒器を把《と》って立ち、蹌踉《そうろう》と歩き、無恤の頭上で酒器をさかさまにして酒を降らせた。さらに知瑶は手かげんなしに無恤を殴りとばした。

席からころがり落ちた無恤の頭のなかに、なぜか、空がひろがった。その空に一羽の隼《はやぶさ》が飛んだ。

――わしは父のような鷹にはなれぬが、隼にはなれる。

と、無恤は内心反発しながら、砂を嚙んだ。

血相をかえて主人を扶《たす》け起こした無恤の近臣は、すぐに趙氏の陣営にひきあげたが、かれらは腹立ちがおさまらず、

「知伯を殺してまいります」

と口々に叫んだ。が、無恤は口もとの血をぬぐいながら、かれらをなだめた。

「父君がわしを嗣子《しし》となさったのは、わしが恥をしのべるからである」

とはいえ、この一事は無恤の心に傷を負わせたことはたしかである。あまつさえ、知瑶はその傷をえぐるようなことをした。

晋都に帰着した知瑶は、病気見舞いと称して趙家をおとずれ、病牀の趙鞅の耳に、

「貴家のご嫡子は、戦場ではものの役に立ちません。廃嫡なさったらどうか」

と、吹きこんだのである。趙鞅はべつだんおどろきもせず、

「さようでしたか。ご迷惑をおかけしましたな。しかしながら、あれはあれで、よいところがあるのです。どうかお目をかけてくだされ」

と、かすれた声でいった。

無恤はこのときほど父をありがたくおもったことはなく、よけいな口だしをした知瑶を真底から憎悪せざるをえなかった。

趙家を出た知瑶は、

――ふん、趙主も、耄碌《もうろく》したな。

と、唾《つば》を吐いた。知瑶としては最大級の忠告を与えたつもりであった。趙鞅は病

に冒されて、子の本性がみえなくなったのであろう。いくじのない無恤が趙氏の当主となれば、趙氏は衰弱してゆくにきまっている。それもいいだろう、という気になった。

とにかく知瑶は、はじめての戦陣における無恤の鈍重ぶりをみて、

——あいつは懦闇《だあん》だ。

と、きめこんだ。かれは無恤という賤妾の腹から出た奴才の本性をみぬいたつもりであり、そうした認識は、かれの高ぶりをやめない心のなかで、動かしがたいものとなった。そのため、喪中の無恤が兵を動かして、はるか北の代《だい》の国を攻略したときいたとき、

——嘘だろう。

と、まず否定し、本当であるとわかったあとも、あいつに兵略の才があるはずはない、としつこく否定し、家中のたれかの立案による謀画《ぼうかく》であろうと臆断した。

——そうか、趙家には、尹鐸《いんたく》という能臣がいたな。

知瑶はそこに想到し、哂笑《しんしょう》した。かれの哂笑には、独りではなにもできそうもない無恤を奴視する辛《から》さがふくまれ、また、尹鐸は老齢であるから、あと十年もすれば、趙家からすぐれた材幹を示す臣は消え去るであろうと想像する心事の愉しさも

ふくまれていた。その想像がいきつくところは、

——趙家の領土をもらっても悪くない。

という貪婪な企望である。

晋の朝廷を六卿で運営する時代は去り、いまの晋には四卿しかいない。

知瑶《ちよう》

趙無恤《ちょうぶじゅつ》

韓虎《かんこ》（韓不信《かんふしん》の孫）

魏駒《ぎく》（魏曼多《ぎまんた》の孫）

というこの四卿は、それぞれ広大な領土をもち、晋君の直轄地はさほど広くないから、晋の全土は四分割されているといえる。そのなかで趙氏の領土は、趙鞅が生きているとき、すでに諸侯並みといわれたほど広く、さらに代国が加えられたとなると、最大である。かりに趙氏の領土を知氏が包含《ほうがん》すれば、知氏は晋国の半分以上を自領とすることになる。この広さは衛や鄭《てい》の国土よりまさる。

——そうなれば、わしが天下の主よ。

知瑶の空想は華やぎをもって飛んだ。これまで中華の盟主とは晋であったのだから、いま晋の朝廷を牛耳《ぎゅうじ》っている知瑶が、名実ともに天下の主となるのは夢ではな

い。

　そう発想してからの十年間というものは、かれの夢の実現のために、理想的な過程であった。

　知瑶は晋軍の元帥として、東方へ兵馬を進めて斉《せい》を伐ち、武名を揚げた。それから四年後に無恤を従え、黄河を南に渡って、鄭を伐った。鄭の城門に迫った知瑶は、無恤に先陣を命じたが、無恤が動かないので、誚責《しょうせき》すると、無恤は、

「主《あなた》がおられるのに、どうしてわたしが先に攻めかかれましょう」

と辞譲《じじょう》をくりかえしたから、知瑶は烈火のごとく怒った。かれは無恤を指し、

「――悪《みにく》して勇無し。」(『春秋左氏伝』)

と、ののしり、どうしてこんなやつを趙氏の後嗣《こうし》としたのか、と陣中にひびきわたる声で毒づいた。これは発作的に激情をぶちまけたようにみえるが、じつは知瑶のしたたかな計算による発言で、この挑発にのって、無恤が憤懣《ふんまん》と兵馬を知氏にむける動きを示せば、知瑶としては晋君を後《うし》ろ楯《だて》とし、無恤に逆賊の汚名を着せて、抹殺する手くばりも気くばりもしてあった。が、無恤はいっそう辞と腰とを低くして、

「わたしが恥をしのべるからでしょう」

と、答えただけであった。無恤の臣下は、以前のように血相をかえず、しずまりかえって、知瑶の悪辣《あくらつ》さを白眼でながめていた。

数年後に、尹鐸が病死した。

知瑶の思惑《おもわく》通りであった。無恤は腰抜けときまり、尹鐸がいなくなったからには、趙氏は腐った桃の実のように、おのずと落ちる。あとは、韓氏と魏氏とを、どうするかだ。知瑶の想念は甘く熟れはじめた。

晋が鄭を攻める場合、軍は長駆しなければならない。そのためについやされる時と財とを吝《お》しんだ知瑶は、黄河より南に戦略拠点としての城を築いた。その城は晋の城であるが、実際は知氏の所有となった。これによって知氏の領土は、黄河の南岸までひろがった。

知瑶は奇想をもって兵馬を進めることに長け、たとえば仇由《きゅうゆう》という国を伐とうとしたとき、道が狭くて攻め難いとみるや、かれは大きな鐘を鋳《い》させて、それを友好のあかしとして仇由に贈呈すると宣言した。仇由の君主は大悦びして鐘を受け取ろうとした。ところがその鐘は巨大であるので、道の狭さがわざわいして、運送できない、と知氏が報せにきた。仇由の君主は配下に命じて道幅をひろげようとしたと

ころ、重臣の赤章曼枝《せきしようまんし》はおどろいて、君主を諫め、

「大鐘を贈るということは、小国が大国に仕えるときに、そうするものです。いま逆に、大国がそうするのは、大鐘のうしろに兵がついてきましょう。いれてはなりません」

と、いった。しかし君主は聴かず、大鐘を国内に迎えいれたため、知氏の兵はひろくなった道をらくらくと進んで、仇由の国を滅ぼしてしまった。敵国に贈り物をして、相手の歓心につけこみ、滅ぼしてしまうという例はすくなくないが、この場合、贈り物としての鐘が衆目をおどろかすほど大きかったせいであろうか、知瑶の策謀は後世の語り草となった。

知瑶は自領の拡大に力をいれつづけた。

おなじころ、無恤も似たようなことをおこなっていた。ただしかれは知瑶を憚《はばか》って、みずからは動かず、重臣をつかって、北方の地盤がためのために狄《てき》の地を攻略させていた。

そうなると、韓虎と魏駒も手をこまねいていたはずがない。すなわち晋の四卿はおもいおもいに領土拡張策を実行にうつしていた。

そうした晋の大臣の恣《し》意的な行動に、怨憤《えんぷん》の声をあげたのが晋君である。晋君の

名は錯《さく》または鑿《さく》と書かれ、死後の尊称は出《しゅつ》公である。晋君の心中に蓄積されてきた大小の不満が、爆発しかかったのである。

かれの大きな不満の一つは、ちかごろ晋の人臣は君主をたっとばず、宰相である知瑶を畏敬しているということである。大きな不満の二つ目は、かつての中行《ちゅうこう》氏と士《し》氏という晋の二卿が叛乱をおこしたとき、晋の公室は知氏、趙氏、韓氏、魏氏の言い分を認め、先代の晋君（定《てい》公）の名のもとに二氏を討伐する軍旅を催したにもかかわらず、叛逆した二氏の勢力が潰滅《かいめつ》したあと、残された領地と領民とを、戦勝側の四卿が分け取りにしたということである。中行氏や士氏の所有していたものは、もともと晋の公室が貸し与えたものであり、かれらが滅べば、晋の公室へ返されるべきなのである。

そう考える晋君に威勢があれば、知瑶を叱責し、

「中行氏と士氏の邑を、すべてわが室《いえ》へ納めよ」

と、いえるのだが、現状では知瑶が恐ろしくて、とてもいえない。そこで晋君は四卿と対等の武威を欲して、東方の国である斉や魯《ろ》に使いを送り、

「いま、晋の政事を専断している四卿、とくに知氏を追放したいので、お助けくだされ」

と、援軍を請うた。むろん使者の往復はひそかにおこなわれたのであるが、とうとう知瑶の察知するところとなった。

――君のくだらぬ夢は、早く醒ましてやらねばならぬ。

急遽《きゆうきよ》、知瑶は三卿を集め、晋君のたくらみを告げ、

「まさか、貴殿らの邸に、晋君の使者が出入りしているわけではあるまいな」

と、ひと睨《にら》みした。

韓虎と魏駒はいやな顔をした。無恤は目を伏せた。

知瑶は冷ややかに嗤《わら》い、

「いや、かまわぬよ。晋君を助けたければ、この席から去られて、矛戟《ぼうげき》を把《と》られたらよかろう。わしがお相手いたす」

と、頤《あご》をあげ、三卿をななめにみた。韓虎と魏駒の額から汗がでた。無恤は腋《わき》の下に汗の冷たさをおぼえた。

――そろいもそろって、柔惰《じゆうだ》なやつらよ。こやつらは脅すにかぎる。

と、舐め切った知瑶は、三卿の憚畏《たんい》ぶりをあつかましく睥睨《へいげい》した。そのあと、晋君追放のための挙兵を三卿に命令した。

四卿の兵が公宮を襲った。仰天した晋君は、かろうじて公宮をぬけ、晋都を脱し

て、斉へ亡命した。かれは六年後に斉で死ぬ。このため晋君のすわっていた席が空いた。晋国から君主がいなくなったにもかかわらず、知瑶はなんの懸念もしめさず、

「空位のままでよい」

と、いった。かれとしてはその空《あ》いた席に自分がすわりたいくらいであり、わざわざ晋の公室の血胤をたずねて、しかるべき者をすわらせようという気はまったくなかった。

晋君が消えると同時に、公室の直轄地は宙に浮いたと同然になった。知瑶は無遠慮にその地を自領に加えた。

知瑶は晋国の僣主《せんしゅ》となったのである。

知瑶の意識では、自分が君主の席にすわっているわけである。当然のことながら、知瑶は三卿を頤でつかいはじめた。

無恤は知瑶のみえかくれする残忍さを、ひたすら畏《おそ》れ、知瑶の命令にひとつとして異を立てることをしなかった。

ふりかえってみれば、無恤は幼いころから戦々兢々《せんせんきょうきょう》として生きてきた。人のあざ

けりに晒《さら》されつづけ、出自の賤《いや》しさを自覚したときから、身と心とを固くして、趙家の内外にある侮蔑を凌《しの》ぎつづけてきたといってよい。その点、かれは陰気な堅忍者であった。気鬱がたまると、酒を呑んで騒ぐことで、心の闇をつくっているもろもろを発散させた。が、酒が醒めたあとのどんよりとした心の寒々しさは、荒涼の野を臨《のぞ》むごときものであった。

趙家の主人となってから、ますますかれの孤独感は深まったようであった。かつて人相見の姑布子卿《こふしけい》が無恤をみて、天から授かった子だ、といい、趙鞅がそれをみとめて、趙氏の嫡子にしてくれたことは、はじめて無恤に誇りを与えた。ところがその誇りも、いまでは、かけらもみつからない。どうして自分をこうもたよりなく感じるのかといえば、その原因が、ひとえに知瑶にあることに気づいた。

――知瑶はわしの存在を消し去ろうとする魔鬼《まき》だ。

と、いうことである。それは予感というより、全身全霊で感じる重く不吉ななにかである。無恤はここまで知瑶を恐れに恐れてきたが、そうした畏縮《いしゆく》の姿は、自分の心の奥底にある憎悪を知瑶にさとられまいとする偽装にすぎないこともわかっている。

「なにゆえ、知伯をはっきり憎もうとせぬ」

無恤はそう口にしてみたあと、急に、乾いた笑声をたてた。わずかに気が晴れた。知瑶が憎いのなら、憎いと素直におもえばよい。敏感な知瑶はいつか無恤の憎しみに気づくであろうが、そのときは、たがいの存在の有無を賭《と》して、戦えばよい。無恤の歳はすでに六十を越している。

——六十歳まで生きれば、充分ではないか。

知氏と戦ってたとえ敗れ去っても、世間は無恤とは愚かな主よ、とあざけることはあるまい。無恤にとって気が楽なのは、知瑶が晋の君主でないことである。知瑶と敵対しても、逆賊になることはけっしてない。知瑶の貪欲さと非情ぶりをみていると、勝者でありつづける知瑶には、おもいがけない覆墜《ふくつい》がかならずある、と無恤はおもった。無恤としては自分が死ぬのはいっこうにかまわぬものの、趙氏が全滅しないように配慮しておかねばならない。代の領主である成君《せいくん》、あるいは成君の子が、自分の死後に趙氏を率いてくれたらよい、とかねがね考えていたが、このときにきっぱりと決めた。

——知伯を憎め、憎め。死んだら、天帝のもとへゆくまでよ。

無恤は心のなかではやし立て、またしても独りで笑った。そこへ伺候してきたのが、張孟談《ちょうもうだん》という近臣である。かれは家宰《かさい》ではないので、知瑶の視界にはいらぬところにいた臣であるが、かつての名家宰である董安于《とうあんう》にひけをとらぬ賢臣である。

張孟談は主君のめずらしい笑声をきき、

「なにか、嘉《よ》きことが、ございましたか」

と、いった。

「おお、張孟。わしは人が変わった。これが吉とでるか、凶とでるか。わしにもわからぬ」

張孟談は面くらった。酒のはいらぬ無恤がこれだけ陽気な声音で話したことはない。

――なにか重大なご決心をなさったのであろう。

とだけおもった。そのあと容儀をただして、

「知伯さまが、お屋敷を新築なさいました。当家ではどのようにご祝賀をいたしましょうか」

と、主君の指示を仰いだ。無恤はすぐさま、

「おお、それは大慶」

と、いい、みずから府庫に足をはこび、珍品奇物をつぎつぎに指し、これらすべてを知伯さまに献上いたせ、といったので、張孟談ははじめて主君の人がわりにお

どろいた。これまでの無恤はむしろ吝嗇《りんしょく》といってよいほど、賄賂や贈答品を出ししぶってきたのである。さらに張孟談をあわてさせたことは、無恤自身がそれらの品物をともなって、顔もみたくないはずの知瑶に祝賀を述べにいったということである。

庭先に山と積まれた宝物をながめて、知瑶の機嫌が悪いはずはない。

「うわさ通り、趙氏は物持ちよ」

知瑶は声をうわずらせ、無恤をもてなした。その間、知瑶の口から韓氏と魏氏への非難がでた。魏氏からは重臣の趙葭《ちょうか》がきて、祝いの品をとどけたが、趙氏のものとはくらべものにならぬほど貧弱で、韓氏からはいまだになんの祝いもよこさぬということであった。

四卿のなかで韓氏の領土がもっとも狭い。またこの家の代々の主君は物欲にとぼしく、同時に、賄賂のたぐいを嫌ってきた。当主の韓虎もそのさわやかな家風に染まっている人である。

「ふん。義人ぶっている韓主よ。いまにみておれ」

と、酔った勢いで知瑶は口走った。往時、三卿で衛を攻めて、帰途についたとき、藍台《らんだい》というところで宴を張ったことがあり、そのとき知瑶は、韓虎をからかうついでに、韓虎の重臣である段規《だんき》をもはずかしめたことがある。おなじようなはずかしめをうけた無恤には、韓氏の主従が知瑶をこころよくおもわない理由が、よくわかるのである。

ところで知瑶の屋敷は、宮殿とみまがうほどの高軒大廈《こうけんたいか》で、知瑶が自慢げに家臣にみせたとき、士茁《しせつ》という史官が、

「わたくしには危懼《きく》がございます」

と、正直なことをいった。史書をみますと、高山とか高原には草木が生えず、松や柏《ひのき》の生えている地は、肥《こ》えないとあります。この家は、高すぎ、大きすぎて、人が安心して住めないのではないかと、案ずるものです、とかれはいった。

その豪奢《ごうしゃ》な家から退出した無恤は、張孟談に、

「知氏が荀《じゅん》氏の分家であることは、たれでも知っているが、荀氏のもとの姓は、なんであろう」

と、訊いた。張孟談は首をひねった。

「荀氏の始祖は原《げん》氏だと承知しております。しかしながら、太古には原姓はなかったはずですから……」

「子姓《しせい》ではあるまいか」

「そう仰せられれば、晋の始祖の唐叔《とうしゅく》さまが国を開かれるとき、商の遺族をひきつれなさったそうですから、あるいは」

「知氏は子姓か、——これはよい」

無恤は車上でからからと笑った。晋陽《しんよう》の府《くら》にある極秘文書をみたことがない張孟談には、無恤の喜笑の意味がわからなかった。

知瑶はいよいよ晋の君主きどりをしめした。

かれは韓家に使者をつかわし、韓氏の領土の一部を献上するように命じた。竣工祝いをよこさなかったかわりに、領土を差し出せというわけであるが、それは知瑶のかってな意趣で、強請《ゆすり》にすぎないことは瞭《あき》らかである。

当然のことながら、韓虎は憤然と断った。が、知瑶の使者の来訪が三度におよんだとき、韓虎は段規にいさめられて、不承不承、一万戸の一邑を知氏へ贈った。

段規の諫言《かんげん》とは、こうである。

「知伯はこれで味をしめて、他家へもおなじことを申しつけるでしょう。拒絶した家があれば、そちらに兵をむけるでしょうから、わが韓は、患難《かんなん》をまぬかれることになります」

段規の読みは、事実となった。

一万戸の一邑といえば、古昔であれば、立派に一国とよべる。知瑶はそれを一朝にして自領に加えることができたのである。

――韓主の物客《お》しみは、高くついたのう。

と、近臣と笑いあった知瑶は、まさしく味をしめて、つぎの年に、魏家へ使いを送った。

魏駒の謀臣である趙葭も、韓家の段規とまったくおなじ考えで、色をなした主君をなだめ、韓氏にならって、一万戸の一邑を知氏へ贈ることにさせた。

「つぎは、趙氏か」

と、いった知瑶は笑わなかった。知瑶は無恤の心底にある棘《とげ》の立った感情にうすうす気づいていた。最近しきりに昵近《じっきん》をはかっている無恤であるが、無恤の目には人を刺すような光があらわれるときがある。自分に心服していないというあかしであろう。

――そろそろ、趙家をたたき潰《つぶ》すか。

知瑶は使者を趙家に送り、領土を要求した。断られると、

「虫けらの心臓しか持たぬくせに、わしに逆らうとは」

と、知瑶はいい、二度と趙家へ使者を立てず、いきなり戦いの準備をはじめた。無恤のいくさぶりをいやというほどみてきた知瑶である。あの拙劣な陣しか立てられぬ無恤なら、戦いになっても、一撃で打ち破れるという自信がある。

韓家にも魏家にも、知瑶の使者は三度きたのである。ところが、趙家にはそうした使者が一度しかこないことで、無恤は知瑶の害心をさとり、うろたえかけた自分を叱った。

――ついに、戦うべきときがきた。

と、かれは決心した。ついで無恤がおこなったことは、鳥が飛び立つごとく、晋都を逃げ出すことであった。趙家の家臣はここに至ったいきさつと主君の心情を察し、主君のあとを追わぬ者は一人としてなかった。この早さが、晋都で斃死《へいし》するみじめさから、趙の主従を救った。

逃走中、随従した近臣の一人が、

「長子《ちょうし》の邑《まち》が、近いうえに、城壁が堅固です」

と、しきりに勧めた。籠城を想っていることは無恤もおなじである。

「あの邑は、民の力を疲れさせて完成したものだ。わしらが必死で守ったところで、民は助けてくれまいよ」

「邯鄲《かんたん》の邑は、倉庫が満ちています」

と、ほかの近臣がいった。

「民財をしぼりとったものだ。そのうえ、民を兵としてつかえば、たれがわしを助けようか」

無恤は迷わなかった。落ちゆく先は晋陽である。父の趙鞅は、存命中に、もしも晋国で危難がふりかかったときは、晋陽を頼れ、と無恤に教えた。無恤は父のことばを尊重した。かれは夜を日に継いで馬車を走らせ、土埃《つちぼこり》でまっ黒になって、晋陽に駆け込んだ。

さっそく無恤は城郭と府庫とを検分した。が、呆然となった。城壁は破れ、倉に食糧はなく、府に財物はなく、武庫に兵器がない。

――こんなはずは。

と足もとから地が消えたような失望をおぼえた無恤は、邑宰に問いただすと、かれは前任者である尹鐸に教えられた通りに治めてきたのだという。無恤は肚から力がぬけた。これでは戦うまえから敗けたようなものである。無恤はうつろな目つきで、

「防備のないこの邑で、わしはどうやって戦えばよいのであろう」

と、張孟談に問うた。張孟談も晋陽のあまりのひどさに、はじめは愕然としたものの、あることに思いあたって、内心にっこりした。

「わたしはこう聞いております。聖人が国を治める場合、民にたくわえさせて、府庫にたくわえず、民の教育に努力しても、城郭づくりに熱中しない、とあります。そこで、君は命令をお出しください。民は三年分の食糧を自家に残し、余りを差し出すようにと。また、三年分の費用を自家に残して、余りを差し出すようにと。さらに、使用人を持つ者で余裕のある者は、人数を城郭の修築によこすようにと」

張孟談の進言に半信半疑の無恤は、いちおう夕方に命令を出した。

すると、翌日には、倉に食糧ははいりきらず、府は財物であふれ、武庫では兵器の受納をことわるほどになった。それから五日後には、城郭の修理が完了するという、奇蹟のようなことがおこった。

――なるほど、父君が尹鐸を軽んじてはならぬ、と仰せられたはずだ。

奇術をみせられたおもいの無恤は、感嘆しきりであったが、ひとつ心配事がある。矢がないのである。無恤の下問をうけた張孟談は、城内をひとめぐりしてきて、またしてもにっこりした。

「ここは先君の家宰であった董安于も手がけた邑です。宮殿の垣根をごらんください。かれが植えた荻蒿《てきこう》や楛楚《くそ》は、いまや一丈余りにおよんでおります。それらを切り取っておつかいなさいませ」

張孟談のいう通り、それらの堅さは竹の強さにまさり、矢幹《やがら》としては充分すぎるほどであった。

「矢幹はそろった。さいごは鏃《やじり》だが」

「それも、ご案じなさいますな。董安于は宮室を造るときに、銅の柱といたしたそうでございます。それらを取り出してつかっても、まだ銅は余りましょう」

無恤はまさに三嘆した。

晋陽が完璧なまでに防備をかためたとき、知瑶に率いられた三氏の大軍が晋陽に迫った。晋の旒旗《りゆうき》や武具は赤で染められているから、まるで晋陽は赤い色の雲海に浮かぶ城であった。

知瑶は無造作に晋陽の攻撃を命じた。一か月も攻めつづければ、無恤は悲鳴をあげて、腰くだけとなり、城門をひらくであろうというみこみが、知瑶にはある。とにかく彼我《ひが》の兵数が隔絶しているのである。知瑶にとっては、たとえ自軍の兵士の屍体が城壁の高さにまで積み重なっても、それは蚊にすわれた血の量とかわりがなく、かゆみはあっても痛みはない。

が、かれのみこみに狂いが生じた。交戦が三か月にもおよんでも、晋陽の城はびくともせず、自軍の頭上に降ってくる矢の数は減らない。自軍に動揺があらわれた。

――まてよ。

知瑶は全軍に攻撃の休止を布《ふ》れた。そのあと、独りで考えこんだ。

相手が籠城するということは、援軍を待つということであるが、趙氏の援軍がどこにあるのかといえば、どこにもない。かりに邯鄲や代などから兵がやってきても、ものの数ではなく、趙氏にとって真の援軍とは外国の軍であるはずだ。しかし趙氏はかつて衛、鄭、斉などを攻めたから、いくら無恤が使者をつかわしても、かれらに趙氏を援《たす》ける親切心はあるまい。となると、晋陽はいつまでたっても孤城である。

このことは、

――無恤の仁徳のなさよ。

と、嗤ってさしつかえないであろう。また、無恤が本当に生きのびようとするのであれば、代まで逃げるべきであった。晋陽にとどまったということは、ここで死ぬということである。

――虫けらにも、五分の魂があったということか。

知瑶はようやく無恤の必死の覚悟をみさだめ、晋陽を力攻めにする愚をさとった。かれは韓虎を帷幄《いあく》のなかに招き、

「韓家は趙家とご交誼を重ねてこられた家だ。当然、趙家の臣や民とも誼《よしみ》があろう。かれらに抗戦の無益を説き、城門を内から開かせていただきたい」

と、密指をくだし、城中から叛賊が出ることを期待した。が、この画策は不調におわった。韓虎が汗をかきつつ報告したことは、趙氏の臣も民も一人として主君を裏切る者はないということであった。

「さようか」

と、いった知瑶の目に、ぞっとするほど冷酷な色が浮かんだ。韓虎は腹の底から震慴《しんしょう》した。

翌日、軍議にあらわれた知瑶はことのほか機嫌がよかった。

「わしは趙主が鶩《あひる》であったことを忘れておった」

と、いった知瑶は、一晩考えて得た奇想を、二卿に披露した。それを聞いた韓虎と魏駒とは、のけぞるようなおもいで知瑶をみつめた。

晋陽には食糧も武器も戦意も満ちている。このまま荏苒《じんぜん》と包囲していても、晋陽が立ち枯れるのはいつになるかわからない。あまり長く北方に軍をとどめておくと、

三氏の領地が外国の軍に侵されかねない。そこで、戦いの早い結了《けつりょう》をめざして、知瑶が考えついた城攻めの方法というのは、

「水攻め」

であった。中国戦史上、城の水攻めを着想として得て敢行したのは知瑶が最初である。知瑶が天才的な兵術家であることは、このことからもわかる。

この日、ただちに三氏の軍は晋陽の包囲を解いて、後退し、つぎの日から大規模な築造を開始した。城のまわりに巨大な坡塘《はとう》（堤防）をつくる一方で、晋水の流れをせきとめる工事である。

城中から敵軍の動向をけげんなまなざしで遠望していた無恤と張孟談は、やがて知瑶の意図を知り、さすがに蒼冷めた。

水が滔々《とうとう》とやってきたのである。

昨日まで城を生かしてくれていた川の水が、今日からは城を殺す死の水となった。晋陽の城が浸水状態であったのは、『史記』では一年余りとあり、『戦国策』では三年とある。

ぎりぎりのところまで相手を苦しめることを極惨極毒《きょくさんきょくどく》という。晋陽では主君の無恤から庶民までが、知瑶の極惨極毒に、のたうちまわった。

水没寸前の城のありさまについて、『史記』の表現を借りれば、

——城、浸《ひた》されざるもの三版。

と、ある。版は城壁をつくるときにつかう板のことで、一つの板の長さは八尺（周尺）であるから、水没しないで残っている部分が、一メートル八十センチしかないということである。したがって人々は屋根や高い木に登り、そこで寝起きし、釜を吊りさげて飯を炊いた。発狂する者が出てもおかしくない最悪の生活を強いられた人々であるのに、たれ一人として降伏を口にしない。

雨が降ると、坡塘の上の旒旗も白く消えて、渺茫《びょうぼう》たる風景となる。

無恤は瘠せた。いや、太っている者は城中に皆無である。

——わしは知瑶に勝てるはずであった。が、自害した姉の呪いが、天帝の予言を、さまたげたのだ。

気力の尽きかけた無恤は降伏を考えはじめた。知瑶に負けたというより、姉の祟《たたり》に屈したというおもいの方が強い。降伏すればおそらく自分は斬首にされるであろう。だが、晋陽の人臣すべてが死ぬとはかぎらない。降伏しなければ、全員が溺死するのである。

——しかし……。

無恤は胸のなかで泣いた。涙が腹に落ちた。無恤にとって偉大な父である趙簡子は、嗣子をえらびまちがえたと、後世のあざけりに遭うのかとおもえば、死んでから父に詫びようのないことが辛《つら》かった。

烈風とともに雨が音を立てて無恤の片頰を打ち、水面に散った。かれは死にかかった魚のように口をひらいた。

「張孟。食糧は残りすくなく、みな病みはじめた。もはや城を守れまい。降伏したいが、どうであろう」

張孟談の目は死んでいない。かれの息にはまだ生気が残っていた。

「亡びかかった国を生きのびさせ、危うい国を安定させられぬようでは、知謀の士をたっとぶ必要がないと申します。君は降伏するなどと、二度と仰せられますな。わたしはひそかに韓と魏の君に、お目にかかってまいりましょう」

張孟談は雨のやむのを待ち、つぎの日の夜に、舟に乗って、二卿の陣営をおとずれた。

話が前後するが、雨が上がったこの日、知瑶は魏駒に馬を御《ぎょ》させ、韓虎を陪乗させて、馬車で坡塘にゆき、晋陽の城をながめた。まる一日降った雨のせいで、水嵩《みずかさ》が増したようにみえ、晋陽の城はあと三、四日でまったく水面下にかくれそうである。

——勝ったな。

と、知瑶は実感した。この安心感が軽口をさそった。知瑶はじつにまずいことをいったのである。

「わしは水で国を滅ぼせるとは知らなかったが、今ようやくわかった。絳水《こうすい》の水を魏の安邑《あんゆう》に注げるし、汾水《ふんすい》の水を韓の平陽《へいよう》に注げるというわけだ」

冗談めかしてはいても、いつもの恫喝《どうかつ》である。このとき魏駒は韓虎を肘で突き、韓虎は魏駒の足を踏んだ。二人で力をあわせて、なんとか知瑶に対抗しようという合図である。

知瑶は目をあげた。澄みわたった天空に一羽の隼がみえた。隼はあっというまに城のほうへ飛び去った。おなじ隼を無恤は虚しいなつかしさでみつめていた。

錯落としたおもいを胸にしていた韓と魏の二卿は、夜中、張孟談の訪問をうけて、にわかに緊張した。

「唇が亡びますと、歯が寒いという諺がございます」

と、張孟談は切り出した。唇は趙で、歯は韓と魏である。趙が滅亡すると、つぎに滅亡の危険にさらされるのは、韓か魏のどちらかになる、と張孟談はいったのである。韓虎も魏駒もそれは充分に予想しているので、かれらはついに張孟談の説示と謀計とを受け入れ、自軍の寝返りを約束した。結果としてこれは歴史の分水界的な密談となった。知瑶にむかって順調に流れている時を、張孟談という、さして官位の高くない男が、さいごのねばり腰でせきとめ、趙、韓、魏の三家に流し込んだということである。

夜明け前にもどってきた張孟談の復命を聴いた無恤は、喜びと恐れとがないまぜになったような表情をし、張孟談にむかって再拝した。

知瑶の近くに鋭敏な男がいる。知果である。

知果は軍門ですれちがった韓虎と魏駒の歩き方をみて、二人の陰謀を察したのであるから、かれの洞察力は神妙といってよい。二卿の足どりからおびえが消えていたのである。はっとした知果は、つぎに二卿の顔をみた。

——なにかを、たくらんでいる顔だ。

二卿がたくらむとすれば、趙に款《かん》を通じて、知氏を裏切ることしかない。知果はいそぎ知瑶に面謁して、二卿の不穏さを告げた。

知瑶は一笑に付した。趙を破ったあと、その地を三等分する盟《ちか》いをしたのである。

あの二人が欺くはずはないし、また欺くほどの度胸もあるまい。二度とそのような妄想を口にするな、と知瑶は叱った。

　つぎの日、また知果は知瑶に面謁を求め、

「わたしが昨日申し上げたことを、二卿にお話しになりましたね」

　と、いった。知果のいう通りであった。知瑶は二卿に会ったとき、

「このようなことを、知果が申しておったわ」

　と、笑語した。二卿はけたたましく笑った。が、背中にびっしょり汗をかいた。それゆえに、二卿が知果をみたとき不覚にも顔色がかわったのである。いよいよ知氏に危難が近づいていることを感じた知果が、知瑶に提案したことは、

「二卿を殺しなさい。さもなければ、今よりもご親密になさいませ」

　ということである。知氏の危急存亡のときなのである。知果は知瑶の膝をつかまんばかりに迫った。ところが知瑶には二卿を殺す気がない。それならば、いっそう親密にするわけだが、知果の進言では、韓虎の謀臣は段規で、魏駒の謀臣は趙葭であるから、この二人の臣をこちらにしばりつけるために、それぞれに一万戸の邑を与えたらどうか、という。三等分した自分の取り分のなかから、さらに両家の臣に大封をさずけたら、知瑶のもとに残るものはすくない。

「わしは、やらぬ」

と、知瑶はいった。知果は内心天を仰いだ。知瑶のもとからしりぞいた知果は、

——知氏、敗《やぶ》れたり。

と、さとり、その日のうちに、すみやかに知氏の陣を去った。

知氏のなかでもっとも恐ろしい臣が消えたことを知った二卿は、さっそく無恤に使いを送った。それに応じて、すばやく上陸した張孟談は、一日陣中にかくまわれて、つぎの日の夜、両家の兵とともに知氏の陣を眼下にする坡塘にのぼった。

知氏の守備兵がつぎつぎに闇の底に仆《たお》れていった。敵兵を片づけたあと、張孟談と兵たちのやることは、坡塘を決壊させることである。この作業がかすかな音ではじめられた。おなじころ、無恤と趙氏の兵は差し回された多数の舟に分乗して、続々と上陸していた。

黎明、——知氏の兵は悪鬼が吼えるような声をきいた。営中から飛び出し、かれらがみたのは、天上に出現した大瀑布である。ほどなく知氏の陣は水流にむざんに裂かれた。万をこえる兵が水下で息絶え、水勢を凌いだ兵も、韓、魏の兵に挟撃されて死んだ。

からくも死地を脱した知瑶であったが、三卿の軍に追撃されて、ついに捕獲され

た。捕虜となった知瑶をみた無恤は、

「あなたは鶩にも劣ったではありませんか」

と、いったかもしれない。知瑶の処刑後、無恤は知瑶の頭蓋骨をさかずきとしてつかったのだから、無恤の怨讎《えんしゅう》のすさまじさを知るべきであろう。頭蓋骨をさかずきとしてつかう風習は狄《てき》にあり、狄の血が無恤にそうさせたともいえる。

とにかく晋陽における知瑶の敗死によって、春秋時代が終わったという史家はすくなくない。知氏の領土は三分割されて、趙、韓、魏の領土に加えられた。ときに紀元前四五三年である。趙、韓、魏は三晋《さんしん》（晋の三国）ともよばれるが、もはやそれぞれ独立した国家となったのである。と同時に、戦国時代がはじまったわけである。

無恤の在位期間は三十三年であり、歿年は七十代のなかばであったとおもわれる。死後のかれは諡号《しごう》から趙襄子《ちょうじょうし》とよばれる。ついでながら、この家は無恤より七代あとに武霊《ぶれい》王という英雄を生む。武霊王は戦場における機動性を考えて、趙氏の服装を胡服《こふく》にあらため、中山《ちゅうざん》と楼煩《ろうはん》という二国を伐《き》り従えて、趙国の版図を最大とするのである。

晋陽に雪が降りはじめた。

雪のあいまに、無恤は馬車を駆《か》って、雪原に出た。鞭《むち》をもつ無恤の手にしわがふえた。

矮《ひく》い木がみえた。雪原にたった一つのながめである。木の幹がみせる黒以外、すべてくすんだ白の光景である。

馬車を停めた無恤がその木をみつめていると、遠く低いところで雲が破れ、ひとすじの夕日の赤が雪上を走り、木に達した。木はおぼろな翳《かげ》をつくった。が、それは転瞬《てんしゅん》のことであった。あたりはさっと鈍色《にびいろ》に沈み、またしても雪が降りだした。

無恤は馬の尻につもりかかった雪を鞭で払い、晋陽への帰途についた。

鳥の飛ばぬ空であった。

あとがき

氏名も姓名もいまの日本ではおなじような意味で使われている。しかし、たとえば趙盾《ちょうとん》に、氏名は、とたずねれば、趙盾、と答えるのはあたりまえだが、姓名は、とたずねれば、嬴盾《えいとん》、と答えるであろう。

嬴姓は中国の太古からある姓で、商（殷）王朝成立時に、商王を与《たす》けた族であろう。商王朝が滅亡するとき、嬴姓の族はむずかしい時をむかえていたにちがいなく、中国の東方や南方にいた嬴姓の族は滅ぶか、または縮小していき、西方にいた族がなんとか余命を得たということになろうか。その一つが秦《しん》の国を樹《た》てたのである。他の一つは周王朝に迎合して、ついに趙城を下賜されたので、趙氏を名告《なの》ることになる。趙城があったのはいまの山西省である。

ところが周王朝はもうすこしで完全消滅というきわどい局面をむかえることがあり、かろうじて存命を得ることができた。これが紀元前七七一年のことである。そのとき周王のために大いに働いたのが晋《しん》の文侯（のちの文公とは別人）で、趙氏の当主である叔帯《しゅくたい》は、周王にみきりをつけ、晋の文侯のもとに身を寄せた。諸侯の一人であった趙氏は晋君の臣下となったのであるから、格がさがったわけだが、叔帯のときに、もう戦乱にまきこまれて、国を失っていたことは充分に考えられる。

そんなふうに趙氏は晋国で血胤《けついん》を保った。

この稿では叔帯の血筋を引く趙衰《ちょうし》から書きはじめ、趙無恤《ちょうぶじゅつ》でおわらせている。時代でいえば春秋時代で、それも初期から最終まで書いたことになる。本文では言及しなかったが、趙氏が秦によって滅亡させられるのは、紀元前二二二年である。嬴姓の国が嬴姓の国によって滅ぼされたことになる。

趙氏の代々の主君はみな臣下におもいやりがあった。そのなかでも趙鞅《ちょうおう》の人心収攬術《しゅうらん》がいかに巧みであるかを、如実に示す話があり、これは本文に採《と》らなかったので、ここで紹介しておく。

周舎《しゅうしゃ》という男が趙鞅に仕えていた。かれは三日三晩趙鞅の家の門前に立った。たまりかねた趙鞅は門をひらき、

「あなたは、わたしに、何を言いたいのか」

と、問うた。すると周舎は、

「できましたら諤々《がくがく》の臣となり、筆に墨をつけ、木のふだを持ち、あなたのうしろに随って、あなたの過《あやま》ちをねらい、それを書きたいのです。一日たてば記憶に残り、一月たてば効果があらわれ、一年たてば身につきましょう」

と、いった。趙鞅はおもしろがり、それを許した。が、まもなく周舎は死んでしまった。趙鞅は手厚く葬った。三年後に大夫たちと酒を呑んでいるとき、急に趙鞅が泣きだした。大夫たちはおどろき、席を立って、

「わたしたちが、きっと大罪を犯して、卿を泣かしめたのでありましょう。それとは知りませんでした」

と、あやまった。趙鞅は、いや、あなたがたに罪があるわけではない、といい、わけを説明した。

「以前、周舎という者が、こういう諺《ことわざ》をいったことがあります。『千羊《せんよう》の皮は一狐《いっこ》の腋《えき》に如《し》かず』と。あなたがたはわたしを恐れて、ただはいはいとわたしの命令をきいていますが、はっきり申して、周舎の諤々のことばにおよびません。周舎が死んでから、わたしはまだ一度も自分の過ちを人からきかされたことがない。だから泣いたのです」

一狐の腋とは、狐のわき毛のことである。きわめて高価なものであった。

また、程嬰《ていえい》と杵臼《しょきゅう》の話は司馬遷が採取した伝説である。後世、ある史家は、この二人を祀ってある祠が現にあるといっている。『春秋左氏伝』の作者はこの話を知らなかったか、聞き流してしまったようだ。

さて、この稿がぶじに上梓《じょうし》されるには、文藝春秋の方々の多大なお力添えがあったればこそである。なにしろ前出版部長の松成武治氏、出版部次長の萬玉邦夫氏とオール讀物編集部次長の明円一郎氏が、そろって蒲郡にみえられたのには驚愕した。つづいて別冊文春の編集長の高橋一清氏もみえられたのだから、そのころほとんど無名の作家であった私は、驚愕を通り越して、呆然となったものである。むろんこの稿はそれらの方々に終始面倒をみていただき、さらに現出版部長の雨宮秀樹氏のご篤情をたまわるに至っては、果報者というほかない。

いまは、この稿がそれらの方々にとって、「はまびし」とならずに「桃李」となることを、願うだけである。

一九九一年七月吉日

著者

解説

平尾隆弘

古代中国を舞台にした宮城谷昌光の小説は、読めば読むほど面白い。初読より再読のほうがいっそう面白くなる。時代が重なる他の作品を読めば、既読の小説の記憶が角度を変えてよみがえり、知的な興奮を与えられる。

『孟夏の太陽』は、大国「晋《しん》」の大夫《たいふ》（領地を与えられた貴族）を代々務めた趙一族の連作短篇である。趙衰《ちょうし》―趙盾《ちょうとん》―趙朔《ちょうさく》―趙武《ちょうぶ》―趙成《ちょうせい》―趙鞅《ちょうおう》―趙無恤《ちょうぶじゅつ》の七代。春秋時代の初期から終末まで、二百年近い歳月が描かれている。

なぜ君主ではなく趙一族なのか。理由はふたつ考えられる。

《春秋時代はまだ従来の貴族が政権をにぎっており、君主はあたかも日本の天皇のように、祭祀の主宰者であり俗界のことにたずさわることはできなかった。したがって実権は卿《けい》という大臣職を世襲する有力貴族の手にゆだねられていた。この貴族は同姓の家から出たが、後半になると異姓の貴族が有力者になることが多くなった。》（貝塚茂樹『中国文明の歴史2　春秋戦国』）

春秋時代は、君主から大夫へと政治の実権が移っていく時代だった。晋もまた同じ。文公（重耳《ちょうじ》）亡きあと、卿（最上級の大夫）として国政をつかさどったのは、趙一門の総帥・趙盾《ちょうとん》である。その後も、名宰相と言われた趙武をはじめ、ずっと主要な地位についていた。趙家の軌跡をたどることは、文公以後の晋と春秋の歴史を描くことに通じる。

もうひとつ、趙一族は、同姓＝一門同士で争いを起こしている。内紛に乗じた異姓者の策謀によって、一族は絶滅寸前になった。にもかかわらず奇跡的に命脈を保ち、戦国時代には覇を唱えた。趙家は、国を背負った大夫たちの、あったこととありえたかもしれないこと、すなわち同姓同士の内訌《ないこう》、そして異姓との争乱の歴史を象徴しているといえよう。

本書に収められた四篇には、必ず「徳」についての言及がある。「徳」は春秋時代に新たに登場した概念だった。それ以前、周（西周）時代の絶対の原理は「血」であり、血の尊卑があらゆる秩序を支配していた。だが、東周＝春秋時代になると周王室の権威はうすれ、「血」と共に「徳」という理念が生まれた。「礼」「信」

「仁」もその系譜に属している。斉《せい》の桓公《かんこう》、晋の文公など春秋五覇にみられる「徳」のありようは、名君の条件でもあった。名君の時代が終わり大夫の時代になると、「血」よりもさらに「徳」が問われる。趙盾が郤缺《げきけつ》に「やれやれ、徳のない方だ。いや、わたしはそうみないが、人はそうみる。徳とは、目に見えるかたちがなければ、人はそういわぬ」といわれるように、大宰相であっても「徳」が一族の存否を左右する。紆余曲折を経て趙家が連綿と続いたのは、趙家代々が何らかの「徳」を示し得たからである。従って本書は、ある一族の「徳」をめぐるドラマとしても読めるだろう。

「月下の彦士《げんし》」に、強く印象に残る挿話がある。生まれたばかりの趙朔の子（趙武）が屠岸賈《とがんか》の手で惨殺されそうになり、趙朔の死後、程嬰《ていえい》と杵臼《しょきゅう》が必死の策略を用いて趙武を救う話だ。程嬰と杵臼は、趙武の身代わりに別の嬰児を立て、屠岸賈を欺くことに成功。身代わりと共に杵臼は殺され、程嬰は趙武が成人するまでかくまいとおす。話の大筋は『史記 趙世家』と変わらない。が、小説における屠岸賈、あるいは韓厥《かんけつ》の行動や思惑など、人物像が鮮やかに立体化され、圧倒的な迫力が加わっている。

この逸話は「趙氏孤児」の題名で元曲や現代の京劇などで演じられてきた。ヴォルテールは『支那の孤児』という翻案戯曲を作り、みずから演出もしたという。二〇一〇年には、「覇王別姫」で名高いチェン・カイコー（陳凱歌）監督が映画化している。

チェン監督の映画原題は「趙氏孤児」、日本では「運命の子」のタイトルで公開された。この映画は元曲に近く、『史記』を大幅に改変している。趙朔の子の身代わりに殺されるのは、同じ時期に生まれた程嬰自身の赤子なのだ。程嬰の妻は、趙朔の子より自分の子が大事で、わが子を必死で守ろうとする。だが、行き違いのため失敗し、赤ん坊と一緒に殺されてしまう。

チェン監督は、「映画のテーマは忠義ではない」「元の物語は、主君の子を助けるために自分の子を犠牲にする。非人間的で、今となっては通用しない」と語っている。彼は、原作を美談にしてはいけない、趙武の身代わりにされた名もなき嬰児（映画では程嬰の妻子）のことを忘れるな、と言いたいのだ。趙武が何と屠岸賈を養父として慕う後半の展開は、「屠岸賈も間違っていない。ただの人で、残虐非道な悪人ではない」という、現代中国を意識した劇的効果が狙いだった。

小説「月下の彦士」は、映画とまったく違う。チェン監督が「変わるもの、変わったもの」に焦点を当てているのに対し、宮城谷氏は「変わらないもの」を見ている。「元の物語」（『史記』）が現代から見て非人間的であるならば、その非人間的な諸相を時代の真実として描くのが小説ではないか。人間の変わらぬ本然を見届けるのが小説家なのだ、そう宮城谷氏は答える気がする。

『孟夏の太陽』には、読み進めるにつれ湧いてくる感慨がある。それは、父祖の生き方がまるで大樹の翳のように次の世代を支配するということである。影響を及ぼすと言ってもいい。巻を措いたとき、趙衰は趙盾と重なり、趙武は趙鞅と、趙鞅は趙無恤と重なっていく。果ては趙家七代が時をまたいで二重写しになったりもする。あたかも「趙」という一族の姿をしたひとりの人間が、二百年の人生を語っているかのような思いにとらわれる。

趙家にはたびたび救いの主が現れた。趙朔・趙武の救世主は程嬰と杵臼。趙鞅・趙無恤には董安于《とうあんう》と尹鐸《いんたく》がいた。彼らは自らの死を覚悟し趙家を守った。程嬰、杵臼、董安于の胸をうつ自裁や、将来を慮った尹鐸の功業に、私たちは趙家の「遺風」を感じずにはいられない。宮城谷氏『晏子《あんし》』に記された、「個人というのは、家の顔もあわせもっている」という言葉が思い出される。

二代目趙盾と七代目趙無恤にも重なるところがある。趙盾が君姫《くんき》に、趙無恤が伯《はく》魯《ろ》に、深く恩義を感じたこと。君姫も伯魯も、こころよく総帥の座を譲ってくれた。趙盾も趙無恤も、その恩義を忘れず、わが子でなく恩人の子に棟梁の座を譲り返した。血胤というものの時を越えた巡り合わせがここにもある。

しかし、趙盾の選択は禍根を残す結果となった。趙盾には、「天空をゆく太陽のごとく、ゆく手をさまたげるものを、容赦なく灼き切ってしまう」強さがあった。まさに「孟夏の太陽」である。しかし、いっぽうで、「人ばかりでなく鳥獣や草木までをも、深く愍《あわれ》む心」の持主でもあり、それが趙家に未曽有の危機をもたらした。趙盾の第一の悪手は、趙朔を後嗣とせず、一族の宗主を曖昧にしたこと。これが内紛を生み趙家崩壊の下地となった。

第二は、元老・郤缺に、「あなたは外の敵に対しては強いが、内の敵には弱い。為政者としては、一見、そのほうがよさそうですが、じつは逆なのです」と直言されたように、襄公没後、穆嬴《ぼくえい》の懇願に負け、太子・夷皐《いこう》の即位を認めてしまったこと。

悪手の第三は、大史・董狐《とうこ》に「趙盾、その君を弑《しい》す」と赤い文字で記録された、夷皐（霊公）暗殺事件である。宮城谷氏の他の著作から引いてみよう。

《当人が罪罰をまぬかれても、子孫がその罪をつぐなわねばならず、たとえば往時、晋の霊公を弑したかたちになった宰相の趙盾は、亡命しようとしたが国境の手前で引き返して、鼎位《ていい》に復帰し、凶行を糾弾《きゅうだん》されずに一生をおえた。しかしながら子の趙朔の代に、趙家は罪に服するかたちで滅亡した。
――趙盾は亡命すべきであった。》(『子産』)
《趙朔だけをみていては趙氏の悲運はわからないということである。のちに士会は趙氏の没落をまのあたりにして、子は父の徳に守られることもあるが、父の罪を負わなければならないこともあるのだ、と痛感し、清実に生きた父の士欿《しけつ》に感謝した。》(『沙中の回廊』)

引用文は、趙盾がひとりの趙盾に留まらぬことを教えている。私人としての優しさは、公人としての強さと時に矛盾し衝突する。趙盾の振幅は大きく複雑で、彼は趙家の太陽、言いかえれば巨大な「鷲」であった。趙盾以降の当主たちは、「鷲」(趙武)であれ「隼」(趙朔、趙成、趙鞅、趙無恤)であれ、趙盾の振幅を宿命のように生きていったのかもしれない。

宮城谷氏の小説には随所に未来からの視線が照らされてくる。本書で言えば、

《反眼のなかで邂逅《かいこう》した程嬰と杵臼とが、のちにたった二人で、みずからの身命をなげうって、趙家の命脈を断絶から救うことになろうとは、神をのぞけば、壟中の趙盾の霊しか知らなかったというべきであろう。》（「月下の彦士」）

《この人物（姑布子卿《こふしけい》）の出現によって、無恤の境遇が大きく変わることになるのであるから、人の運命というものはわからないものである。》（「隼の城」）

といったふうに。占いや夢の場面も同様の効果をもたらしている。未来の予言は読者を導く技法のようでいて（実際読者は興味をそそられる）、じつはたんなる小説技法ではない。ふと現れる未来からの視線は、宮城谷氏が「天」の声を聞き、「天」の目から小説世界を見、「天」の心を感じうるからだと思える。「天」の目をもつには、自己をかぎりなく小さくしなければならない。そのとき、小説世界は宇宙となり、小さな個人のなかに宇宙の拡がりが見えるのである。


（神戸市外国語大学客員教授）

初出
孟夏の太陽「別冊文藝春秋」一九五号
月下の彦士「オール讀物」一九九一年四月号
老桃残記「別冊文藝春秋」一九六号
隼の城　書き下ろし
単行本　一九九一年九月　文藝春秋刊
本書は一九九四年に刊行された文庫本の新装版です。
本文は『宮城谷昌光全集』第二巻を底本としています。

本書の無断複写は著作権法上での例外を除き禁じられています。
また、私的使用以外のいかなる電子的複製行為も一切認められておりません。

文春文庫

孟《もう》夏《か》の太《たい》陽《よう》

定価はカバーに
表示してあります

2020年1月10日　新装版第1刷
2023年2月15日　　　　第2刷

著　者　宮《みや》城《ぎ》谷《たに》昌《まさ》光《みつ》
発行者　大沼貴之
発行所　株式会社 文 藝 春 秋

東京都千代田区紀尾井町 3-23　〒102-8008
TEL 03・3265・1211(代)
文藝春秋ホームページ　http://www.bunshun.co.jp

落丁、乱丁本は、お手数ですが小社製作部宛お送り下さい。送料小社負担でお取替致します。

印刷製本・凸版印刷

Printed in Japan
ISBN978-4-16-791430-1

文春文庫　宮城谷昌光の本

（　）内は解説者。品切の節はご容赦下さい。

宮城谷昌光
天空の舟
小説・伊尹伝（上下）

中国古代王朝という、前人未踏の世界をロマンあふれる勁い文章で語り、広く読書界を震撼させた傑作。夏王朝、一介の料理人から身をおこした英傑伊尹の物語。（齋藤愼爾）

み-19-1

宮城谷昌光
中国古典の言行録

中国の歴史と文化に造詣の深い作家が、論語、詩経、孟子、老子、易経、韓非子などから人生の指針となる名言名句を選び抜き、平明な文章で詳細な解説をほどこした教養と実用の書。

み-19-7

宮城谷昌光
太公望
（全三冊）

遊牧の民の子として生まれながら、苦難の末に商王朝をほろぼした男・太公望。古代中国史の中で最も謎と伝説に彩られた人物の波瀾の生涯を、雄渾な筆で描きつくした感動の歴史叙事詩。

み-19-9

宮城谷昌光
沙中の回廊
（上下）

中国・春秋時代の晋。没落寸前の家に生まれた士会は武術と知力で名君・重耳に見いだされ、乱世で名を挙げていく。宰相にのぼりつめた天才兵法家の生涯を描いた長篇傑作歴史小説。

み-19-14

宮城谷昌光
管仲
（上下）

春秋時代の思想家・為政者として卓越し、理想の宰相と讃えられた管仲と、「管鮑の交わり」として名高い鮑叔の、互いに異なる性格と、ともに手をとり中原を駆けた生涯を描く。（湯川　豊）

み-19-16

宮城谷昌光
春秋名臣列伝

斉を強国に育てた管仲、初の成文法を創った鄭の子産、呉王を覇者にした伍子胥——。無数の国が勃興する時代、国勢の変化と王室の動乱に揉まれつつ、国をたすけた名臣二十人の生涯。

み-19-18

宮城谷昌光
戦国名臣列伝

越王句践に呉を滅ぼさせた范蠡。祖国を失い、燕王に仕えて連合軍を組織した楽毅。人質だった異人を秦の王に育てた呂不韋。合従連衡、権謀術数が渦巻く中、自由な発想に命をかけた十六人。

み-19-19

宮城谷昌光
楚漢名臣列伝

秦の始皇帝の死後、勃興してきた楚の項羽と漢の劉邦。覇を競う彼らに仕え、乱世で活躍した異才・俊才たち。項羽の軍師・范増、前漢の右丞相となった周勃など十人の肖像。

み-19-28

宮城谷昌光
三国志　全十二巻

後漢王朝の衰亡から筆をおこし「演義」ではなく「正史三国志」の世界を再現する大作。曹操、劉備など英雄だけではなく、将、兵、そして庶民に至るまで、激動の時代を生きた群像を描く。

み-19-20

宮城谷昌光
三国志外伝

「三国志」を著したのは、諸葛孔明に罰せられた罪人の息子だった（「陳寿」）。匈奴の妾となった美女の運命は（「蔡琰」）。三国時代を生きた、梟雄、学者、女性詩人など十二人の生涯。

み-19-35

宮城谷昌光
三国志読本

「三国志」はじめ、中国歴史小説を書き続けてきた著者が、自らの創作の秘密を語り尽くした一冊。宮部みゆき、白川静、水上勉らとの対談、歴史随想、ブックガイドなど多方面に充実。

み-19-36

宮城谷昌光
三国志名臣列伝　後漢篇

怜悧な頭より「孝心」が尊ばれた後漢時代。王朝末期、外戚と宦官に権力が集中し人民は疲弊、やがて「黄巾の乱」が起きる。国家の危機に輩出した名臣・名将七人の列伝。（湯川　豊）

み-19-45

宮城谷昌光
華栄の丘

詐術とは無縁のままに生き抜いた小国・宋の名宰相・華元。大国・晋と楚の和睦を実現させた男の奇蹟の生涯をさわやかに描く中国古代王朝譚。司馬遼太郎賞受賞作。（和田　宏・清原康正）

み-19-34

宮城谷昌光
沈黙の王

中国で初めて文字を創造した商（殷）の武丁の半生を描いた表題作に加え、「地中の火」「妖異記」「豊饒の門」「鳳凰の冠」の全五篇を収録。みずみずしい傑作集。（湯川　豊）

み-19-37

文春文庫　宮城谷昌光の本

（　）内は解説者。品切の節はご容赦下さい。

宮城谷昌光
王家の風日
紂王のもと滅亡に向け傾きゆく商王朝を支え続けた宰相・箕子。彼と周の文王、太公望らの姿を通し、古代中国における権力の興亡と、人間の運命を描き切ったデビュー作。（平尾隆弘）
み-19-39

宮城谷昌光
劉邦（一）
地方官吏・劉邦は、始皇帝陵建設の夫役に向う途上、職をなげうち山に籠る。陳勝・呉広が叛乱を起こし、戦雲が世を覆う中、秦の圧政打倒のため挙兵を決意する。毎日芸術賞受賞。
み-19-40

宮城谷昌光
劉邦（二）
挙兵した劉邦は、沛公と称され、民衆の支持を得る。人事の天才である彼の許には、稀代の軍師張良はじめ名臣たちが続々と集結する。やがて劉邦たちの前に、項梁と項羽が現れる。
み-19-41

宮城谷昌光
劉邦（三）
項羽と協力して秦と戦った劉邦は、項羽の勇猛さと狷介な人間性を知る。楚王より関中平定の命を受けた劉邦は、ついに秦を降伏させる。そして鴻門の地で再び項羽と相見えるのだった。
み-19-42

宮城谷昌光
劉邦（四）
項羽により荒蕪の地、漢中の王に封じられた劉邦は、韓信を新たな臣下に得て、楚軍との間で激しい戦いを繰り返す。劉邦は幾度も窮地をはねのけ、ついに漢王朝を樹立する。（湯川　豊）
み-19-43

宮城谷昌光
孟夏の太陽
中国春秋時代の大国・晋の重臣、趙一族。太陽の如く苛烈な趙盾に始まるその盛衰を、透徹した視点をもって描いた初期の傑作の新装版。一国の指導者に必要な徳とは。（平尾隆弘）
み-19-44

宮城谷昌光
長城のかげ
「王になりたいのさ」。小家の青年・劉邦が垓下の戦いで項羽を下し、漢王朝を興すまでを、彼の影で各々いのちを燃やした男たちの視点で描く、長篇のような味わいの連作短篇集。（湯川　豊）
み-19-46

（　）内は解説者。品切の節はご容赦下さい。

安部龍太郎
等伯　（上下）
武士に生まれながら、「天下一の絵師をめざして京に上り、戦国の世でたび重なる悲劇に見舞われつつも、己の道を信じた長谷川等伯の一代記を描く傑作長編。直木賞受賞。（島内景二）
あ-32-4

安部龍太郎
宗麟の海
信長より早く海外貿易を行い、硝石、鉛を輸入、鉄砲をいち早く整備。宣教師たちの助力で知力と軍事力を駆使して瞬く間に九州を制覇した大友宗麟の姿を描く歴史叙事詩。（鹿毛敏夫）
あ-32-8

安能　務
始皇帝　中華帝国の開祖
始皇帝は〝暴君〟ではなく〝名君〟だった!?　世界で初めて政治力学を意識し中華帝国を創り上げた男。その人物像に迫りつつ、現代にも通じる政治学を解きあかす一冊。（冨谷　至）
あ-33-4

浅田次郎
壬《み》生《ぶ》義《ぎ》士《し》伝《でん》　（上下）
「死にたぐねえから、人を斬るのす」——生活苦から南部藩を脱藩し、壬生浪《みぶろ》と呼ばれた新選組で人の道を見失わず生きた吉村貫一郎の運命。第十三回柴田錬三郎賞受賞。（久世光彦）
あ-39-2

浅田次郎
一刀斎夢録　（上下）
怒濤の幕末を生き延び、明治の世では警視庁の一員として西南戦争を戦った新選組三番隊長・斎藤一の眼を通して描き出される感動ドラマ。新選組三部作ついに完結！（山本兼一）
あ-39-12

浅田次郎
黒書院の六兵衛　（上下）
江戸城明渡しが迫る中、てこでも動かぬ謎の武士ひとり。勝海舟や西郷隆盛も現れて、城中は右往左往。六兵衛とは一体何者か？　笑って泣いて感動の結末へ。奇想天外の傑作。（青山文平）
あ-39-16

あさのあつこ
燦《さん》　—1—　風の刃《やいば》
疾風のように現れ、藩主を襲った異能の刺客・燦。彼と剣を交えた家老の嫡男・伊月。別世界で生きていた二人には隠された宿命があった。少年の葛藤と成長を描く文庫オリジナルシリーズ。
あ-43-5

文春文庫　最新刊

一人称単数　村上春樹
各々まったく異なる八つの短篇小説から立ち上がる世界

名残の袖　仕立屋お竜　岡本さとる
「地獄への案内人」お竜が母性に目覚め…シリーズ第3弾

夜の署長3　潜熱　安東能明
病院理事長が射殺された。新宿署「裏署長」が挑む難事件

武士の流儀（八）　稲葉稔
清兵衛が何者かに襲われた。翌日、近くで遺体が見つかり…

セイロン亭の謎　平岩弓枝
セレブ一族と神戸の異人館が交錯。魅惑の平岩ミステリー

オーガ（ニ）ズム　上下　阿部和重
米大統領の訪日を核テロが狙う。破格のロードノベル！

禿鷹狩り　禿鷹Ⅳ〈新装版〉　逢坂剛
極悪刑事を最強の刺客が襲う。禿富鷹秋、絶体絶命の危機

サル化する世界　内田樹
サル化する社会での生き方とは？　ウチダ流・警世の書！

「司馬さん」を語る　菜の花忌シンポジウム　司馬遼太郎記念財団編
司馬遼太郎生誕百年！　様々な識者が語らう「司馬さん」

もう泣かない電気毛布は裏切らない　神野紗希
俳句甲子園世代の旗手が綴る俳句の魅力。初エッセイ集

0《ゼロ》から学ぶ「日本史」講義　中世篇　出口治明
鎌倉から室町へ。教養の達人が解きほぐす激動の「中世」

人口で語る世界史　ポール・モーランド　渡会圭子訳
人口を制する者が世界を制してきた。全く新しい教養書

シベリア鎮魂歌　香月泰男の世界〈学藝ライブラリー〉　立花隆
香月の抑留体験とシベリア・シリーズを問い直す傑作！